백수 탈출 2

生(생)의 움직임이 푸닥거리이며 삶이거늘!

백수 탈출 2

초판 1쇄 인쇄일 _ 2010년 10월 10일
초판 1쇄 발행일 _ 2010년 10월 15일

지은이 _ 혜공
펴낸이 _ 최길주

펴낸곳 _ 도서출판 BG북갤러리
등록일자 _ 2003년 11월 5일(제318-2003-00130호)
주소 _ 서울시 영등포구 여의도동 14-5 아크로폴리스 406호
전화 _ 02)761-7005(代) | 팩스 _ 02)761-7995
홈페이지 _ http://www.bookgallery.co.kr
E-mail _ cgjpower@yahoo.co.kr

값 15,000원

* 저자와 협의에 의해 인지는 생략합니다.
* 잘못된 책은 바꾸어 드립니다.

ISBN 978-89-6495-005-0 04810
ISBN 978-89-91177-91-8 (세트)

生(생)의 움직임이 푸닥거리이며 삶이거늘!

백수 탈출 ②

혜공 지음

BG 북갤러리

제5부 이 땅의 영웅들!

제6부 백수 탈출 2

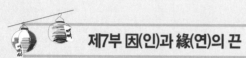

제7부 因(인)과 緣(연)의 끈

제5부
이 땅의 영웅들!

1. 이 땅의 영웅들!

(1) 근세사의 영웅들

더운 날씨라 더위를 피해 산 그림자가 길게 내려와서야 산에 올라서 산행을 마치고 작은 산길을 한가로이 내려오는데, 웬 무장을 한 군인들이 자신의 몸집만한 짐을 짊어지고 산을 오른다.

옆을 스치는 군인들과 눈인사로 지나치는데, 한결같이 신체가 건장하고 눈빛이 살아 반짝이는 것이 씩씩하고 믿음직스러워 보인다.

얼굴은 위장을 위하여 색색의 칠을 하고 있었고, 후미엔 통신병인 병사가 무전기를 짊어지고 지나쳐 간다.

산을 내려오며 과수원을 지나고 공터에 이르니 잠시 전에 군인들을 실어온 듯한 차들이 멈춰있고, 군인들이 보인다. 그냥 지나치려니 그들의 수고를 외면하는 것 같은 생각이 들어 "더운 날씨에 고생들이 많습니다"라며 말을 건네니, 장교인 듯한 군인이 "항상 있는 일인데요"라고 답을 한다. 군인과 몇 마디의 말을 주고받고서 어둠이 내리는 산을 내려오며 항상 하는 그들의 훈련이 이 땅을 지키는 일이기에 국민이 편하게 살고 있는 것이 아닌가 싶다.

세상은 누군가의 수고와 누군가의 희생이 있어서 다수의 사람들이 살아간다는 사실을 새삼 알게 한다.

나라를 지키고 지탱하는 수고를 군인들만 하고 있나?

모든 사람이 자신의 분야에서 열심히 일하며, 자신의 자리가 정해준 몫을 알아서 묵묵히 제 일을 하는 것이 자신을 위하고 나라를 위하는 것이라 할 것이다.

분명 용기가 있고 용감한 사람(武人, 무인)들이 세상을 이끌어 나가기에, 세상은 때를 가리지 않고 용감한 사람(영웅)을 기다리고 있으며, 변하는 세상을 보고 싶어 하는 것이 아닐까.

武(무)하면 용감하며 의지가 굳다는 것을 말하는 것인데, 武人(무인)이라고 해서 군인만을 말하는 것은 아니다. 그리고 총칼을 앞세우고 힘을 믿고 힘으로 모든 것을 제압하려는 사람도 무인이라 말하지는 않을 것이다.

무인은 대의와 명분을 알고, 자신의 굳센 의지와 용기를 갖고 용감한 행동을 한 사람을 일컫는다.

군인이 아니더라도 武人(무인)은 정치인이든, 군인이든, 경제인이든, 학자이든, 야인이든 가릴 것은 없으며, 대의와 명분(국민의 바람이나 사회적 공감대)을 알아 굳은 신념을 가지고 용기가 있으며, 용감한 행동을 하여 백성(국민)들에게 이익을 안겨다 주는 사람이라고 하겠다.

세상을 살면서 만나는 면면이 용기가 있어 보이고 용감한 사람을 더러 보게 되는데, '인물이구나!' 하며 관심을 주고서 행하는 짓거리를 들여다보면 용기 있고 용감한 사람은 분명하지만, 적당히 용감한 사람임을 알게 되어 실망하는 경우가 허다하다.

어디 쉬운 일인가? 공과나 잉여가치에 눈 돌리지 않아 부패하지 않으며, 私(사)를 버리고 대의를 행하며, 초연하고 허허로우며, 분명하게 자유인으로 산다는 것이!

'내가 누구인가?' 라는 물음을 안고서 많은 수행자들이 자고새는 날들을 안고서 수행을 하고 있으며, '어디서 무엇을 하다가 왔는가?' 라는 것을 풀어 헤쳐 보려고 얼마나 몸부림치는 날들을 보내는지….

세상에 태어남이 누구인들 자신의 뜻에 의해서 온 것이 아니기에 세상을 살면서 어떻게 살아야 잘사는 것인지에 대해서는 누구라도 한번쯤은 생각해 보았을 것이다. 그러나 어디 쉽게 답을 얻을 수가 있는 일인가?

같은 시대를 살면서도 제각각의 생각과 개성으로 살아가는 사람의 특성상 '어떻게 살아야 잘사는 것이다'라고 잘라서 정의를 내릴 수는 없는 일이나, 많은 사람들이 모여서 세상을 이루어 살고 있음을 안다면 사람이기에 당연히 사람답게 살면 되고, 이웃과 조화를 이루며 살아가는 것이기에 내가 아닌 남에게 피해를 주어서는 안 될 것이다. 그러니 착하고 선하게 살며 스스로 아름답게 살면 될 것이다. (사람답게 착하고 선하며 아름답게 살자!)

말이나 글로써는 사람답게 사는 것을 쉽게 표현을 하지만, 쉬운 만큼 어려운 것이 세상살이임을 안다면 결코 세상을 잘살다 가는 것이 쉬운 일은 아닐 것이다.

세상을 잘사는 것조차도 쉬운 일은 아닐 것이다. 아무리 용기가 있고 용감하여도 만인이 그 용기와 용감함을 알아주고 기억하며 기리는 것이란 더더욱 쉬운 일이 아니리라.

거울은 언제 들여다보아도 정직하다. 옷깃이 틀어졌으면 틀어진 대로 보이고, 수염이 더부룩하면 더부룩한 대로 보이고, 얼굴을 찡그리면 함께 찡그리고, 웃으면 함께 웃는다.

맑은 날의 하늘엔 하늘이 눈에 바로 들어오나, 흐린 날에는 구름이 끼어있어 눈에는 구름만 보일 뿐 하늘은 볼 수가 없다. 그렇다고 구름이 하늘일 수는 없을 것이며, 누구라도 구름이 하늘이라고는 말하지는 않을 것이다. 높고 맑은 하늘을 항상 볼 수가 없는 것은 구름이 일어나서 하늘을 덮기 때문이며, 구름도 자신의 일을 하기에 하늘을 가리는 것을 안다면 구름이 일을 하며 지나가기를 기다려야 하늘을 볼 수가 있을 것이다.

맑은 날도, 흐린 날도 하늘은 항상 그곳에 있으며, 아래에 있는 땅을 거울 비추듯이 보고 있다.

말하지 않아도 땅에 의지하며 살아가는 사람들의 마음을 알고 있을 것이기에 '민심은 천심이다' 라고 하지 않던가!

땅에 살고 있는 어디에 누구의 마음이나 원이라도 내세우고 말을 하지 않아도 하늘은 이미 알고 있어서 말이 필요하지가 않단다. 누가 누구라고 하지 않아도 하늘은 알고 있다는 말이리라.

때에 지위나 바람을 타고 자리를 꿰어 차고 앉아서 적당히 용기를 부리고 용감한 척, 武人(무인)인 척하며 제 배나 불리며 잇속에 노는 이를 사람들이 모를까?

말하지 않아도 하늘도 알고, 땅도 알고 있다. 바람이 몰고 온 구름이 때의 일을 하고 지나가면서 소멸되듯이 그들 또한 세월이 흘러가면 적당히 용기를 부리며 용감한 척하면서 자기 배나 채웠던 사람이었다는 것을 누구라도 쉽게 알 수가 있는 일이리라.

세월이 흘러도 보석의 가치는 변함이 없듯이 시대를 이끌고 시대를 엮어간 사람들이 남긴 족적이 보석보다도 더한 값을 발휘하는 것은 그 땅에 살고 있는 사람들에게 얼과 혼을 심어주었기 때문일 것이다.

많은 세월이 지났으나 눈뜨면 보고 듣고 말하는 우리의 글을 만들어주신 세종대왕이나 왜군이 쳐들어와 북으로 몽진을 한 선조가 국경 부근까지 피난을 가서 조선이라는 나라의 간판을 내려야 할 절체절명의 상황에서 나라를 구하신 충무공 이순신 장군을 이 땅의 누구라도 기억하며, 세월이 흘러간다고 해도 이 땅의 후손들은 변함없이 존경할 것이다. 그러니 무인(영웅)이 남긴 족적은 그 땅에서 살아가는 사람들에게는 얼과 혼이 되어 깃들어 있다고 할 것이다.

🐟 우리 역사의 영웅은 누구?

얼마나 됐나? 스스로 영어의 몸이 되어 외톨이처럼 공부에 매달리다보니 TV를 접하기가 쉽지 않은데, 때에 공양을 하러 찬방에 들러 우연히 TV를 보게 되었다. 마침 근세 우리나라의 역사에 영웅이라고 할 만한 사람이 누구인지 알고 있는 대로 얘기를 하라는 질문에, 질문을 받은 연예인(신동엽)은 머뭇거림 없이 김구 선생님과 박정희 대통령, 그리고… 하며 잠시 생각을 하듯이 지체하자, 사회자는 다른 질문을 하며 방송을 이어나갔다.

그 후로도 누가 근세 우리나라의 영웅이라는 말은 더 이상의 논의 없이 방송은 진행되었다.

그 방송을 보고 밖으로 나서며 누구랄 것도 없이 이 땅에 살고 있기에 '누가 영웅이다' 또는 '영웅은 이런 사람이다' 라는 얘기를 하거나 강의를 들은 바도 없을 것이나, 누구라도 살면서 익히 알고 있는 것이리라.

이날 젊은 연예인(신동엽)의 얘기를 듣고 요즘 젊은이들을 염려하는 어른들이 많은 세태에 신선함을 느꼈다. 신동엽이 잠깐 생각을 하였는데, 시간을 더 주면서 대화를 이어나갔다면 '다음에 생각하고 있는 영웅은 누구였을까?' 라는 생각이 일어나며 궁금해진다. (있었을까? 없었을까?)

(2) 38선을 베고 쓰러지더라도

김구 선생님, 백범 김구 선생, 김구 주석으로도 많이 불리는 그분의 생애는 우리 민족의 식민지시대의 역사이자 광복을 위한 민족의 처절한 독립운동사이다. 민족 분단을 몸으로 막아보려고 발버둥친 민족의 교과서 같은 그분의 삶이기에 애국과 민족정신을 우리에게 주신 분이라 당당하게 말할 수 있다.

일본 군부가 히로시마에 원자폭탄의 세례를 받고서야 항복을 하는데, 다들 독립만세를 부르며 해방된 조국을 맞아서 좋아할 때에 일본이 항복을 했다는 소식을 접한 김구는 땅을 치며 목 놓아 통곡을 한다.

"하늘이 조금만 참고 기다려 주었으면 우리의 군대에 의해서 독립을 할 수가 있었을 텐데, 남의 힘으로 독립이 되었으니 이제 내 눈으로 민족이 분단되는 것을 어찌 볼 수가 있단 말인가?"

나라의 독립을 위해서 광복군을 조직, 군사훈련을 시키던 중이었기에 김구의 탄식은 깊었다. 자국의 군대가 배제된 상태에서 맞이

하는 독립은 열강들의 힘에 의해서 좌지우지되고, 해방이 민족의 분단으로 이어지는 것은 불을 보듯 뻔했기 때문이었다.

모질고도 긴 인고의 세월을 타국 땅에서 나라의 독립을 위하여 동분서주하며 얼마나 혼신의 힘을 바쳤던가!

싸움에서 졌으니 일본은 물러갔다. 그러나 북쪽은 소련군이, 남쪽은 미군이 들어와 자리 잡고 앉아서 이 땅의 주인 행세를 하기에 이르렀지만, 힘없는 나라의 주인들은 예나 지금이나 무엇을 할 수가 있었겠는가.

🔥 백범은 죽어서도 '천년의 영웅'

김구는 미군정에서 상해임시정부를 인정해 주질 않아서 개인 자격으로 해방된 조국의 땅을 밟으며 자주독립과 통일정부 수립을 목표로 광복 정계에서의 행보를 이어간다.

해방 후 북한의 정세는 잠시 기뻐하는 해방정국이 있었으나, 소련이 내세운 인물인 김일성이 등장하면서부터는 좌익인 공산세력의 수중에 떨어져서 정치활동을 할 수가 없는 세상으로 변하였다. 북한은 신탁통치를 찬성으로 돌아서면서 남한과는 극명하게 사상과 이념적으로 선을 그어 나갔고, 남한도 민주 우익진영의 인사들을 중심으로 신탁통치를 반대하며 좌익세력에 대하여는 철저한 적의로 맞서는 상황이었다.

당시 김구는 우익의 대표인사로서 좌익세력까지도 포용하려고 하였으며, 국민적인 통합을 이루려는 시도를 하였다. 많은 우익 인사들이 김일성의 선동에 놀아날 것이라는 만류를 뿌리치고 38선을 넘어가서 남북 정치지도자회의에도 참석을 하였지만, 아무런 소득도 얻지 못하고 돌아왔다.

민족은 하나인데 남한과 북한에 각각의 정부가 수립되면 민족이 분열하는 것을 의미하는 일이고 남한만이 홀로 선거를 치른다는 것이므로, 그는 남한만의 단독정부 수립을 반대하였다.

1948년 2월 '삼천만 동포에게 읍고함'이란 성명서를 통하여 김구는 "나는 통일된 조국을 건설하려다가 38선을 베고 쓰러질지언정 남한 단독정부를 세우는 데는 협력하지 않겠다"라는 발표를 하며, 통일을 위해서는 어떠한 고난이나 역경이라도 감내하겠다는 의지를 만천하에 고하였다.

강대국의 점령 하에서 남한은 남한대로, 북한은 북한대로 정부가 수립되었다.

민족 분단의 비애를 안고 애통해하는 민족지도자 김구의 마음은 아랑곳없이 현실정치의 제물로 끝내 안두희의 흉탄을 맞고 생을 마감하고 말았다.

민족의 분단을 막고자 하였던 김구는 분단되는 조국의 현실에 가슴이 아파 38선을 넘나들었다. 그러나 과연 그 누가 38선을 베고 쓰러지겠다고 하며, 38선을 넘는 용기를 보인 자가 또 있었는가. 민족 앞에 용기를 보이고 용감하며 당당하였으니 그는 살아서도 백년이요, 죽어서도 천년의 영웅이라 하겠다.

(3) 민족중흥의 역사를 쓰다

방송 중에 근대의 영웅이 누구냐는 질문에 연예인인 신동엽의 거침없는 대답 속에 나온 두 번째 인물이 박정희 대통령이다.

박정희는 대통령보다는 將軍(장군)으로 칭해야 더 어울릴 것 같은 일들을 많이 남겼다.

민족이 힘이 없어 국토의 허리가 잘려 동강이 나고 남과 북으로 분단이 되었을 때 자유당 정권은 국민들에게 부끄럽지 않게 정치를 했었나?

자유당 정권의 부정부패가 극에 달하여 국민에게 심판을 받고 자리를 이어받은 민주당과 장면내각은 국민들의 뜻을 알아차려서 정치를 제대로 했었나?

지난 역사가 되어버린 얘기지만 앞서의 정치인들이나 그들의 정권이 제대로 국민을 위한 정치를 하였다면, 박정희에게 군인이 정치에 나서는 군사혁명의 빌미 또한 주지 않았을 것이고, 5·16은 없었을 것이다.

초등학교시절 어느 날인가, 학교를 파하고 또래의 친구들과 놀고 있는데, 한 아이가 저 건너 산 아래에 부대가 새로 들어왔다는데 거기 한번 놀러 가자고 하기에, 놀던 아이들은 "그래!" 하며 그 녀석을 따라 길을 나섰다.

그때나 지금이나 논다는 것이 별건가? 그냥 떼로 뭉쳐 다니며 시간을 보내는 것이 노는 것이지.

당시에도 군인들이 주둔을 하는 곳이면 담장을 치거나 철조망을 둘러쳤는데, 우리들이 찾아간 곳은 군인들이 임시로 주둔하는 곳이 었는지 많은 차들과 군인들이 있었으나 외부인을 차단하는 철조망 같은 것은 없었다.

부대의 이곳저곳을 기웃대며 신기해하고 있던 차에 어느 군인이 나를 지목하며 "꼬마야, 너 글을 아니?" 하며 묻기에, "예! 알아요" 하였다. 그랬더니 "이리 와봐라" 하면서 주머니에서 작은 쪽지를 꺼내서 내게 주며 한 번 읽어줄래 하신다.

혁명공약 1. 반공을 국시로 지금까지 형식적인 구호에만 그친 반 공태세를 재정비 강화한다.

2. UN헌장을 준수하며….

한 번이라던 글을 여러 차례 그것도 천천히 읽어주었으며, 궁금해서 군인 아저씨에게 물어봤었다.

"이런 걸 왜 외워야 하나요" 하고 물었더니, 나라님이 바뀌어서 그렇다고 하는데 무슨 얘긴지? (얌마 알 것 없어!)

그나저나 그날 군인아저씨에게 건빵도 얻어먹고, 주머니도 빵빵하게 채우고 돌아 왔다.

제5부 이 땅의 영웅들! *19*

유교의 종조이신 공자도 모두가 예를 알고 행함이 도에 이르는 근본이나 곡간이 차야 예도 차릴 수가 있다고 하셨다.

혁명에 성공한 박정희도 헐벗고 굶주리며 명분만의 민주주의보다는 국민 모두가 잘 먹고 잘살아야 민주주의도 잘할 수 있다는 것을 알아서 경제 우선 정책을 택하여 실행을 한다.

박정희는 5·16혁명을 준비하던 모임에서 어떻게 나라를 이끌어 갈 것인가에 대하여 소장파 장교들의 질문을 받았을 때 "임자들, 지금의 정국처럼 배곯아가며 박 터지게 싸우는 민주주의를 하려는 생각들은 버려! 민주주의가 뭐야? 국민이 잘살아야 민주주의도 하는 거지! 지금 민주주의를 내세우는 놈들은 공산당 놈들의 앞잡이나 똑같은 놈들이야! 모든 국민들이 잘살면 민주주의는 자동으로 잘 되게 되어 있어!" 하며 "처해진 조국의 암담한 현실을 극복하려면 혁명만이 살길이야!"라고 하였단다.

누구라도 들어서 알고들 있을 것이나 박정희의 사상이나 행적은 그가 말한 국민교육헌장에 다 들어 있다. 국민교육헌장을 이해하지 못한다면 박정희를 논할 자격이 없을 것이라는 생각을 해본다.

'배에 사공이 많으면 배가 산길을 오른다' 는 말이 있다. 배란 물이 있어서 움직이며, 사공이 노를 저어 물위를 미끄러져 나아가는 것이다. 그런데 사공이 많아지면 배가 더 잘나가야 하련만 산길을 오른다고 하는 말은 우리 민족의 특수한 성격인 저항하는 민족성을 나타낸 말이 아닌가 싶다.

🔥 풍요로움은 훌륭한 지도자와 산업현장의 역군들의 노력 때문

박정희는 민족 저항의 정신을 스스로 낮은 자세로 모범을 보이고, 지금 우리가 잘사는 세상을 만들어야 하는 것은 후대들에게 떳떳한 조상들이자 시대를 슬기롭게 살았다고 당당히 얘기할 수 있는 우리가 되자고 때마다 강조하지 않았던가?

이 땅의 누구라도 잘살아 보자며 일어났던 새마을운동이 성공을 이루게 되는 근본 밑바탕에는 우리 민족의 저항정신을 일깨워 잘살아 보자는 긍정적인 사고로의 전환이 있었기에 가능했다고 본다.

때에 용기가 있고, 용감한 지도자의 옳은 생각과 신념을 모든 국민들이 믿고 스스로 일어나서 따르게 하였고, 스스로 잘사는 세상을 만들었던 것이 새마을 정신이며 시대적인 소명이었다고 하겠다.

강남이 개발되면서 어느 ○ 장관이 아파트를 공짜로 얻었다는 소식을 접한 대통령은 ○ 장관을 불러서 돌려주라고 했던 얘기나, 힘든 건설현장(고속도로)에서 일을 하는 공사감독관을 찾아갈 때에는 부정과 결탁하지 말라는 의미와 격려 차원에서 별도의 금일봉을 주었으며, 스스로도 사욕은 물론 스스로도 부패하지 않았고, 친인척이 권력자의 후광으로 비리를 저지를 것에 대해서도 항상 마음을 썼던 것을 알 수가 있다.

박정희 대통령이 혼신의 힘을 기울여 이룩한 경제성장에 대해 '누구라도 할 수 있는 당연한 일이고, 유신정권이요, 장기집권이요'

하면서 민주주의를 후퇴시켰다는 얘기도 더러 들을 수가 있다.

그러나 유신정권의 시기(70년대)에 국가의 성장이 10%대를 오르 내리는 고속성장을 하였고, 민주주의를 후퇴시킨 것이 아니라 분단 국이며 자원이 없는 나라이니 잘사는 시기까지 어느 만큼까지만 유 보하자는 뜻이었다고 생각을 한다.

민주주의 발전! 사회의 안정!

북한이 우리의 경제발전을 보고 우리를 도와주며 좋아했었나?

민주주의의 나라인 미국도 소련이 그들의 턱밑에 있는 쿠바에 핵 을 가져다 놓으려할 때에 미국이 어떠했었나?

불안에 떨던 미국 케네디가 핵전쟁을 불사하겠다고 하여 소련이 물러난 것을 알아야 하지 않을까?

그때나 지금이나 한민족이지만 우리는 분단국이며, 항상 북한과 대립하고 있음을 알아야 하겠다.

민주주의는 정해진 틀이 없고 각각의 나라들은 그들 나라의 실정 에 맞게 발전하고, 지금도 진화를 거듭하고 있다.

북한의 사주를 받은 자의 그를 향한 총탄이 그의 부인에게 향하 여 남북분단의 제물이 되어 세상을 떠나보냈고, 그도 과잉충성을 하 는 측근의 흉탄에 유명을 달리하였으니 그의 지시에 의해서 추진되 던 올림픽이라도 치르고 갔더라면 하는 아쉬운 마음이 앞선다. (그 럼 27년의 집권?)

18년의 세월을 집권을 하면서 후손에게는 얼마나 재산을 남겼나?

그가 떠난 지도 한 세대를 뛰어넘는 세월이 흘러 이젠 빛바랜 사진 속에서나 보게 된다. 그가 기념으로 심은 나무들이 아름지게 커있어 넓은 땅에 그늘을 만들어주듯이 이 땅은 어디라도 풍요로움이 넘쳐나고 있다.

그는 민족을 위하여 일을 했으며, 민족을 위한 민주 역사의 시간도 역행하지 않았음은 그의 뒤를 이은 지도자들의 행보를 보면서 더욱 느끼게 된다.

민족이 힘이 없었기에 나라의 허리가 잘리며 분단이 된 것을 누구라도 잊어서는 안 될 것이다. 그리고 누구라도 우리가 누리는 풍요로움이 무에서 유를 창조하는 정신으로 70년대에 산업현장에서 열심히 일을 했던 산업 역군들과 훌륭한 지도자에 의해서 형성된 것임도 알아야 할 것이다.

박정희는 진정 용기 있고 용감했으며, 천형과도 같은 가난을 몰아내고 경제 대국을 이루는 발판을 마련하였으니 민족을 위하여 일을 한 영웅이라 하겠다.

세상엔 적당히 용기 있고 용감한 척하는 사람은 많다. 하지만 진정 대의를 품고 행하는 자를 만나기는 쉽지가 않다.

60년대에 우리보다도 10배는 잘살던 필리핀이 오늘날 우리보다 20배나 못사는 나라로 살고 있는 것은 단적으로 지도자가 부패한 사람이냐, 아니냐를 가늠해보는 좋은 예라 하겠다.

민족은 적당히 용기 있고 적당히 용감한 자나 적당히 부패한 자역시도 원치 않는다.

그 시대에 국민들은 가난했지만 박정희를 믿고 따랐다. 박정희는 거짓 선동을 하지 않았고, 그는 스스로 부패하지 않았고, 민족의 역사를 되돌리지 않았고, 민족중흥의 역사를 한국인의 가슴에 새기고 몸소 써나갔다.

작은 거인이자 이 땅의 영웅인 박정희는 웃음도, 눈물도 남기지 않은 채 역사의 장으로 물러났다. 그가 새겨놓은 민족중흥의 역사는 결코 멈출 수가 없는 일이므로, 우리는 앞으로도 계속 걸어 나가야 할 것이다.

삼한 통일의 그날까지!

(4) 한류(문화) 열풍

가끔씩 접하는 TV를 보면서 세상은 참 많이 변하고, 급히 변한다는 것을 때마다 느끼게 된다. '산속에 살고 있기에 그럴까?' 하는 생각도 해보지만, 누굴 잡고 물어보아도 세상은 급히 변해간다고들 한다.

'韓流(한류)의 바람'이란 말을 들은 지가 20년도 더 된 듯한데, 방송이나 연예인들에게만 국한된 것이려니 했다. 그러나 근자의 한류 바람은 우리 문화의 전반적인 분야가 세계인들의 호응 속에서 한류라는 이름을 달고 국력의 위상만큼이나 멀리멀리 알려지고 있는 것을 볼 수가 있다.

문화가 상품이 된 시대에 한류 바람이 우리의 문화를 세계에 전하고 있음을 보면서 새삼 조상의 얼과 혼이 깃든 문화에 애착과 관심이 가는 것은 비단 山僧(산승)만의 얘기는 아닐 것 같다.

꽃을 보면 누구나 아름다움에 취하고, 향기에 취하며, 좋아할 것이다.

꽃을 보기 위해서 누군가는 씨를 뿌리고 싹을 틔어서 보살피며 가꾸었기에 때에 꽃을 보고 즐길 수 있는 것이다. 우리의 한류, 바람도 누군가 씨를 뿌리고 가꾸었기에 한류 열풍의 꽃을 보며 즐기고 있는 것이다.

세상 만물의 조화가 사람들의 크고 작은 생각에서 변화가 시작되고, 내리는 빗물이 모여 작은 물줄기가 되고, 작은 물줄기들이 모여서 내(川)를 이루며, 내가 모여 강을 이루고, 강은 흐르고 흘러서 넓은 바다를 이루듯이 자연을 이루며 존재하는 모든 것은 어떤 동기와 계기가 있었기에 바람을 타는 것이 아닌가?

韓流(한류)는 '88서울올림픽'이 계기

한류라는 말은 우리나라가 88올림픽을 치르면서 세계의 모든 나라가 한국을 알게 되는 계기가 되면서부터 시작이 되었다고들 한다.

안다는 것은 들어서 알 수도 있겠으나, 서로 만나서 보고 대화를 나눈다면 더 잘 알 수가 있을 것이다. 그러니 우리의 88올림픽이 그런 대화의 장을 만든 계기가 되어 세계인들이 찾아와서 스포츠를 즐기며 한국의 문화를 접하고, 자신들이 몰랐던 우리의 우수한 문화를 새롭게 보고 들으며 배워갔을 것이다.

(5) 올림픽과 영웅의 출현

1981년 5월의 어느 날, 문교부 체육국의 국장이 정주영을 찾아와서 프린트한 올림픽 유치 민간추진위원장 임명장을 전한다. 사전에 어떤 통고도 없었던 터라 임명장을 받아든 정주영은 순간 몸에 한기를 느낀다.

차를 마시며 누구의 제안이었냐고 물어보니, 문교부장관의 제안이었다고만 말하고 국장은 돌아갔다.

무에서 유를 창조하고 강인한 추진력과 탁월한 기지로 현대를 세계적인 기업으로 키운 저력과 해외에서 갖가지의 신화를 남기면서 한국 기업의 위상을 높인 능력을 높이 평가해서 제안하고, 결정을 하였다는 것이다. 달콤한 겉치레의 말속에는 나라의 형편으로는 올림픽을 유치하기가 어려우니 나라 대신 개인의 자격으로 '망신을 당해도 정주영 네가 당하라'는 것이 아니겠는가?

✨ 한국 지지 IOC위원들 4명에 불과

얼마 전 국보위 위원장이 한국 IOC위원을 불러서 올림픽 유치에 대한 얘기를 나누었다.

국보위 위원장이 "우리가 올림픽을 치르려면 세계의 IOC위원들의 지지가 있어야 하는데, 위원께서는 과연 우리를 지지하는 IOC위원이 얼마나 될 것 같소?" 하며 솔직한 답변을 듣고 싶다는 질문에, IOC위원은 손가락 4개를 펴 보이며 올림픽 유치는 절대 불가능하다는 비관적인 말을 덧붙였단다.

국보위 위원장은 "으음!" 하는 신음소리를 내며 자리에 몸을 깊숙이 앉히며 "4표라! 우리 표 하나, 미국 표 하나, 대만 표 하나, 영국이 한 표 정도?"라며 탄식했다. '40표를 얻어도 불리한 싸움에 4표라니! 그렇다면 올림픽 유치는 불가능한 것으로 봐야겠구나!' 하는 생각을 하며 올림픽 유치는 불가능한 것이라고 머리에서 정리를 한다.

평생 군인이기에 나라에 충성하는 것을 생명처럼 여기며 살아온 위원장은 '나라가 세계에 올림픽을 유치하겠다고 하고서 올림픽을 유치하지 못하여 나라가 망신당하는 일을 어떻게 수습을 하나?' 하는 고민을 하기에 이른다.

올림픽의 유치는 육칠십 년대의 기적과도 같은 경제성장에 힘입어 국력의 과시와 개발도상국에서 선진국의 대열에 들어서며 동북아와 한반도에 평화를 정착시키고, 분단 상황에서 공산권과 비동맹 국가들과의 외교관계의 수립과 국제적인 행사를 치르며, 국민들의 결집력을 유도하려는 시대적인 배경과 필요성을 느낀 박정희 대통령의 야심찬 의지에서 1979년 5월 올림픽을 유치하겠다는 정부 방침의 발표로부터 시작하였다.

그해 박대통령의 서거와 정권을 장악한 군부의 권력다툼과 80년 5·18광주항쟁의 소용돌이를 겪으며 국민들은 극도로 불안한 정정에 위축되어 긴장 속에 숨죽이고 살아야 했다.

올림픽을 유치하자는 대다수 국민들의 열망과는 달리, 올림픽을 유치하여 치르면 경제가 파탄이 나서 국가가 망한다는 반대론자들의 목소리도 만만찮게 높았다.

당시의 총리는 올림픽 유치를 반대하는 반대론자였다. 그는 우리가 거국적으로 나서서 유치활동을 해도 일본(나고야)을 제치는 것은 불가능하다고 보았다. 만에 하나 유치에 성공을 한다 해도 올림픽을 치르려면 외국에서 돈을 빌려와야 하는데 그 돈이 만만치가 않으며, 적자 올림픽이 되어 경제가 파탄이 나고 나라가 빚더미에 오르게 되어 망한다는 지론이었다.

정부 행정의 수장이 올림픽 유치의 반대론과 망국론을 들고 있는 입장이라 국무위원의 대부분도 윗분의 의사에 동조를 해서인지, 스스로 반대하는 입장이었는지 올림픽 유치에 반대의사를 표명하였다. 그러니 각 부의 장·차관, 국장들이 설사 유치에 뜻이 있다 하여도 윗분들이 반대하는 입장이라 어찌 올림픽 유치에 소신대로 행정을 제대로 처리할 수나 있었겠나? (아! 군대는 짬밥 순이지.)

주무부서인 문교부만 골치 아픈 일이 되었다. 당시의 문교부장관이 올림픽 유치 개최 결정의 시일이 촉박하게 다가오자 올림픽 유치 관계 장관회의를 열어서 일본(나고야)과의 표 대결에서 정부가 망신을 당하지 않는 방안으로 유치추진위원장을 민간 경제인에게 맡긴다는 유례가 없는 결정을 하고 만다.

유례가 없는 결정이란 올림픽을 유치하면 그 나라의 이름과 개최지(수도)의 명칭으로 치러지고 관할 시장이 유치위원장을 맡게 되는 것이 상례라는데, 이를 뚝 잘라먹고 민간 경제인에게 맡긴 것이다.

당시 경제인연합회 회장이 바로 정주영이었기에 민간 경제인들의 대표로서 '아!' 소리도 못하고 본인의 의사와는 상관도 없이 올림픽 유치위원장 직을 떠안게 된 것이다.

나라(정부)가 못하는 일을 어찌 백성이 할 수가 있겠나?

나라의 위신 때문에 망신을 피하려고 어찌 백성을 욕된 길로 내몰 수가 있는가?

나라가 떳떳하지 못한데, 백성인들 어디 가서 떳떳하라고! (때의 세상은 그랬다.)

누구라도 불가능하다는 올림픽 유치의 방울을 달고 정주영은 손으로 머리와 얼굴을 쓸어내리며 "한번 해보지!" 하며 담담하게 작은 소리를 내뱉는다.

88올림픽 유치 민간 추진위원장이 된 정주영은 대체적으로 정부의 부정적인 시각과 분위기를 알고 있었으나, 서로 만나서 얘기는 나누어 보아야겠기에 관련 인사들을 모아 첫 회의를 갖는다.

올림픽 추진위원장 밑에는 각 부의 장관들과 서울시장, IOC위원이 추진위원으로 들어 있었는데, 첫 회의에 참석한 사람은 담당부서인 문교부장관과 서울시의 국장 한 사람이었다.

당연히 참석을 해야 하는 장관들과 IOC위원은 참석하지도 않았다. (썰렁!)

그때가 5월이었으니 9월 20일부터 바덴바덴에서 열리는 올림픽 유치활동을 위한 전시장에 낼 홍보영화나 홍보물을 준비하는 것이 급하게 되었는데, 참석한 서울시의 국장은 예산이 없다고 한다. (어차피 안 될 일이라 당연히 예산책정을 안했겠지!)

급한 일이나 서울시가 정부에 특별예산을 신청한다고 하여도 올림픽을 치르면 경제가 파탄 나고 나라가 망한다고 주장하는 총리가 신속하게 결재를 하겠는가? (어렵지!)

결국에 정주영은 내년도 서울시의 예산에서 돌려받기로 하고, 우선 자신의 돈으로 홍보영화를 만들고 홍보물이나 시설물들을 만들기로 하며, 올림픽 유치를 향한 발걸음을 내딛는다.

🔥 불가능했던 '쎄울, 꼬레아!'의 기적

세계의 국제시장에 자신의 기업이 거래하는 각국의 기업인들을 통하여 그 나라의 IOC위원을 접촉하고, 자신의 해외주재 상사에게 우리나라를 알리는 일이나 IOC위원들을 접촉하여 우리나라의 입장을 잘 설명하여 우리에게 유리하도록 IOC위원을 설득하라는 특별한 지시를 내린다.

올림픽 유치를 위한 결전의 날(9월 20일)이 다가오면서 세계의 매스컴에서는 6대 4로 일본(나고야)이 우세하다고 점을 치는 상황이라, 우리는 안 될 것은 뻔한 일이나 '소가 뒷걸음을 치다가도 재수가 좋으면 쥐를 잡는다' 는 말이 있기에 한 가닥의 희망을 걸고 있는 형편이었다. 그러나 정주영은 누구에게도 내놓고 말은 하지 않았지만 속으로는 코웃음을 치며 그동안 자신이 할 수 있는 일들을 淡淡(담담)한 마음으로 하였으니 올림픽 유치에 필요한 IOC위원의 과반수 득표를 확신한다.

상대인 일본은 나고야시장이나 IOC위원이 행사 이틀 전인 18일에 결전지에 도착을 하여 유치를 위한 왕성한 활동을 하였고, 나고야시에서는 IOC위원과 부인들에게도 일제 최고급 손목시계를 선물로 나눠주었다.

정주영은 우리 IOC위원의 이름으로 각국의 IOC위원들에게 꽃바구니를 보내면 좋을 것 같다는 제안을 했는데, 우리 IOC위원은 펄쩍 뛰며 완강히 거부를 하였단다. 이유는 대등한 IOC위원들에게 자신의 체면이 깎이는 짓이라고 해서 할 수가 없어서 정주영 올림픽 유치위원장의 이름으로 꽃바구니를 각국의 IOC위원들에게 전달하였다고 한다. (IOC위원 체면이 나라의 체면보다도 위였나?)

꽃바구니 선물을 받은 IOC위원들이 이어지는 회의를 하면서도 잠깐씩 로비에서 만나면 한국인의 꽃바구니 선물에 대하여 감사하다고들 하였다니 역시 선물은 값비싼 것보다는 마음과 정성이 담긴 작은 선물이 마음을 움직이고 부담을 주지 않는가 보다.

최종 발표 전날 각국의 기자단들이 모여서 모의 투표를 하였는데, 투표 결과가 나고야시가 서울시보다 6 : 4로 우세하다는 결과가 나왔고, 그래서인지 일본은 미리 본국에서 준비해서 가져온 샴페인을 터트리며 자축을 했다고 한다.

9월 30일 오후 4시, 정주영의 뚝심인가? 장미꽃의 향기에 취한 소리인가? 사마란치 IOC위원장의 "쎄울, 꼬레아!"를 선언하는 소리에 행사장에 있던 모든 사람들은 기쁨의 눈물을 흘리며 얼싸안았다고 한다.

어디 행사장뿐인가? 대한민국 전체가 들썩였는데, 묘한 것은 우리와 일본과의 관계였기에 우리의 기쁨은 더하지 않았나 하는 생각이 든다.

나라도 감당하지 못한 올림픽의 유치를 정주영은 해낸 것이다.

그는 올림픽을 유치하면서 '얼마나 많은 고생이 있었으며 얼마의 비용이 들었다' 는 얘기조차도 한마디 하지 않았다.

올림픽 유치는 그가 아니면 할 수가 없던 일이었으며, 그는 민족의 부름에 당당히 응하여 올림픽을 유치하였으니 분명 이 땅의 용감한 사람이며, 영웅이라 칭하지 않을 수가 없겠다.

그 후로도 그는 소떼를 몰고 고향을 찾아가면서 남북의 정국에

긴장을 완화시키는 일을 했으며, 농부의 자식으로 태어났기에 땅의 소중함을 알아서인지 땅값보다도 비싸게 투자되어 수지타산이 맞지도 않는, 바다를 막아 간척지를 일궈 지도를 바꿔 놓는 대역사를 벌여 농부의 일을 자처하며 살지 않았었나?

방조제의 마지막 물막이 작업에서 폐유조선을 가라앉히는 기가막힌 공법을 세상에 선보이는데, 누가 그런 생각을 해내기나 하겠나?

언젠가 지인들이 놀러 와서 이런저런 얘기를 나누다가 '정주영이 시대의 영웅'이라고 하였더니, "아니, 돈 많은 사람이 어떻게 영웅이 되냐?"며 반문을 한다. 돈 많은 사람이라 하여 영웅이 되지 말라는 법은 없으며, 자신이 벌어들인 재산을 쓰기에 따라서 영웅이 되는 것이다. 그리고 아무리 돈이 많아도 영웅적인 행동은 누구나 쉽게 할 수가 없다는 말을 나누었다.

정주영이 돈을 많이 벌어서 영웅이라고 하나?

나라(國)도 감당하기 어려운 일을 해냈기에 영웅이라고 하지.

세상에는 적당히 시류에 편승한 이들도 많고, 적당히 용기 있는 척하는 사람들도 많다.

영웅이란 때에 일을 훌륭하게 한 사람을 말한다.

정주영은 그가 행한 떳떳하고 당당한 일들을 보면 이 땅에 살고 있는 모두에게 확실한 족적을 남겼으니 영웅이라 칭해도 부끄러움이 없을 것이다.

(6) 준비된 영웅은 어떤 일을 할까?

때의 세상이 영웅을 만들며, 만들어 놓은 길을 사용하면서 모양도 내고 꾸미며, 새롭게, 새롭게 만들어 간다.

때에 만들어 놓아서 불고 있는 한류의 바람은 어느 만큼이나 불어댈까?

유행 따라 부는 바람은 무한히 불어대는 것이 아님을 안다면, 우리는 세계를 향하여 세계인들이 갖고 있지 않은 우리만의 상품을 찾아내어 문화와 함께 상품화에 나서야 할 것이다.

이 글은 근현대사의 역사와 때에 역사를 일구며 일을 하고 가신 분들의 얘기를 넘어 앞으로 이 땅(민족)을 위하여 어떤 일을 하는 일꾼(영웅)이 준비하고 있으며, 우리는 준비되어 오는 영웅과 어떤 우리들의 세상을 만들어갈 것인지를 밝히고자 한다.

수천 년의 인류의 역사 속에 얼마나 많은 이념과 사상들이 인간들을 지배하여 얼마나 많은 모양새의 정치가 있었던가? 많은 세월에 실험을 거쳐서 자유민주주의를 행하고, 행하고자 하는 나라들이 지구촌에 대세를 이루고 있다. 그 나라들 모두가 정치의 이상은 '도덕정치'라는 것을 알아야 하겠다.

유교의 종조이신 공자도 東夷(동이)의 나라에 가서 살고 싶다고 하셨는데, 그 東夷(동이)의 나라가 우리의 고조선이며, 그곳이 도덕군자의 나라라고 하시지 않았나?

민족의 씨내림에 의한 우리의 혈통에는 도덕의 씨가 배어 있어서 세계의 어느 나라도 흉내 낼 수 없는 도덕정치의 씨를 지니고 있음을 알아야 하겠다. (조선 5백년.)

나라가 밀리고, 밀리고, 밀리고, 밀려서 한반도의 반쪽을 차지하고 있으나, 남에게 내준 땅 힘이 없어서 잠시 손님에게 내준 것임을 안다면, 우리가 우리다울 때 손님으로 왔기에 그들은 왔던 곳으로 돌아가는 것은 세상의 정한 이치일 것이다.

주인인 우리는 우리를 알고 우리다워야 하겠다.

세계는 무한경쟁의 시기가 도래되었다고들 한다.

어느 나라나, 민족이나 그들이 그들다울 때 그들은 꽃을 피울 수가 있었다는 것을 알아야 하겠다.

사람의 한 세대는 30년이라고 한다.

김구 선생님의 '**민족은 하나!**' = 30~50년대

박정희 대통령의 '**민족중흥의 역사**' = 60~80년대

정주영 회장의 '**세계시장에 우리문화를**' = 90~2010년대

누구? (**무엇을?**) = 2010년대 이후

다소 차이는 있으나 편의상 분류를 해보았다.

김구가 살아서도, 죽어서도 소원이 우리나라의 완전한 통일이라고 하였는데, 지금 우리는 그 소원을 이루었는가?

박정희의 숙원이었던 누구나 다함께 잘살자는 민족중흥의 역사 (복지국가)를 우리는 얼마나 이룩하였는가?

정주영이 맨주먹으로 기업을 일으켜 세계를 누비며, 우리의 문화를 알리고 동족의 땅이기에 문화와 관광의 씨를 심었는데, 지금 우리는 그가 뿌린 씨의 꽃을 보고 있는가?

세상살이를 표현할 때에 세월이 흘러간다고들 한다.

이제는 역사가 되어버린 영웅들의 발자취를 우리가 되돌아보고 알아야 하는 것은 때의 일들이 쌓이고 쌓여서 현실과 과거의 역사가 되며, 미래를 살아가는 지침이 되기 때문이다.

지금 세계는 무력전쟁(소모전)의 시대를 치르고 잘사느냐, 못사느냐의 경제전쟁의 시대에 돌입하여 한바탕 소란을 피웠다.

이제는 문화의 전쟁을 치르는 시기를 맞이하였다. 문화의 전쟁이란 문화의 교류를 말하며, 문화의 공유를 말하는 것이며, 문화의 세계화를 이루어나가는 것을 말한다. 문화의 세계화란 세상에 누구라도 다툼이 없이 평화롭게 살기를 바라고, 아름답고 예쁘게 살기를 바라는, 그런 세상을 이루려는 것을 말한다.

아무나 적당히 용감하고, 대의와 명분을 들어 적당히 흉내를 냈다고 하여 영웅이라고 해서는 안 될 것이다. 영웅이라면 자신의 땅과 후손에게 분명한 먹을거리(족적)를 남겨야 하기 때문이다.

조국의 부름을 받은 지금의 새로운 영웅은?

2010년대에 이르렀으니 이 땅은 새로운 영웅이 필요한 때가 도래되었다. 조국의 부름을 받아서 무슨 일을 할 것인지를 이미 준비하고 있는 영웅이 우리 곁에 있음도 살펴야 할 것이다.

독자님들, 잘 찾아들 보세요. 때에 준비하고 있는 영웅이 누구인가를?

분명 때를 기다리며 준비하고 있는 영웅이 있는데!

영웅이란 내세움이 없이 묵묵히 자신의 일을 한 사람들이며, 자신이 한 일이 민족을 위하여 한 일임에도 자신들의 영웅적인 행동을 말로 하지도, 알리려고도 않고 때의 일을 하고 가신 분들이 아니신가?

정서상 영웅이란 단어에 익숙하지가 않아서 또는 공과에 인색해서 누구라도 선뜻 나서서 글로 써내기란 여간 어려운 일이 아니다. 그러나 때가 도래함인가? 누군가는 정리를 해야 할 일이라는 사명감으로 감히 필을 들었다.

※ 《이 땅의 영웅들!》이라는 단행본이 곧 출간될 예정입니다. (올해 안에….)

참고문헌

《백범 일지》 / 도진순 주해 / 돌베개

《박정희를 말하다》 / 성진 지음 / 삶과꿈

《시련은 있어도 실패는 없다》 / 정주영 지음 / 제3기획사

《실증 한단고기》 / 이일봉 지음 / 정신세계사

2. 대장이 비겁하게
도망을 가냐?

　날씨가 겨울로 가며 낮과 밤의 기온이 차이가 나서인지 아침에 일어나면 지척을 내다보기가 어려우리만큼 안개가 짙다.

　고운 옷의 낙엽들이 제 할 일들을 다하고 뒹구는 산길을 오르며 '때의 계절이 자연을 만들고 변해가는 모습들이 왜 이리도 빨리 변해가나?' 싶은데 나이가 들어감인가?

　산에 오르니 더욱 계절을 실감하는데, 잎이 풍성하여 그늘을 만들어주기에 더운 여름에 산에 오르면 그 아래에 앉아서 땀을 식히며 쉬던 굴참나무도 계절의 바람에 옷을 벗고 나목으로 서있다. 엊그제 같은데!

　산은 오를 때보다는 내려갈 때에 조심을 해야 함은 산에 오를 때에는 몸의 중심이 앞으로 향하기에 넘어지더라도 크게 다치지는 않으나, 산을 내려 갈 때에는 몸의 체중이 앞으로 나아가며 중심이 앞으로 쏠려있기 때문에 산행을 하자면 하행 길을 조심해야 할 것이다.

산을 내려오면서 낙엽에 미끄러지고, 넘어지고, 뒹굴기가 일쑤인데 그러면서도 산을 찾아 오르내린다.

어느 땐가는 산에 오를 때 두꺼운 비료포대를 들고 산에 올랐다. 내려올 때는 나이도 잊고 비료포대를 깔고 앉아 낙엽썰매를 즐기기도 했었는데, 놀이가 재미 있었으나 밑에 깔린 낙엽들을 생각하자니 오래 즐길 수가 없었다.

겨울의 바람이 휘몰아치며 낙엽들을 골짜기나 계곡으로 몰아넣으니 제 일을 다 한 잎들이 제자리를 아는지 모르는지 아무런 다툼도 없이 골짜기에 모여 수북이 쌓여있다.

산의 정상을 돌아 큰 골로 길을 잡고 내려오는데 산 아래의 굿당에서 제를 지내는지 풍물소리가 귀를 연다.

산 자의 운을 부르는지 망자의 혼을 달래는지 산을 내려오며 소리를 들어보니 끊어질듯 이어지는 징과 꽹가리와 북의 소리가 망자의 혼을 달래는 소리 같은데, '어느 분이 이승과 저승의 자리를 몰라서 헤매시나?' 하는 생각이 든다. 허긴 산 놈들도 자신이 자신을 모르기에 헤매며, 하루하루를 푸닥거리로 날을 지새우는 판이니 저승의 일이야 무슨 말이 필요하겠나?

인생이 세상이라는 무대에 등장을 하면서부터 생을 이어가지만 태어난 자신이 어떤 의지에 의해서 나왔나?

자신이라는 이름표를 붙이고는 살고 있으나 얼떨결에 출연을 하게 됐을 것이기에 살면서 좌충우돌하며 어디가 어디인 줄도 모르고 부딪히며, 부딪히면서도 어떻게 해야 할지를 몰라 헤매는 것이 아니겠는가?

올 때에도 모르고 왔으니 갈 때인들 알겠나? 오는 것도 가는 것도 모르는 것이 인생이며, 인생은 진정 모르는 것이기에 속아서 살다 간다고들 하지 않던가?

쟁기 들고 살아오면서 남들과 크게 덧잡고 다투거나 싸움질한 기억이 별로 없으나 소싯적에 잠시 살았던 동네에서 텃세 때문에 벌어졌던 싸움이 잊히지가 않는다. 그리고 살아오면서도 때때로 기억의 자리에 남아 떠오르곤 하는데 그럴 때면 실없이 웃곤 한다.

텃세! 생명이 있고 생활하는 어느 곳에나 존재하고 묵인하며 알아서 값을 쳐주게 되어 있는데, 그 값은 쌍방의 힘에 의해서 값이 결정되는 것이기에 힘겨루기(푸닥거리)는 피할 수가 없으리라.

아랫마을 청년들의 전쟁 선포

학교에서 수업을 마치고 동네의 입구에 들어서는데 동네의 형들이 모여서 무언가 얘기를 나누는 것이 언뜻 보아도 진지했으며, 다들 심각한 표정들이라 형들의 옆을 지나면서 옆집에 사는 영만이 형을 보며 무슨 일이냐고 물어보았다. 그랬더니 대답 대신 길을 지나오는 동안에 아랫동네의 주막거리에 이상한 일이 없었느냐고 되물으며 아랫동네(수봉마을)의 청년회장이 우리가 살고 있는 마을의 청년들에게 전쟁(푸닥거리)을 선포하고 삼일의 기간을 주고 갔단다.

말이 좋아 청년들의 싸움이지 덩치가 큰놈이 작은놈을 불러내어 두들겨 패겠다는 것인데, 어찌 청년들만의 싸움이라 할 수 있는가? 동리의 싸움이자 전쟁이 아닌가?

자연부락인 수봉마을은 200호에 가깝고, 우리 마을은 50호였으니 싸움을 하기 전에 수적으로 결정을 한다면 해보나마나한 싸움이었으나, 우리 마을의 형들은 아랫동네에 내려가서 청을 받아주며 때와 장소를 정하고 서로 크게 다치지 않게 신사적으로 싸움을 하자고 하였단다. 그리고 동네 사람이면 누구라도 응할 수가 있고, 인원은 무제한으로 하였다나? 아니 동네의 형들, 대체 무슨 복안이 있었나? '깡다구' 인가?

며칠 동안 수적으로 열세인 우리 동네는 날아가는 새들도 숨을 죽였는지 고요한데, 아랫동네엔 경사를 치르는지 날마다 막걸리가 동이 났단다.

수봉마을은 자연으로 형성된 마을이기에 동네가 크고 우리 마을은 팔도에서 이주해온 급조된 정착민들의 동네였기에 수봉마을에서는 덕촌에 사는 사람들을 깔보고 업신여기며 지내던 처지였다. 그래서 수봉마을을 지나야 덕촌으로 들어 올 수가 있어서 그동안 크고 작은 텃세를 감내하며 살고 있었다.

수봉마을의 젊은이들이 술을 먹고 행패를 부리거나 아래위의 구분도 없이 상스런 욕을 한다거나 하는 일들도 더러 있었으나, 이제나 저제나 타관 땅에 뿌리내리고 살자면 참고 살아가야 하기에 웬만한 일들은 참고 넘겼다. 그러나 참고 견디며 인내하는 것도 한계에 부딪히는 일이 발생되었다.

일의 발단은 동네의 대표인 이장 어른이 면사무소에 가서 일을 보고 동네로 돌아오던 길인데, 수봉마을의 주막거리에서 술판을 벌이던 청년들이 어른을 세워놓고 시비를 걸고는 어른에게 폭행을 가하여 걸음도 못 걷게 되어서 들것으로 모셔오는 일이 생겼다. 그래서 우리 동네 사람들이 폭행 당사자들을 찾아가서 어떻게 하여 어른에게 폭행을 할 수가 있느냐며 훈계를 하였는데, 그 청년들은 자신들의 잘못을 반성하기는커녕 도리어 치료해 주면 될게 아니냐고 하기에 따라갔던 동네의 형이 참다못하여 상대 청년과 가벼운 몸싸움이 있었다. 그리고 함께 참여한 어른들도 "네놈들, 어른을 다치게 만들어 놓고 하는 짓거리를 보니 종자가 묘한 종자들이구나!" 하시며 동네로 올라 오셨다는데, 그 일로 아랫마을이 발칵 뒤집혔단다.

그동안 깔보며 지내고 있던 처지라 수봉마을 사람들은 덕촌 사람들이 찾아와서 폭행을 하고, 동네의 종자를 운운했다고 하니 듣기에 따라서는 자신들이 행한 짓거리를 생각 안 하면 듣기 좋은 얘기가 아니었을 것이다. 그리하여 그들이 요번 기회에 덕촌 사람들을 응징하자고 하여 벌어진 일이었다.

자신들이 잘못을 하여 벌어진 일이기에 사과를 해야 마땅한데, 텃세를 내세우고 덩치가 있어 힘으로 몰아붙이겠다고 하니 가히 계란과 바위의 싸움이 아닌가? 경찰에 신고? 할 줄을 몰랐나? 이해가 안 가시나?

귀천을 가리지 않는 제나라 맹상군의 지혜

제나라의 맹상군이 왕명으로 수하의 빈객들과 진나라에 사절로 가게 되어 진나라의 소왕을 만나게 되는데, 소왕은 맹상군을 접견해보고는 소문대로 훌륭한 인재임을 알아보고 그를 제거하려는 계략을 짠다. 그것을 알아차린 맹상군은 체면을 접어두고 소왕의 애첩에게 매달려 살려달라고 호소를 하였고, 애첩은 맹상군이 가지고 있다는 호백구(여우 겨드랑이 털로 만든 가죽옷)를 원한다.

그러나 가지고 있던 호백구는 이미 소왕에게 바쳐서 수중엔 없었기에 수하의 빈객들에게 무슨 대책이 없겠느냐고 물었다. 그러자 맨 아랫자리에서 평상시에는 특별한 재주가 없어 밥만 축내던 빈객이 나서며 "제가 개의 흉내를 잘 내고 도둑질을 잘 하는데 진나라의 궁궐 창고에서 호백구를 훔쳐 오겠다"고 하며 나가서 호백구를 훔쳐왔다. 맹상군 일행은 그것을 애첩에게 바치고서 풀려나게 되어 진

나라에서 도망치듯 길을 재촉한다.

이제나 저제나 쫓기는 자들은 쫓는 자들이 없는 안전한 곳에 닿아야 안심을 하는데 맹상군의 일행이 허겁지겁 길을 나서서 국경인 함곡관에 도착을 하였다. 그러나 때가 깊은 밤이라 첫닭이 울어야 성문이 열리는데 뒤를 쫓는 자들이 있음을 알기에 그들은 얼마나 가슴을 졸였겠는가. 그때에 평상시에는 별로 재주가 없어 눈에 잘 띄지도 않았던 빈객이 나서서 닭울음소리를 흉내 내자, 이를 착각한 성문지기가 성문을 열어주어 국경을 넘어 올 수가 있었다.

세상에 귀한 재주, 천한 재주가 따로 있는가? 하찮은 재주라도 절체절명의 목숨을 건진다면 그것이 귀한 재주가 아닌가? 평상시에 귀천을 가리지 않고 식객을 삼은 맹상군의 지혜가 돋보인다.

젊은 청년 6명 : 100명의 기이한 '푸닥거리'

60년대이니 그 시대의 영화를 떠올린다면 도움이 될 것 같다.

검정 가죽옷을 걸치고 가죽 장갑에 워커를 신고, 더러는 손에 몽둥이를 들고 동네어귀의 솔밭으로 아랫마을 청년들이 모여드는데, 백 명도 훨씬 넘어 보인다.

우리 동네의 형들은 30명쯤 되어 보이는데 몇몇의 형들이 6명이면 싸움을 끝낼 수가 있으니 나머지는 이삼 명이 한조가 되어 솔밭의 여러 곳에 흩어져 있다가 도망가는 사람들을 잡아 모으고 대표의 사과를 받을 때까지 추적하자는 얘기를 나누고 있는 곁에 가서 용희 형에게 "형, 괜찮겠어?" 하며 말을 건넸더니, "응! 걱정하지 마? 쟤네들 쪽 수만 많았지 검불들이거든. 야! 그래도 서울서 수도 꼭지 빨다가 왔는데 쟤네들한테 지면되겠냐? 저 새끼들 이번에 서울 깍두기 맛을 확실히 보여줘야 정신들을 차릴 거야. 걱정하지 마? 그리고 이곳에서 살려면 쟤네들을 이겨서 콧대를 꺾어놔야 살 수가 있어! 지면 이곳에서 못살아. 아니꼽고 더러워서! 알아듣지?" 하는데 눈물이 핑 돌았다.

그나저나 형들이 무슨 복안이 있어서 6명으로 백 명에 가까운 사람들을 이겨낸다고 장담을 하는 것인지 걱정이 앞선다.

몸을 돌리며 언뜻 보니 장수 형과 장오 형이 보인다. "형, 언제 왔어?" 하니 "응! 급하게 오게 됐어. ○○아, 떨어져서 구경해라. 다치지 않게" 하신다. 알아들었다고 고개를 끄떡이며 앞서는 형들의 뒤를 따라 솔밭으로 향했다.

장오, 장수 형제는 차력과 무술의 고수이며 전국을 돌며 순회공연도 하였고, 암튼 실력이 대단한 것을 알기에 수적으로는 열세이지만 다소 마음은 놓였다.

솔밭에 들어서는데 꼴랑 6명이 백여 명을 상대하겠다고 하니 수만 믿고 있는 아랫마을의 청년들이 기세를 올리고 야유를 보내며 수적인 우세를 이용하여 몰이하듯이 둥근 원을 그리며 대오가 움직이기 시작한다.

그때 장오 형이 손에 들고 있던 맥주병을 깨뜨려서 기합을 넣으며 배와 팔뚝을 그어대는데 손이 지나간 자리마다 붉은 피가 흐른다. 한편 장수 형은 언제 준비를 했는지 손에 불방망이를 쥐고 돌리며 입으로는 연신 불을 품어내면서 불춤을 추듯이 몸을 이리저리 굴리고 손과 발이 허공을 가르며 뛰어오르면, 아랫마을 청년들이 몇 명씩 땅에 나뒹군다.

상상을 초월한 공격에 싸움의 의지를 상실해버린 아랫동네의 청년들은 도망을 치며 몸을 숨기기에 급급하다.

이리저리로 튀는 이들을 삽시간에 30여 명을 잡아 무릎을 꿇리고, 나머지는 형들이 예상한 대로 숲속으로 뛰어들며 숨고 도망가기에 바쁜데, 도망갈 것을 몰랐나? 우리는 미리 알고 기다리고 있었는데?

숲속의 여기저기서 때리고 두들기는 푸닥거리의 소동이 한동안 이어진다.

한곳으로 모으니 50여 명이 넘는데 장오 형이 혼자서 제압을 하고 있다.

장오 형을 보니 손에 들려 있는 깨진 맥주병을 와작와작 씹으며 "어느 놈이고 한 놈만 대가리를 들어봐?" 하고 있으니 어느 누가 그 앞에서 얼굴을 들 생각이나 하겠나?

도망갔던 아랫마을의 청년회장이 사과를 하겠다며 스스로 찾아왔다. 장수 형이 "야, 이 새끼야! 대장이 비겁하게 도망을 가냐?" 하며 손을 잡는 것 같았는데, 순간 두어 발 건너에 나가떨어진다.

그가 몸을 추슬러 일어나서 기어오듯 다가오는데 얼굴을 보니 백짓장이다.

주위에서 지켜보던 위아래 동네의 어른들의 중재로 사과를 받고 그날의 푸닥거리는 끝이 났다.

그 일이 아랫마을과 윗마을의 담을 허무는 계기가 되었고, 경로 잔치를 겸한 콩쿠르도 열었었다. 동네 형들은 무대에 올라가서 알아듣지도 못하는 팝송을 열창했었는데, 시공을 떠나서도 통쾌한 푸닥거리여서인지 뇌리엔 지금도 생생하다.

그때의 멋있던 형들이 많은 세월이 흘렸건만 이따금은 생각이 나고, 때론 보고도 싶어진다.

생의 움직임이 때의 일이고, 생의 몸부림이 삶의 짓거리이며, 인연 없이 무얼 할 것이며, 무얼 만나기나 하겠나?

무당이 산대가지를 흔들며 작두를 타고 오색 깃발을 흔들면서 사물을 쳐야 푸닥거린가?

여보게들, 누구라도 사는 것이 푸닥거리이며 푸닥거리를 치러야 자리가 정해지는 것을 아시는가?

허니 언제라도 푸닥거리를 준비해야 하지 않겠나?

언제라도 말일세.

3. 하늘엔 별이 총총한데

농사짓는 철이 되면서 남의 농작물에 피해를 주면 안 되기에 천지분간을 못하며 날을 보내는 녀석이라 마당가의 제 집에 묶어놓았더니 어느 날부터인지 제 집 주위의 땅을 파대는데 녀석의 덩치만큼이나 크게 구덩이를 파 놓았기에 몇 번을 되메워주어도 틈만 나면 땅을 뒤집어 놓는다.

한날은 땅의 구덩이를 메워주며 "야 임마! 왜 땅을 파며 심통을 부리냐?"하며 꾸짖어도 제 집에 들어앉아서 딴청을 피우며 들은 척도 안하는데, 괘씸한 생각이 들어 끌어내어 손으로 파놓은 땅을 가리키며 큰소리를 쳐도 녀석은 눈만 껌벅일 뿐 도통 시원한 반응이 없다.

허긴 때 없이 천지가 좁다하고 위아래 분간 없이 뛰어다니던 놈을 묶어놨으니 주인인들 눈에 보일 리가 없을 것이고 제 놈의 심중인들 편하겠는가?

허나 세상을 사노라면 나만 좋으라고 좋은 세상만 골라서 살 수가 없을 것이니 대롱이 이놈 농사짓는 한철은 묶여서 지내야 하겠다.

잠시 대롱이와 얘기를 하다가 놓아주고 돌아서며 '말 못하는 짐승도 제가 불편하면 불편하다고 무언의 항쟁을 하는데 만물의 영장이라는 인간들이 살아가는 세상의 모양새는 어떠한가?' 하는 생각이 스친다.

◢ 민주주의의 계속적인 진화

지구촌의 어디랄 것도 없이 왕 중심의 전제정치로 수천 년을 이어 오다가 서양에서 싹을 틔운 민중의 뜻을 받아들이는 민주주의 정치와 물갈이를 이룬 것이 얼마나 되었나? 불과 이삼백 년이 아닌가?

이 땅의 역사를 살펴보아도 언제 민중의 뜻을 받아들이는 민주주의(DemoCracy)가 있었나?

식민지의 시대를 거치며 열강들 속에서 버둥거리며 그나마 반쪽이라도 민주주의의 나라가 탄생된 것이 얼마나 됐나? 갓 환갑을 넘긴 것을 알고 있으리라.

민주주의라고 해서 모두가 살아가는데 완벽한 정치와 사회의 체제라고 할 수는 없을 것이니 잘못된 것을 찾아서 보완하고 수정을 하면서 다 함께 잘 사는 사회를 만들어 나가야 할 것이다.

민주주의 역사가 말해 주듯이 지금도 민주주의는 다듬어지고 보태지면서 진화를 하고 있다고 하겠다.

가난 구제는 나라님도 못한다는 말이 있듯이 누구라도 넉넉하게 잘 살면 좋을 것이나, 어디 세상의 이치가 그런가? 자신이 하는 짓거리에 의해서 담을 만큼 담고 살아가는 것이기에 획일적으로 살 수는 없는 것이다.

사회가 발전하고 더 잘사는 나라로 가기 위해서는 사회의 지도층이나 기득권층이 시대의 정신이 맑아야 하는데, 이들이 부정하거나 끼리끼리 결탁을 하여 놀고먹겠다는 생각으로 게으르고 욕심만을 갖게 된다면 스스로의 몰락은 물론이요, 사회의 몰락을 가져오게 될 것이다.

1960년대 우리의 국민소득이 60달러 수준일 때의 필리핀은 800달러의 소득이라, 아시아에서는 잘사는 나라였다. 우리보다는 훨씬 잘사는 나라였던 필리핀이 지금은 어떤가?

우리의 소득이 지금 2만 달러에 육박하는데, 그들의 소득은 1,500달러에도 못 미친다고 한다.

그들이 나라의 발전을 이끌어내지 못한 속내를 들여다보면 몇몇 거대지주가문(로하스, 케손, 산토스, 페레스, 아키노家(가))과 기득권

층(정치인과 고급관료)들이 부와 권력을 독점하여 부정부패를 일삼고 서로 결탁하여 자신들만 잘 먹고 잘살아야겠다는 사악한 이기심의 결과임을 알 수가 있다.

어디 필리핀뿐인가? 지구촌의 어디라도 '공짜근성', '거지근성'의 기득권층들이 나라를 망친 예가?

남미의 나라들이나, 아시아나, 아프리카 등 어디에서라도 쉽게 찾아볼 수가 있을 것이다.

백성들 모두가 편하게 지내며 잘살면 그것이 국력이기에 모아진 국력으로 국가도 힘을 발휘하여 외국으로 힘을 뻗치며 더 많은 발전을 가져올 것이나, 백성들이 궁핍하고 어렵게 생활을 하며 못살면 국력 또한 힘이 없을 것이니 나라인들 어디에 이름을 내며, 무슨 힘이 있겠는가?

힘없는 나라와 백성들은 약육강식, 적자생존의 원칙에 의해서 열강들의 수중으로 들어갈 것이고, 그들의 흥정거리가 되는 것은 뻔한 일이다. 그리고 국가의 이름표조차도 내리게 되는데, 그것이 이상한 일일까?

국가는 힘이 있어야 한다

1905년 7월 29일 일본 외상 가쓰라와 미 육군 장관 테프트가 일본의 동경에서 마주하며 이른바 가쓰라-테프트 밀약을 체결한다.

내용을 보면 필리핀은 미국이 차지하고, 조선은 일본이 차지하는

데 서로가 동의한다는 것이다

일본은 이후에 영국과도 조선을 차지하겠다는 협약을 하고, 러시아와도 같은 내용의 협약을 맺음으로써 서방의 열강들로부터 조선에 대한 우월적 지위를 인정받아 1905년 11월에 을사늑약을 강압으로 체결, 조선의 외교권을 박탈하기에 이른다.

주권국의 주권을 힘을 내세운 열강들이 경매시장에 내놓고 서로 밀고 당기며, 거의 공짜인 수의계약으로 나누어 먹자는 짓거리들을 한 것이다. 이상한 일인가?

아마 그때에 중국의 일부가 열강들의 경매시장에 나왔었지?

국가는 힘이 있어야 한다. 그 힘은 국민으로부터 나오는 것이기에 기득권자들이나 지도자층이 밝고 맑은 정신과 공짜근성이나 거지근성을 버리고 민의를 잘 살핀다면 나라는 저절로 부강해질 것이 아닌가?

🔥 쥐 잡으러 왔소이다!

마을 중앙에 세워놓은 종탑의 종이 울린다. 땡~ 땡~, 땡~ 땡~. 땡~ 땡~.

동네가 술렁이며 모든 동네 사람들이 누구랄 것도 없이 걸을 수만 있으면 집을 나와 군청으로 발을 옮기는데, 벌써 저만치에는 동네의 어른들과 노인들을 모시고 가는 우마차가 앞장을 서서 길을 가고 있다.

삼삼오오의 사람들이 열기를 내뿜는 7월의 하늘을 머리에 이고 묵묵히 길을 재촉하며 나아간다.

지난밤에 동네에서는 회의가 있었는데 회의에 다녀오신 어머니가 "일찍 자야겠다" 하시며 내일은 군청으로 가서 데모를 하기로 하였다는 것이다. 웬 데모?

국가의 정책에 의해서 이주하였기에 자립할 때까지 일정기간은 구호식량을 받기로 약속받았는데, 당시는 6~7개월이 지나도 행정 관청에서 아무런 소식이 없어서 군청에 가서 시위를 벌이기로 한 것이란다.

면소재지에 파출소가 있어서 우회로 돌아 산길을 택하여 걷다가 신작로로 내려선다.

자갈과 먼지 날리는 길을 걸으니 땀은 비 오듯한데, 어떻게 걸었나? 30리 길을!

군청이 보이는 곳에 이르러 미리 준비해 간 플랜카드의 깃대를 양쪽에서 잡고 노약자를 모신 우마차가 그 뒤를 따라 군청으로 들어가려는데 ,입초를 선 경찰관이 눈에 띄는데도 제지하지는 않았다.

당시에는 전경들도 없고 데모라고 해도 '으싸! 으싸!' 하는 구호도 없고, 머리의 띠도 없고, 시끄럽지도 않았다. 그리고 플랜카드의 글도 자극적이지가 않았다. 내용은 '쥐 잡으러 왔소이다!' 였으니 얼마나 해학적인가? 나한테 와야 할 곡식을 쥐가 먹은 것이 아니냐는 표현을 빌렸으니 혹여 '인쥐' 가 먹었다는 뜻인가?

솔바람 댓가지 부딪히며 내는 소리에 쌓여 조용하던 변방의 군청에 때아닌 시위대가 들이닥쳤으니 모두들 정신이 없는 것은 당연지사이고 업무인들 제대로 볼 수가 있었겠나?

또 생전 처음 보는 진풍경이었을 것이니 구경꾼들이 여기저기서 삽시간에 모여 든다.

군청의 모든 업무가 마비되다시피 하였다. 허나 한편에서는 시위대를 위한 간이시설들을 군청의 뜰에 설치하기에 분주하였으며, 모두들 한결같이 열심이었다.

동네의 어른들은 군청에서 일이 해결 안 되면 도청으로 가겠다고 하니 처음에는 만만히 생각하여 부군수가 나와서 협상을 하다가 사태의 심각성을 인지하였는지 출장 중이라 자리에 없다던 군수 어른이 직접 나와 사과를 하였다.

행정이 어디 말로 이루어지는 일인가?

군수와 옆에서 폼 잡고 으름장이나 놓으려던 경찰서장 나리까지 함께 협조하며, 앞으로는 정착민의 양곡을 쥐가 먹지 못하도록 하겠다는 내용의 서명을 받고야 일은 끝이 났다

때를 넘겼으나 급히 설치한 여러 개의 가마솥에서 물을 끓여 국수를 삶아서 먹었는데, 어른들이야 반찬으로 김치와 깍두기가 보였지만 반찬을 기다릴 겨를이 있었나?

국수에 단맛을 낸 사카린 물만으로도 맛이 기가 막혔다. 먹고 나면 누나들이나 아줌마들이 "집에 걸어가려면 힘이 들 텐데" 하시며

국수를 들이밀어서인지 여러 그릇을 비웠던 것 같은데, 몇 그릇이나 먹었는지….

배를 채우고 집으로 향하여 하나둘씩 자리를 털고 일어나려는데 마을 대표인 순구 아저씨의 목소리가 마이크를 타고 흘러나온다.

군수님의 배려로 긴급히 마련한 양곡을 실은 차와 동네사람들이 타고 갈 차가 준비되어 있다는 말이었다.

당시로서는 배려를 넘어 파격에 가까운 대우였으나, 나는 차를 타고 집에까지 올 수가 없었다.

차체가 높은 트럭인 제무시에 몸은 실었으나 길도 굽은 자갈길을 부딪치듯 덜컹거리며 달리다 보니 때 늦어 시장하던 차에 쑤셔 넣듯이 목을 넘어간 국수들이 차가 덜컹거릴수록 속에서는 고통스럽게 요동을 쳤다.

많은 사람들이 고통을 호소하여 어쩔 수 없이 중간쯤에서 내려서 걸어왔다.

집에 당도하여 언뜻 하늘을 보니 별들이 총총하였다.

누구나 편하게 잘 먹고 잘살기를 바라는데 어디 세상은 그렇게 돌아가는가?

어렵고 힘이 없음을 알아 열심히 일을 하면서 기다림을 익히고 배우며 살다보면 힘이 생기고 점점 더 넓은 세상과 만나게 됨을 스스로 인지해야 할 것이다.

세상에서 제일 무서운 귀신이 있다면 사람 귀신일 것이니 하루 한시인들 그냥 넘어갈 수가 있겠는가. 그러기에 삶은 푸닥거리라는 걸세!

오늘도 밤하늘은 맑아서 별들은 총총한데 혹시 인쥐들이 창고에 넣어둔 쌀 두지에 들어앉아 먹고 있지는 않을까?

하늘에 별들은 총총한데.

4. 하나님과 동창!

밤이 익어 늦은 시간이라 하루를 정리하며 잠자리를 보고 있는데, 전화벨이 울려서 받아보니 친구인 영웅이었다. 절을 찾아가는데 길이 설어서 헤매고 있다기에 찾아오는 길을 가르쳐 주었다.

얼마 되지 않아서 마당으로 차가 들어오며 웬 초로의 신사가 차에서 내리며 밖에 서있던 나를 보고는 반갑다며 손을 내민다. 악수를 나누며 "부산에 살고 있다는 것만 알고 있었는데, 무슨 바람이 불어서 올라왔냐?"고 하니, 여식의 결혼식이 있어서 급하게 올라오게 되었는데, 아는 사람들이나 친척들도 많이 있지만 친구가 특별히 생각이 나서 하룻밤신세를 지려고 찾아왔다고 한다.

"절 방값은 오성급 호텔보다도 열 배는 비싼데, 친구가 방값을 가지고 왔나?" 하며 돌아다보니 웃고 있다.

친구가 방값을 터무니없이 부르는데도 그냥 웃고만 있다. 옛날 그 일로 껄끄러워서 웃고 있나?

복숭아 서리의 추억을 되뇌게 한 친구 영웅

언제 적인가? 학기말고사를 앞두고 공부한다는 핑계를 대고 영웅이 집을 찾아갔다.

영웅이는 머리를 싸매고 제법 폼 잡고 공부를 하고 있었는데, 혼자서야 공부를 하겠지만 두 놈이 앉아서 공부를 한다는 것이 제대로 공부가 되겠는가?

얼마간 앉아서 공부를 하다가 밤이 익어가는 만큼 공부의 열성이 식어가니 이내 장난기가 슬슬 발동을 하는 것이 아닌가? "영웅아, 안골에 있는 큰집의 복숭아가 맛이 들었을 텐데…" 하며 영웅이의 의중을 슬쩍 떠보니 영웅이가 펄쩍 뛰며 "안 돼!" 하며 손사래를 친다.

영웅이는 그렇잖아도 저녁때 큰아버지께서 요즘 들어 복숭아밭에 서리가 심하여 밭을 지키라고 하였으나, 학교에서 시험이 있어서 공부한다고 하여 겨우 복숭아밭 지키는 것을 면했는데 어떻게 서리를 하겠냐고 하며 도통 움직이려 하질 않는다. 그렇다고 앉아서 공부를 했겠나?

내키지 않아 하는 영웅이와 큰집의 복숭아 서리를 하였는데, 담을 것을 준비도 하지 않고 갔으니 어디에다가 담아 가지고 올 수가 있었겠는가. 둘은 복숭아를 따는 대로 가슴팍에다 쑤셔 넣어 가지고 집으로 돌아와서 정신없이 맛이 있게 복숭아를 먹었다.

그러나 복숭아의 깔끄러움이 씻고, 씻고, 씻어도 가시질 않았으니 며칠 동안 둘은 서로 얼굴이 마주치면 몸을 비틀며 누구에게도 말은 못하고 웃었는데…. 아! 그때 기말고사 시험은 복숭아를 따먹은 덕에 잘 봤지, 아마?

아침에 일어나 공양이라도 하고 가면 좋으련만 무엇이 그리도 바쁜지 영웅이는 일어나면서 시간을 내서 참석해 달라는 말만 남기고는 길을 나선다.

🐟 껍데기만 보고서 알면 얼마나 알겠나?

세상살이가 때의 움직임이기에 때에 행하는 일들이나 짓거리가 생기며 삶이기에 누가 무엇을 안다는 것도, 누가 누구를 얼마나 잘 안다는 것도 또한 아는 것인가? 안다 한들 얼마나 알겠는가? 껍데기만 아는 것이지.

가까운 일가나 친지들이나, 함께 동문수학을 한 친구들이나, 사회생활을 하며 알게 된 주위의 가까운 이들도 표현으로 안다고들 하지만, 실상은 그들에 대하여 얼마나 알며 그들의 속내를 또 얼마나 알겠는가.

사람들은 살면서 만나고 부딪히며 서로 알고들 지낸다. 그러면서 서로의 관계가 성립되어 친구가 되고, 친지가 되며, 친구나 혹은 동창들 중에 '누구?' 하면 그에 대하여 다 알고 있는 것처럼 어쩌고 저쩌고 늘어놓지만, 실상 얼마나 알고서 안다고들 하고 있는지?

안다는 것은 때에 어떤 인연으로 부딪쳐서 잠시 또는 일정기간 껍데기를 보고 서로 부대꼈다는 것인데, 그것으로 상대를 알면 얼마나 안다고 할 수가 있을까? 껍데기만 보고서.

一山(일산)어른을 모시고 산행생활을 할 때에 가끔씩 들리는 지인들이 오시면 어른과 담소를 나누다가 가신다.

그날도 절에 손님이 들어서 밖에서 차를 끓여서 방에 들여보내고 잠시 무언가를 하다가 무심코 방에서 흘러나오는 얘기를 듣게 되었다.

"처사님들? 누구를 안다고 하는 것도 아는 것이 아니며, 때에 보여지는 겉모습만을 보고 안다고 말들을 하지만, 실상은 아는 것이 아니며, 누구도 상대를 알 수가 없으니 함부로 누가 누구를 안다는 말을 하면 안 되는 것입니다. 왜냐하면 누구도 자기 자신조차도 모르고 살고 있기 때문이지요. 그러니 내가 나를 모르면서 어찌 남을 안다고 얘기를 할 수가 있겠소?"

밖에서 잠시 들은 말이지만 '어? 무슨 소리야? 내가 나를 몰라?' 그러니 남을 안다는 것은 어불성설이라?

한동안 무슨 말인지조차도 몰라서 헤맸는데, 독자님들도 잘 새겨

보시오. 답? 공짜로는 재미가 없지!

하나님과 동창이라던 선배님

사시예불을 드리고 간단한 차림으로 절을 나서며 '영웅이가 친 그물에 제 발로 들어가는 건가?' 하는 생각도 드는데, '전화로 청을 하면 밖으로 나오지 않을 것이기에 하룻밤을 유숙하며 영웅이가 그물을 쳤나?' 그랬든 저랬든 나선 길이 아닌가.

서툰 길을 찾아 식장을 찾아 들어가 보니 웬 둥근 밥상에 둘러앉아 식사를 하면서 이야기를 하느라 정신들이 없다

세월에 더러는 변하지 않아 낯익은 얼굴들이 보이고 언제였나 싶을 만큼의 얼굴들과 전혀 기억조차도 없는 이름을 듣고 아는 체하는 이들도 만나며, 영웅이가 밥상자리를 잡아주어 앉아있으려니 누군가 다가오며 손을 내민다.

'어? 하나님과 동창이라던 선배님이 아닌가?'

"아니, 선배님이 어쩐 일로 걸음을 하셨냐?"고 하니, 영웅이와는 같은 집안이라서 참석을 했다며 잘 지내냐고 안부를 묻는다. 보이는 것처럼 편하게 잘 지낸다고 하고 하나님 동창과 얘기를 한참 나누었다.

백묵으로 벽에 그려놓은 태극기

'초딩'을 마치고 '중딩'이 되어 학교생활을 며칠이나 했나 싶은

날, 학교 정문을 들어서서 교실로 들어가려는데 교실 벽 쪽에 3학년 선배들이 의자를 놓고 앉아도 있고 서있기에 거수경례를 하고 손을 내렸는데, 선배가 벽 쪽으로 오라며 손짓으로 부른다. 영문도 모른 채 다가가며 보니 이미 1학년들만 몇몇이 부동자세로 서 있어서 자동으로 대열을 맞춰서 한쪽에 서있게 되었다.

등교시간인지라 몇 명의 1학년들이 나와 같이 대열에 참여하게 되었고, 그제서야 완장을 두른 3학년 선배가 나서며 "제군들이 학교의 생활을 시작한지가 얼마 되지가 않아서 선후배의 관계에 대해서 잘 모르고 있는 것 같은데, 1년 선배는 조상님과 동급이고, 2년 선배는 하나님과 동창이다"는 말을 하고 나서는 삼회 복창을 시킨다. 복창을 하고 바짝 긴장들을 하고 있는데 선배가 말을 이어간다.

"국가를 대표하는 것이 국기다. 제군들은 국기가 어디에 있더라도 국기에 대하여 예를 표해야 하는데 그렇게 하질 않아서 이렇게 모여 놓았다"며 옆의 벽면을 가리킨다.

언뜻 자세히 보니 옆의 벽면에는 백묵으로 그린 태극기의 형체가 있었다.

속에서 웃음이 밀고 올라오는 것을 억지로 참으며 선배가 "차렷! 열중 쉬어! 차렷! 국기에 대하여 경례!"하기에 "충성!"을 외치고서야 해산을 하여 교실에 들어올 수가 있었다.

그 후로도 우리는 벽에다 백묵으로 그려놓은 태극기 앞에서 몇 번 더 충성을 외쳐야 했다.

선배들로부터 수시로 교육을 받으며 동급생들은 우리도 3학년이 되면 써먹어보자고 은연중 의기투합을 보였는데, 막상 3학년이 되었어도 백묵으로 그린 태극기 앞에서 충성교육(?)을 못 써먹었다. 왜냐하면 동급생들이 누구랄 것도 없이 순하고 물러 터졌었거든. 3학년이 되어서 대대장이나 규율부를 조직할 때에도 서로 안 하겠다고들 해서 담임선생님한테 단체기합도 받았던 걸로 기억하고 있다. 그 이유는 태어나면서 각 계절과 천간의 움직임, 자연의 순환이 엮어낸다는 것을 근자에 와서야 알게 되었기 때문이다. (무슨 소리야?)

🔥 천간의 나이가 많고 적을수록, 수고를 더하고 덜 한다

누구나 태어나서 해를 보내면서 먹는 나이가 있다. 일정하게 한 해에 한 살씩 먹게 되는 나이가 있으니 자연의 순환이 엮어내는 나이를 말하는 것이다. 천체의 움직임에 의해서 태어나면서 결정되어지는 나이가 있으니 天干(천간)의 수에 의해서 성립되는 나이를 말한다(천간은 나이의 순서이니 甲(갑)은 1살, 乙(을)은 2살, 丙(병)은 3살, 정은 4살, 戊(무)는 5살, 己(기)는 6살, 庚(경)은 7살, 辛(신)은 8살, 壬(임)은 9살, 癸(계)는 10살이다).

천간의 나이를 많은 이들에게 적용을 시켜서 계산을 해보니 나이가 많을수록 수고를 더하며, 나이가 적을수록 수고를 덜 하는 것을 알 수가 있었다.

배우자간에도 적용을 해보니 실제의 나이와는 상관없이 태어나면서 짊어지고 나온 천간의 나이가 많은 쪽이 수고를 더하며, 적게 짊어지고 나온 사람을 보호하며 살아가는 것을 알 수가 있었다.

자연의 모든 생성물들이 조화를 이루며 익어가는 순서에 따라서 수가 정해졌으며, 수의 배열에도 정해진 궤도를 가듯이 일정한 법칙이 있음도 알게 되었다('책 속의 책' 참조).

하나님과 동창인 선배와 식사를 함께 하며 영웅이를 보았더니 겉으로는 평안한 척하고 있으나, 내심 속은 불편한 듯 보인다. 허긴 딸 키워 시집보내는 부모치고 마음 편한 사람이 있을까? 집에서 애지중지 키운 딸을 제 손으로 끌어다가 시댁과 사위에게 건네주는 것이 딸 혼사를 치르는 것인데, 심사가 어디 편할 수가 있겠는가. 자식 걱정은 누구나 하는 것이고, 잘살아주어도 걱정, 못살아도 걱정이다. 자식 걱정 안 하는 부모가 어디 있을까?

그나저나 일을 마쳤으니 집으로 가야겠는데, "어제저녁 숙박비는 어떻게 할래?"라고 영웅이에게 물으니, "아들이 장가를 가면 두 배로 주겠다"고 한다. 그래서 "아들이 몇 살인데?" 하고 물으니, 무슨 띠, 몇 월이라고 하여 계산을 해보았다.

'아니! 아들놈 장가는 환갑을 넘겨?' 아니, 말을 하면 안 되지. "그래, 그때 갚어. 영웅아, 간다" 하고 돌아서는데, 하나님과 동창이라던 선배도 길을 나서겠다며 영웅이와 얘기를 하고 내게 손을 들어 보인다.

"충성!" 인사를 하고 집으로 돌아오며 생각을 해보니 좀 전에는 국기도 없었는데 어디다가 충성을 했나? 아! 하나님 동창!

영웅아! 그런데 왜 갑자기 온몸이 가렵냐?

5. 세상은 아름다워지는데

산자락에 터를 잡고 살기에 넉넉하지는 않으나 푸성귀는 주위의 작은 채마밭이 있어서 갈아 먹을 수가 있었다. 그러나 직접 콩 농사를 지어서 장을 담가 먹을 심사로 묵어 있는 남의 밭을 빌려서 농사를 시작해 보았다.

산속에 버려지다시피 방치되어 있던 땅이라 여간 수고를 한 것이 아니며, 밭의 한쪽에서는 샘물이 나서 배수에 여러 날 수고를 하였다. 그리고 지력을 돋우려고 밑거름을 넉넉히 뿌리고 남의 손을 빌려 기계로 갈아엎고 골을 타서 콩을 심었는데, 콩을 심고부터 싹은 고사하고 생각조차 하지 않았던 걱정을 해야 하는 일이 벌어졌다.

새(비둘기나, 까치나, 꿩)가 날아와서 땅을 헤집으며 콩을 찾아 먹어 치우는가 하면, 어렵게 겨우 싹을 틔우고 나온 새순들을 쪼아 먹어버리니 콩 농사는 시작부터 엉망이 되어버렸다.

새들의 공격에도 용케 살아남은 콩들이 대머리에 솔밭마냥 드문드문 싹을 틔워 자라는 것이 보기에도 좋아보이지가 않아서 갈아엎을까도 생각을 했지만, 자라는 모습이 치열한 전쟁터에서 승리하여 살아 돌아온 것 같은 생각에 그냥 키웠다. 그런데 이놈들 그런 나의 생각을 배려해서인지 아주 튼튼하게 자라주었고, 수확도 예상했던 것 이상의 소출을 내주었다.

농부가 흙을 일구어 씨를 심어 가꾸는 일도 때의 일이며, 들짐승이나 날짐승이 주린 배를 채우려 밭을 헤집어 파는 것도 때의 일이다. 그러니 자연에서 부딪히고 충돌이 일어나는 것도 때의 일들이며, 때의 일들이 서로가 부딪히는 것이니 짐승들을 탓할 수가 있겠는가.

자연에 터 잡고 살아가는 축생들이나, 사람들이나 서로가 같은 공간을 공유하는 처지이니 농작물의 피해를 막고 짐승들과 충돌하는 일을 수고스럽더라도 사람이 지혜를 모아 피해가야 할 것이다.

첫해의 콩 농사를 망치고 나서 여기저기에서 자문을 구하여 알아보았더니 날짐승의 피해가 있을 때에는 모를 키우듯이 콩을 하우스에서 싹을 내어 키워서 옮겨 심으면, 새들의 피해를 막을 수가 있다고들 해서 그렇게 하였더니 새들과의 전쟁은 치르지 않았다.

농사를 짓는 방법도 예전과는 사뭇 다른 것을 알았고, 세월이 흐르며 무심코 오고가는 계절이 온갖 것들을 변하게 한다는 것을 새삼 일깨워준다.

자연의 세월이 흐르면 계절 따라서 세상이 변하듯 사람들도 알고 있든, 모르고 있든 사람에게도 계절이 있다.

나이가 먹어감에 따라서 계절도 변하는데, 그것은 누구라도 예외는 없을 것이다.

태어나서 먹는 한 살의 나이에서부터 인생의 봄은 시작하는데, 20세까지를 인생의 봄이라 할 것이며, 21세부터 41세까지는 인생의 여름이라 하겠고, 42세부터 63세까지를 인생의 가을, 그 이후의 나이는 겨울이라고 하겠다.

인생의 계절은 자연의 계절과 같아서 봄과 여름과 가을은 인생의 농사를 도모할 수가 있으나, 인생의 겨울은 자연의 계절과 같이 농사를 지을 수가 없는 계절이라서 봄, 여름, 가을에 지은 자신의 행위(결실)에 따라서 지내게 되는 것이다.

그러나 겨울에도 자신의 일을 도모할 수가 있는 경우는 일부의 전문직이나 자신의 계절에 사람에게 투자를 한 경우에는 겨울에도 일을 하며, 인생을 도모할 수가 있다.

자연의 해와 달이 양과 음을 이루어 천지만물이 음과 양의 속에서 존재하며, 자연에 터 잡고 살아가는 사람도 양인 남자와 음인 여자가 존재하며 살아가고 있다고 하겠다.

남자는 여자로, 여자는 남자로 되어가는 세상

얼마 전인가, 우연히 TV방송을 보는데 무척이나 흥미로운 내용을 보게 되었다.

남자와 여자가 나이별로 이성을 선택하는 기준이 무엇인가를 알아보기 위한 방송이었는데, 남자는 십대에서 칠십대까지 한결같이 모든 남자가 여자를 보는 기준을 '예뻐야 한다'는 것에 기준을 둔 반면, 여자는 남자를 고를 때에 '남성미, 경제력, 사회적인 지위' 등 나이에 따라서 다양함을 보여 주었다.

남성들의 단순함과 여성들의 영리함을 보여준 방송이었으며, 세상이 아름다워지고 주위의 환경이 아름다워지는 이유를 단편적으로나마 알게 해준 방송이었다.

무엇 때문에 공부를 하고, 무엇 때문에 일을 하고, 무엇 때문에 무엇을 하든 남성들은 예쁜 여자를 얻기 위하여 움직이지만, 여성들은 남성미가 넘치는 아름다움과 때론 풍족한 경제력도, 때론 리더십도, 때론 사회적인 지위도 필요하다는 것은 현실을 파악하며 살아가고 있다는 반증이 아닌가 싶다.

그날의 방송이 보여준 통계가 아니라도 세상은 점점 아름다워지고 있다.

남자의 기운은 양의 기운. 단순하고 우직하며 꾸밈이나 가식이 없고 군더더기조차도 털어버리려는 양의 기운이 행동으로 나서면 맞서는 것에는 힘으로 대항하고 지배하며, 이끌어 나가면서도 항상 꿈은 부드럽고 아름다우며, 섬세함을 추구하고 희망한다는 것을 알 수가 있겠다.

여자는 달빛의 은은함이기에 음기의 기운. 세심하고 보듬고 품으며, 양육하고 키우며, 밖의 일보다는 안에서의 일에 충실하나, 꿈꾸며 추구하는 것은 세상 밖의 일에 관심이 있고, 힘(경제력)을 얻기 원하고, 세상의 틀(속박)을 벗어나서 지배자가 되기를 바란다고 하겠다.

예쁜 것을 희망하며 아름다움을 꿈꾸듯 품고 살아가는 사람들이 늘어나고 많아질수록 주위의 작은 것에서부터 아름다움을 찾아 변화시켜 나갈 것이고, 점차 아름다워지고 아름답게 꾸미며 생활이 윤택해지고, 여가를 즐기는 사람들이 늘어나 아름다움을 찾아다니며 접하고 감상하며 변할 것이니 어찌 아름다워지지가 않으리.

양의 기운인 남성들이 나이나 계절에 관계없이 누구라도 예쁜 여성을 추구한다는 것은 남성들은 女性化(여성화)로의 진화가 시작되었음을 말하며, 여성들이 남성을 선택할 때의 기준이 되는 경제력이나 사회적인 지위, 리더십 등은 여성이 현실적인 감각을 파악하고 있어 여성들 스스로가 바라고 취하고 싶어 하는 희망임을 안다면 여성들도 성을 뛰어넘어서 男性化(남성화)의 진화가 시작되었음을 말해주는 것이라 하겠다.

세상은 변하며 변한 만큼 다양해지고 있다. 그동안은 불문율로 여겨졌던 금남금녀의 영역들이 벽을 허물며 남자들의 영역이던 군대에서도 별을 단 여장군이 생겨나고, 여자대학교에 남학생의 입학이 허용이 되며, 판사, 간호사, 미용사 등 어느 분야랄 것도 없이 서로가 서로의 영역을 나누어 주며 조금씩 세상은 변해가고 있다. 이대로 변해가다 보면 남자가 여자가 되고, 여자가 남자가 되는 것은 아닌가? (무슨 뚱딴지같은 소리야?)

🜂 태초의 이 세상은 신들의 세상

인간들의 세상이 존재하기 전부터 태초의 세상은 신들의 세상이었다.

신들은 땅과 천상을 자유로이 오가며 아름다운 자연과 천상의 아름다움을 즐기며 지냈다. 그러면서 땅의 아름다움에 항상 허전함을 느끼던 중에 신의 아들이 무리를 이끌고 내려와서 도읍을 정하여 살면서 지상의 인간들을 제도하고 교화하여 세상을 이루었다고 한다.

힘으로 모든 것들이 결정지어지던 때인지라 남자는 힘으로 모든 일들을 해결하려고 하였다. 그러나 자신들이 할 수 없거나 어려운 일들을 신들은 세심하고, 부드럽고, 매끈한 아름다운 몸짓으로 어려운 일들도 잘하는 것을 보고 남자들은 신을 좋아하고 따르게 되었다. 여자들 또한 아름다우면서도 절도가 있고, 부드러우면서도 깔끔한 신들의 재능에 반하게 되면서 스스로 감성적이 되어 신을 따르고 가까이하며 접촉하기에 이른다.

신의 性(성)은 중성이기에 남성이 진화한다면 신의 경계인 중성에 이를 것이고, 여자 또한 진화하여 변한다고 하여도 신의 경계인 중성화에서 머물 것이다.

세상은 점점 변하며 진화를 거듭하면서 신들의 영역으로 점점 가까워지고 있다. 신들에게 가까이 갈수록 감성적이고 세심해지며, 아름다워지고 멋과 맛이 있으며, 부드러워진다는 것을 알아야겠다.

밤은 신들이 활동하는 때라 세상의 밤은 점점 현란해지고, 감성을 자극하고, 소란스러우며, 아름다워지리라.

이 밤도!

6. 오! 필승 코리아

지구촌 축구의 제전인 한일월드컵에서 우리 태극전사들이 이룬 16강, 8강, 4강의 신화는 언제, 어디서 되씹고 되씹어 보아도 맛이 새록새록 더하는 것은 이 땅에서 태어나서 살아가는 사람이기에 느끼는 것이리라.

사람들이 모이는 곳이면 어디에나 붉은 옷의 응원단으로 넘쳐나고, 남녀노소 누구랄 것도 없이 삼삼오오의 인파가 온 거리와 광장을 메우고 "오! 필승 코리아"를 외쳐대던 그날의 함성이 그날의 신화를 만들고, 그날의 영웅을 만들고, 모두가 영웅이 되어 기억하고 있는 것이리라.

월드컵에서의 4강이 新話(신화)가 되어 새로운 이야기도 될 수가 있고, 神話(신화)가 될 수도 있음이니 당시의 외신을 보면 외국의 어느 축구 전문가도 한국은 본선(32강)에서 1승도 어려울 거라고들 했다. 그리고 혹여 운이 따라서 1승을 하여 16강에는 든다고 하더라도 2승을 하여 8강에 드는 일은 볼 수가 없다고들 하여서 모든 국민들도 우리 선수들에게 기대는 하였지만, 전력으로는 16강에만 들어도 잘하는 거라고들 생각했었다.

그런데 우리 태극전사들이 세계 축구사의 장에 이변을 넘어 신화를 창조하였으니 웃으며 16강을 넘고, 힘차게 8강을 긋고, 뒷심으로 4강을 창조하며 오대양육대주의 지구촌을 들었다 놓는 축구의 신화를 연출한 것이 아닌가.

정말 장한 일이다. 神話(신화)란 神格(신격)의 일로 미루어 얘기할 수 있는 전승적인 얘기나 전래의 설화를 말한다.

준결승에서 패하여 3, 4위전 경기를 터키와 치르게 되었는데, 그때의 분위기는 서로가 이겨도 좋고 져도 좋다는 분위기였으니 묘함이 아닌가.

분명 이기기 위하여 싸우는 것인데, 이겨도 좋고 져도 좋다니 왜, 이리 후한 마음들이었을까?

어느 방송국의 기자가 인터뷰를 갖고 3, 4위전의 경기에 대하여 터키의 선수단에게 소감을 물으며 질문을 하자, 터키 선수단의 선수들은 형제의 나라에서 형제들과 치르는 경기라서 누가 이기고 누가 지는 것은 대단하지가 않다는 말들을 하며, '코리아와 터키는 형제의 나라'라고들 한다. (무슨 얼빠진 소린지?)

기자가 "한국전쟁(6·25사변) 참전국이라서 혈맹의 나라이기에 형제의 나라라고 얘기하느냐?"고 하니, 그것이 아니라 자신들은 원래부터 형제의 나라로 알고 있으며, 6·25사변 때에도 형제의 어려움을 도우려 실제 전투 병력을 파견하였었단다.

지금도 참전용사들이 생존하여 모임도 갖고 그들은 코리아의 형제를 도와 전투에 참여했었다는 긍지가 대단하다는 말들도 쏟아놓았다.

적자생존의 냉엄한 현실 속에서 아무에게나 이유도 없이 형이요, 동생이요 할 수는 없을 일이건만, 질문에 답하고 얘기를 나누는 그들에겐 한 점의 의혹이나 꾸밈도 찾아 볼 수가 없었으니 '왜, 그들은 우리를 형제의 나라라고 하는가'를 그 방송을 보고 들으며 궁금한 생각이 든다.

역사 속에는 얼이 깃들어 있다

어느 땅에서 누가 살든 그 땅의 역사와 함께 살아왔을 것이며, 부모의 부모가, 그 부모의 부모가 살아왔기에 그 터가 고향이 되고, 조상의 땅이 되어 살아오고 있을 것이다.

부모들의 삶과 조상들의 삶이 역사가 되어 그 후손들에게 이어이어 오면서 가르칠 것인데, 좋은 역사이든 나쁜 역사이든 제 땅에서는 제대로 가르치고 훈육을 해야 하건만, 우리의 역사를 조금만 들여다보면 두루뭉술한 것이 의아심만 커지는 것은 어찌된 일인지?

고조선의 건국을 단군신화로 만들어 가르치면서 웬 고조선의 유물이 있으며(신은 재주가 좋으니까?), 우리는 배달의 민족이자 백의민족이라고 한다. 그러면서도 고조선 이전의 역사에 존재했던 배달국에 대해서는 일언의 무엇도 들을 수가 없으니 안타깝다. (배달의 자손이 아닌가?)

옛 고조선이 신화의 나라이든, 배달국이 있었든 없었든 지금껏 잘 지내왔는데 공부하는 학생들에게 짐만 되는 역사의 얘기를 꺼내시냐고 할런지는 몰라도, 어느 누구나 어느 나라라도 역사 속에는 그 민족의 혼을 담고 있고, 그들 조상의 蘗(얼)이 실려 있어서 적당히 알아서는 안 되는 것이기 때문이다.

나라를 이어감은 정치인이든, 학자든, 경영자이든 그들의 기상과 기세가 어우러져서 그 시대를 이끌어 가는 것인데, 때의 일들이 시간이 지나면 역사가 되는 것이기에 역사가 바로서고 제대로 알아야 나라의 다스림이나 법도가 바로설 수가 있기 때문이다.

중국이나 일본이 자국의 역사를 크게 포장하고 왜곡하는 것은 그렇게라도 해서 자국민들의 기상과 기세를 드높이려 하는 것이고, 한국의 역사를 축소 왜곡하는 것은 너희는 역사가 그렇듯이 별 볼일 없는 조상의 자손들이라고 하여 두고두고 우리 후손들의 기세까지도 꺾으려하는 짓임을 알아야겠다.

신라가 삼국을 통일하여 참다운 신라통일의 정신이 이어졌다면 고려에게 나라를 바치는 일이 없었을 것이고, 고려도 실다운 고려의 기상이 있었더라면 몽고의 침략으로 나라가 쇠하였다고는 하지만 조선에게 나라를 넘겨주지는 않았을 것이다.

또 수많은 외침이 있었던 조선도 조선다운 조선의 기상이 있었다면 倭人(왜인)들이 물러갔을 것이다. 그러나 조선이 조선다움을 잃었기에 쳐들어온 왜인들이 물러가지 않았으며, 결국에는 그들에게 나라를 넘겨주지 않았던가?

왜인들에게 나라의 주권을 빼앗기고서 그 주권을 되찾기 위해서 얼마나 많은 이들이 사방의 산하대지에 피를 뿌려 항쟁을 하며 엄청난 희생을 치렀는가!

그러면서도 우리의 힘으로 나라의 주권을 찾았나?

외세의 힘으로 겨우 힘겹게 독립을 하였기에 반쪽의 영토를 잘라준 꼴이 되질 않았나?

독립을 일구어준 우방국들이 우리의 독립을 그냥 도와줬나? 나라라는 이름과 모양만 갖추고 있을 뿐 자신의 역사 속에 얼이 깃들어 있음을 모른다면, 나라가 얼마나 존속하고, 남들 앞에 당당하게 나설 수 있을 것이며, 남들이 또 알아나 줄까? (남들이 얼빠진 것을 먼저 알아볼 걸.)

🔥 얼속에 담긴 더 나은 우리의 절박한 미래

옛 조선의 역사가 정립되고 더 나아가서는 배달국의 역사도 우리들이 정립을 해야 할 것이다.

좋아도, 싫어도, 나빠도, 감추고 싶은 것이 있어도 우리의 역사이기에 우리가 나서서 제대로 정립을 하여 자손들에게 알려줘야 한다. 그것은 누가 해줄 리 없고 해줄 수도 없는 일로, 우리가 해야 하는 일이기 때문이다.

대한민국이 성장하고 더 발전을 이루어 세계로 더욱 뻗어가려면 왜인들이 만들어 가르치던 단군조선이 신화라는 허울을 하루빨리 쓸어내고, 옛 조선의 건국과 통치이념(도덕정치)을 올바로 숙지해야 한다. 그것을 제대로 알아야 하는 것은 역사 속에는 얼이 깃들어 있기 때문이고, 그 얼의 기상이 우리의 기세를 드높일 수 있으며, 그 얼속에 더 나은 우리의 절박한 미래가 있기 때문이다.

대한민국은 대한민국의 蘗(얼)이 살아있어야 그 누구도 넘보지 않을 것이다.

고대아시아의 실크로드의 시작과 종착지인 터키는 아시아와 유럽의 대륙을 잇고 있어서 대륙의 다리 역할을 하고 있는 나라이며, 과거 그들의 조상인 수메르인들이 인류의 역사가 이룩한 세계 4대 문명에서 가장 오래된 역사인 메소포타미아문명을 이룩한 나라의 후손들이다.

이 땅에서 그들이 살고 있는 곳으로 예전에는 동서로 길을 만들어 서로 왕래하며 넘나들었을 조상님들이 서로 터 잡고 서로 이웃하며 지낸 것인가? 아무튼 먼 곳에 살고 있는 형제들이다.

우리 태극의 붉은 전사들은 형제들을 맞아 그들에게 한판을 내어 주고도 4강에 들었으니 그것만으로도 세계 축구의 역사에 신화를 만들었다. 그러니 어찌 그날의 함성을 잊을 수가 있겠는가.

오! 필승 코리아.

오! 필승 코리아.

오! 필승 코리아.

오! 오! 오! 오! 오!

7. 그래? 대한국민 만세다!

캐나다 밴쿠버에서 열린 동계올림픽에 참가한 선수들이 의외의 종목에서 금메달을 따며 좋은 결과의 소식을 전해오면서 온 국민이 환호했다.

겨울스포츠에선 변방으로 생각하고 있었던 우리나라의 선수들이 세계기록을 깨며 우승을 하는 바람에 우리 선수들은 물론 우리나라에 세계인들의 찬사와 모든 시선이 쏟아졌다. 오랜만에 닥친 추위도 선수들의 좋은 활약으로 모두 잊게 했다.

선수가 되려면 그 분야에서 최소한 10년은 갈고 닦아야 기량을 내세울 수가 있을 것이고, 세계대회의 넓은 무대에 나가려면 타고난 소질이나 재능이 남들과 달랐을 것이다.

선수를 지도하고 가르치는 지도자들 또한 남들과 달랐기에 좋은 결과를 얻게 된 것이리라.

단연 돋보인 것은 불과 얼마 전만해도 앳되어 보였던 피겨의 여자선수가 너무도 성숙하고 우아하며, 도도한 모습으로 빙판을 가로지르며 완벽에 가까운 연기를 보였던 점이다. 보는 이들은 눈을 떼지 못하고 그녀의 연기에 사로잡혀 놀라움을 금치 못했다. 방송매체에서는 '피겨의 여왕'이라는 찬사가 쏟아지더니 그것도 잠시 지나니 '피겨의 神(신)'이라는 찬사까지 쏟아놓는다.

🔥 배고픈 시절도 잊게 하고

아프리카의 이름도 낯선 나라에서 4전5기의 신화를 낳으며 주먹으로 세계를 제패한 선수가 고국에 계신 어머니와의 통화에서 첫마디가 "엄마, 나 챔피언 먹었어!" 하니, 그의 어머니가 "그래? 대한국민 만세다!"였다.

언제 적 얘기인가. 한 세대를 훌쩍 뛰어 넘었건만, 엊그제의 얘기처럼 생생한 것은 때의 일이라서 그런가?

'사람은 살기 위해서 먹는다'고 하는데 먹을거리가 넉넉지가 못하면 온통 먹기 위해서 수고를 하게 되며, 먹는 것이 모든 일상의 중심이 되는 것은 당연한 일일 것이다.

지난 시대에 많은 운동선수들이 정상에 섰을 때에 인터뷰를 하는 것을 보면 "배가 고파서 배를 채우기 위하여 힘들고 모진 훈련을 감내하였다"는 얘기를 심심찮게 하는 것을 들었는데, 요즈음의 선수들이 얘기하는 것을 보면 단순히 돈을 벌어 배를 채우기 위한 것만이 아니라, 존재감이나 사명감으로 운동을 한다고들 한다.

많이 변했다.

한줌의 보리밥 덩어리로 속을 채우고 모자라면 냉수로 속을 채우고서도 무엇이 그리도 좋아 뛰어다니며 놀았는지 되돌아보면 아련한 옛 얘기가 되어 버렸건만, "아! 이놈들아! 뛰지 말고 살살 놀아라. 배 꺼진다!"고 하시던 어른들의 소리가 지금도 생생한 것은 누구의 자식이랄 것도 없이 커가는 자식들 배고플 때에 넉넉히 채워주지 못하는 어른들의 배려 섞인 얘기가 아니었던가.

누가 가난을 원할 것이며, 누군들 배고픔을 원하겠는가? 때의 일이였지.

언제부턴가 길을 다니다 보면 '체력은 국력이다'라는 글을 보게 되고 방송으로도 듣게 되었으나, 당시에는 그 글귀가 왜 그리도 서글프게 다가왔었는지. 먹을 것조차도 제대로 배부르게 못 먹는 시대였기에 운동이라면 배가 부르고 힘이 있어야 하는 것이라는 생각에 그랬던 것이 아닌가 싶다.

한 세대를 넘긴 이즈음에는 운동으로 세계의 마당에서 두각을 나타내며 국가의 위상을 높이는 젊은 선수들을 심심찮게 볼 수가 있는데, 그것은 체력이 국력이라는 때의 바람이 있었기에 가능한 일이 아닌가 하는 생각이 든다.

(한 세대(世代)는 삼십년이라고 하는데, 世(세)자를 파자해 보면 열 十(십)이 세 개가 들어 있는 것에서 알 수가 있으리라.)

강하고 힘이 있는 것만이 세상을 지배하고 영역을 넓혀 나가며 군림을 하게 되고, 힘이 없으면 변방으로 몰리고 쫓겨나야 한다. 그나마도 쥐 죽은 듯이 찍소리도 못하며 강한 자의 눈치나 살피고 겨우 연명을 하는 것은 사람들이 존재하고 나라라는 이름표를 달고 기록으로 전하는 역사를 살펴보면 알 수 있는 일이 아니겠는가.

만년에 가까운 인류의 역사 속에서 땅에 줄긋고 땅따먹기 하듯이 힘없고 약한 자를 누르고 억압하며 힘을 과시하였고, 억눌린 자는 절치부심 때를 기다렸다가 힘을 모으고 키워 억압하는 자를 제압하여 누르기를 이어오지 않았는가 말이다.

그나마 근세에 들어 (껍데기라도) 서로를 존중하며 평화적으로 모여서 운동을 즐기자고 하여 개최한 올림픽마저도 때마다 얼마나 많은 우여곡절이 있었는지….

올림픽의 근원을 찾아 고대사회에서 치러진 올림픽을 들여다보면 근대의 올림픽과는 차이가 있으니 신에게 제사를 지내는 형식으로 그리스에서 시작이 되었으며, 종교와 예술, 군사훈련이 융합된 축제였다. 이는 B.C. 776~394년까지 이어졌으나, 로마제국의 황제가 불미스러운 종교행사로 규정하여 폐지되었다고 한다.

로마시대에 폭군으로 우리들에게 너무도 잘 알려진 네로도 올림픽에서 우승을 하였다는데, 웃기는 일이라 적어보면 네로가 4륜 마차경기에 참가하였단다.

경기 도중에 달리는 마차에서 무엇 때문인지는 모르나, 마차에서 떨어졌는데(음주 운전?), 참가한 모든 선수들이 떨어진 네로가 마차에 올라 달리기 전까지 멈추어 기다렸다가 네로가 달리는 것을 보고 달렸다고 하니 우승을 안 하는 것도 이상한 일이었을 것이다.

(허긴 참가한 선수들은 네로보다 먼저 앞에 나가면 '인생 졸업' 시킬 것을 알았기 때문이 아닐까?)

앞으로는 도덕전쟁(?)의 시대

대한민국의 건국 이래 최초의 올림픽 금메달은 1976년 캐나다 몬트리올에서 치러진 레슬링의 양정모 선수가 국민들에게 처음으로 金(금)맛을 보여줬었다.

그 이후로 80년대와 90년대 그리고 21세기에 들어와서도 눈부신 경제성장의 힘을 입어서인지 많은 선수들이 국민들에게 기쁨과 희망과 용기와 자부심과 긍지를 담은 메달을 선사하는 것을 볼 수가 있다.

자연 속에 살기에 자연에서 모든 것을 보고 배운다는 것은 자연은 때가 있으며, 자연은 계절이 있어서 일을 하는 것을 아는 것이리라. 계절이 싹을 틔우고, 해와 달의 기운을 먹으며, 자라서 꽃이 맺히고, 맺힌 몽우리를 키워서 꽃을 피워 열매를 맺게 하는 것이 때의 일인 것이다.

허나 싹이 돋아났다고 하여 모두가 꽃을 피우는 것이 아니며, 꽃이 피어 맺혔다고 다 결실을 볼 수 있는 것 또한 아님은 천재지변을 포함한 자연의 냉엄한 현실을 극복하여야 때의 결실을 볼 수가 있기 때문이리라.

세상에 존재하며 살아가는 것은 상대방보다 자신이 무언가는 우월하다는 긍지와 자만심은 있게 마련이며, 그렇게 갖는 긍지와 자만심은 나라나 민족의 정신에 스며들어 있다는 사실을 알아야겠다.

우리와 이웃하고 있는 일본과의 관계를 보면 일본과 무슨 일이 있거나 경기라도 있을라치면 (글을 점잖게 써야 하는데…) 일본 놈들, 왜놈들, 쪽바리놈들 하며 경기에 앞서서 흥분을 하게 되고, 다른 나라에게는 다 지는 한이 있어도 일본 놈들만큼은 이겨야 한다며 심하면 거품까지 물게 되는데, 묘하지 않은가?

누가 그렇게 하라고 시키기라도 했나? 아무도 일본을 미워하라고 시킨 사람이 없다면, 그것은 이 땅에서 태어났기 때문일 것이다.

반일감정은 조선을 야비한 술수로 쓰러뜨리고 잔혹하게 식민통치를 했다고 하여 근세에 생겨난 것도 아니다. 반일감정의 역사는 우리의 유구한 역사만큼이나 오래전부터 생겨 이어온 것이다.

한민족이 바이칼호수와 파미르고원의 부근에서 고대국가를 이루었으며, 중국과 북만주, 내몽고까지 어우르다가 조선조에 이르러서는 한반도에 정착하여 오늘에 이르기까지 유구한 역사를 간직하며 때마다 이웃인 왜국을 도와주었다. 그랬건만 왜국은 자신들이 힘을 길러 틈만 나면 조선을 넘보고 해안을 쳐들어와서 약탈과 노략질을 일삼으며 스스로 야만적인 행동을 서슴지 않았다.

그러니 어찌 그들에게 이웃으로 대접해주며 문화인의 대접을 할 수가 있겠는가?

세기 초에 가야의 철기문화가 건너가면서 비로소 나라의 틀을 갖추고 백제의 왕인박사가 논어와 천자문을 가지고 건너가서 그들에게 문화를 가르쳤다. 고구려의 담징은 호류사의 벽화도 그려주었고, 맷돌, 종이, 먹 등을 전하기도 했다.

고려조에 들어서는 고려대장경의 인쇄본을 전하였으니 그들에게 국가의 기본 틀을 세우게 하였고, 문화와 예술의 뿌리를 우리가 건네주었다. 그랬으면 문화인의 행동을 하여야 마땅하나, 그들은 도움 받은 것들을 감추려는 심사인지 야만인의 행동을 이어오고 있음을 볼 때, 이 땅의 누구인들 그들을 달가운 이웃으로 여기겠는가?

임진왜란의 만행을 저지르고 패하여 물러갈 때에도 제 나라에 변변한 찻잔이나 밥그릇조차도 없어서 이 땅의 陶工(도공)들은 일부러 찾아내어 끌고 간 것은 누구나 아는 사실이 아닌가.

우리의 입장에서 보면 왜인들은 당연히 부끄럽게 생각을 하고 우리에게 고마워해야 하는데, 왜 그들은 적반하장 격으로 우리를 업신여기고 있는가? (책 속의 어딘가에 답이 있음)

때의 지구촌에는 수백을 헤아리는 나라들이 서로 힘을 겨루면서도 감추고 가면무도회를 하고 있다. 이를 볼 때 道(도)를 알아서 제대로 길을 찾아 德(덕)을 행하는 나라는 興(흥)할 것이고, 도를 모르거나 덕을 행하지 않는 나라는 자연히 亡(망)할 것이다.

올림픽이라는 이름으로 열리는 스포츠의 축제도 어찌 보면 문화와 예술과 평화로 겉포장을 하고는 있으나, 속내는 체력이 나라의 힘이기에 군사훈련이며, 전쟁훈련의 연장으로 보면 무리일까?

당분간 지구촌에는 과거에 치렀던 세계대전과 같은 무력전쟁은 일어나지 않을 것이다. 그렇다고 전쟁이 없어진 것은 아니며, 자국의 이익을 위한 무역전쟁과 병행하여 세계가 문화전쟁을 치르고 있다. 즉, 문화를 상품화하여 문화전쟁으로 나아가고 있고, 멀지 않아서는 道(도)와 德(덕)으로 국력을 가늠하는 '도덕전쟁'을 치를 것이다. 도덕전쟁? (무슨 전쟁인가?)

때에 고생이 있으면, 때에 즐거움도 있을 것

3월도 반이나 지나가면서 봄이 익어가며 어딘가에서는 꽃망울이 터졌다고 하는데, 날씨는 겨울로 돌아간 듯이 칼바람이 불어대며 때 아니게 폭설을 몰고 와서 '봄이 왔구나?' 하는 사람들을 당혹하게 한다.

자연의 하늘이 때에 하는 일을 땅에 붙어사는 인간들이 어찌 가늠이나 하겠는가? (본시 봄 속에는 겨울의 일부와 여름의 일부가 봄과 함께 일을 하고 있다.)

언젠가, 세계대회였나? 올림픽이었나? 야구의 종주국이라는 미국이나 남미의 나라나 동양에서는 제법 야구를 잘한다고 깝죽대는 일본의 콧대를 뭉개버리고 방망이로 세계를 제패하여 세계인들을 놀라게 했던 일이 있었다.

당시의 운동장 한가운데에 태극기를 꽂았던 일이 너무도 생생한 것은 때의 통쾌함이라고 해야 할까?

어디 남자들뿐인가? 대한의 낭자들 또한 손에 그 무엇만 들려주면 신들린 듯이 잘 휘두르고 잘 맞추는지 외국인들은 벌린 입을 다물지 못하고, 우리 선수들의 놀라운 성적을 보고 들으며 찬사를 아끼지 않는다.

모두들 예상 밖의 성적에 취하여 이변이라고들 하는데, 그게 과연 이변인가? 이변이란 스스로 생각하지 않았다는 것일 뿐, 어찌 이변인가? 당연한 일이지!

선수들 하나하나는 혼신의 힘을 다하여 연습에 연습을 하였을 것이고, 남모르게 흘린 땀과 노력이 얼마인지를 알아야 할 것이다.

신기에 가까운 실력 또한 배달의 자손이자 신들의 후손이기에 당연한 것이 아닌가? (어? 신의 후손?)

때가 되어서 세상이 변하고 발전을 거듭하면서 살아가기가 좋은 세상이 되었다고는 하나, 풍요로운 때를 맞아 편히 잘 지내는 사람들이 있는가 하면 어려운 때를 맞아서 힘들게 살아가는 사람들도 있을 것이다. 그러나 어렵다고들 하는 시기에도 이 땅에 많은 이들은 자신의 일을 안고서 힘이 들고 힘에 겨워도 열심히 살아가는 모습들을 만나고 보게 된다.

백성들 하나하나의 힘이 나라의 힘이 아닌가?

때에 고생이 있으면 때에 즐거움도 있을 것이며, 때에 꽃을 피우고 가꾸었다면 때가 무르익어 결실도 맺을 것이다. 게다가 짭짤하게 수확을 할 날도 올 것이다.

자신이 한 만큼 누구에게 내놓아도 부끄럽지가 않을 것이고, 당당할 것이다. 남들 앞에 우뚝 서야만 맛인가? 무슨 수식이 필요한가?

밝은(배달) 땅에 태어나 사는 누구라도 대한국민 만세다!

그래! 대~한국민 만세다!

8. 濾法(법)을 알아?
웃기고들 있네

계절이 가을에 들어서면서 한낮에는 더위를 느끼지만 아침저녁으론 제법 선선해졌다.

산의 정상에 올라 땀을 식힐 겸 앉아 있자니 웬 겁 없는 메뚜기가 품으로 뛰어 든다. 손으로 떼어서 멀리 가라고 풀밭으로 던져주고 눈을 들어 사방을 어림해보며 산의 정상들을 훑어보는데, 어느 곳에 이르러서는 반백년의 세월이 흘러갔건만 기억의 언저리에서 생생한 기억들이 되살아난다.

지방에서 올라와서 아래채를 얻어 세 들어 살면서 대학 공부를 하던 형이 있었다. 시청의 임시직원으로 일하며 차를 몰던 형이었는데, 가끔은 청소차를 몰고 와서 집 앞에 세워두는 것을 보고 차가 타보고 싶어서 떼를 쓰면 사람 좋은 그 형은 가끔씩 차를 태워주곤 하였다.

　나라의 살림살이가 어려웠던 때인지라 오래되고 낡은 차라서 소음도 심하고 앉는 의자도 성치 않았다. 그리고 문짝도 없는 화물차였으나, 왜 그리도 차를 타면 기분이 좋았는지?

　시내의 이곳저곳에서 모은 쓰레기를 싣고 시내를 벗어나 한적한 곳에 위치한 하치장에다 갖다 버렸는데, 그 쓰레기를 버리던 곳에는 언제 가보아도 들꽃들이 흐드러지게 피어 있었고, 이맘때쯤에는 개구리나 메뚜기가 넘쳐났었다. 그리고 메뚜기를 잡아서 강아지풀에다 꿰어서 구워주면 맛있게 먹었던 기억이 생생한데, '어디쯤이었나?' 하며 눈을 들어 가늠을 해보니 허허롭던 들판은 간데없고 도심의 한복판이 되어 전철이 다니는 길목이 되어 있다. 주변도 온통 변하여 아파트와 백화점의 건물들이 들어서 있는 것이 보인다.

　불과 반백년의 세월이건만 턱밑의 세상이 이리도 변했으니 유구한 세월 속에 변화를 제대로 추측하는 것은 '어찌 사람이 할 수나 있는 일이겠나?' 하는 생각이 앞선다.

　'이렇게 몰라보게 변했는데 이대로 반백년이 더 지나간다면 얼마나 변해 있을까?' 하는 생각을 하며 산을 내려오면서 변하는 것 또한 때의 일이기에 변하는 것은 당연한 일이며, 변하면서 복잡해지고 이리저리 얽히는 것 또한 변화의 과정일 것이라 여겨진다.

　그래도 서로가 소통이 되고 서로가 살아가는 것에 적응을 하는 것은 모두와 함께하는 法(법)이 있기 때문일 것이다. 법이 일을 하기 때문에 모든 이들이 서로 소통하며 살아가는 것이리라.

法(법), 상명하달의 원칙에 의해서 만들어졌나?

'거미는 줄을 타며 살고, 사람은 경위(涇渭)(경우나 경오로도 발음)로 살아간다'는 말이 있는데, 사람이기에 당연히 사리분별을 하며 주위의 이웃들과도 조화를 이루며 살아간다는 말이리라.

허나 요즈음에 경위를 알아서 경위대로 행하는 사람 만나기 어렵고, 무슨 일에 경위를 논할 수가 없는 세상이 되어 버렸다. 왜들 그런가 싶어서 들여다보니 法(법)이 있어서 마땅히 사람이기에 해야 할 경위도 법 앞에서는 소용이 없게 되니 누구라도 우선순위인 법대로 할 수밖에!

법은 상호 소통을 위해서 만들어지고 서로를 존중하며 최소한의 예의를 지키려는 규약이건만, 사회가 복잡해지고 다양성을 요구하면서 일부의 사람들은 자신이 알고 있는 법을 악용하거나 법을 놓고 서로가 싸움을 벌이는 것을 보게 되는데, 마치 칼날과 칼등을 오가는 것 같아 듣고 보는 것만으로도 아찔하기가 그지없다.

한적한 시골길을 지나다 보면 마을이나 학교의 주변에 걸린 현수막이 심심찮게 눈에 들어온다.

어느 동네 ○○ 자식 ○○가 ○○회 고시에 합격을 하였다는 현수막이 쳐져 있는 것을 보게 되는데, 어디 시골뿐인가? 이 강산 어디라도 심심찮게 보이는 것인데. 자식을 낳으면 서울로 보내고, 공부를 시키려면 판·검사가 되는 공부를 시켜야 한다고들 하여 박 터지게 공부를 시켜서 고시에 합격을 했으니 부모나 학교에서는 자랑할 만도 하겠으나, 고시에 합격을 하였다고 하여 인생살이의 합격은 아니지 않은가?

물(水)이 순탄하게 흘러(去)가는 것이 法(법)인가? 그리 알고들 있을 것이기에 안타까움이 앞선다.

물이 흐른다는 것은 위에서 아래로 흘러가는 것이 자연의 법칙임을 누구나 알고들 있기에 글의 뜻을 풀어보자면, 법의 정의가 위(上, 상)에서 아래 (下, 하)로 상명하달의 원칙에 의해서 물이 흘러가듯이 아래를 지도하고 제어하기 위하여 정해지고 만들어졌나?

좀 이상한데? 붕어빵에 붕어가 빠진 꼴인가?

진나라 승상 李斯(이사)에 의해 처음 만들어진 法의 뜻은?

周(주)나라의 힘이 무너지고 여러 제후국으로 나뉘어 춘추전국시대를 맞이한 중국대륙. 수백 년을 자고새면 전쟁의 소용돌이에 여념이 없던 그 중국대륙을 통일한 것은 영토도 작고 나라의 힘도 작아 볼품이 없던 秦(진)나라였다. 작고 볼품없던 나라의 왕이 대륙을 통일하고 始皇帝(시황제)가 될 수 있었던 것은 승상인 李斯(이사)라는 인물이 있었기에 가능했었다.

李斯(이사)는 초나라 사람으로 일찍이 지방의 향리에서 문서를 담당하는 하급관리였는데, 어느 날인가 우연이 화장실에서 볼일을 보다가 인분을 먹으며 그나마도 오들오들 떨면서 긴장을 한 모습의 쥐를 보았다.

그리고 어느 날인가는 곳간에 들어갔었는데, 그곳에서도 곡식을 먹고 있는 쥐를 보게 되었다. 사람이 다가가도 경계하거나 걱정도 없이 유유히 돌아다니며 곡식을 먹는 모습을 보고는 쥐나 사람이나 때를 잘 만나야 하며, 주위환경에 의해서 삶이 바뀌게 되는 것을 알아차리게 되었다. 그리하여 이사는 관직을 버리고 당대 최고의 유학자인 荀子(순자)의 문하생이 되어 제왕의 도를 배운다.

당시 순자의 문하에는 훗날 법가이론을 집대성한 韓非子(한비자)도 문하생으로 공부를 하고 있었다.

이사가 공부를 하고서 자신의 뜻을 진나라에서 펴려고 진나라를 찾았을 때에는 장양왕이 죽고 13세의 어린 왕(훗날의 진시황)이 왕위를 계승하였으나, 국가의 대권은 승상인 여불위에게 있었기에 이사는 여불위의 식객으로 들어가서 때를 기다리기로 하였다.

여불위에게 몸을 의탁하여 지내면서 조금씩 여불위의 신임을 얻게 되었고, 이사의 재능을 간파한 여불위가 왕의 시종으로 천거하였다.

왕의 측근에서 때를 기다리던 이사는 수년 후에 청년이 된 왕이 천하를 평정하려는 야심이 있음을 알게 되면서 왕에게 천하를 통일하는 자신의 계략을 설파하며 권하기에 이른다.

왕은 그런 이사의 능력을 인정하여 장리(長吏)의 벼슬을 주었고, 이사는 기회를 놓치지 않고 제후국들을 붕괴시키기 위한 계략을 짜 내기에 이른다.

각 나라에 謀士(모사)와 첩자를 보내어 중신들을 뇌물로 매수하 거나, 비리를 파헤쳐 협박을 하거나, 거부하는 자는 몰래 처치하며 수단과 방법을 가리지 않고 군신간의 관계를 이간질하였다. 타국 의 첩자들을 잡으면 그들에게 더 많은 금품을 주어 이중첩자를 만 들어 활용하면서 군사력의 우세함도 유지하고 있었다.

그러나 무엇보다도 상대국의 체제 내부를 붕괴시킨 첩보활동의 성공이 있었기에 불과 9년 만에 천하를 평정하며 진나라가 대륙의 통일을 이루게 된다.

진시왕은 이사의 공을 인정하고 승상인 客卿(객경)의 자리에 앉히 는데, 이사는 나라가 작을 때의 진나라와 천하를 통일하고 나서 나 라가 크고 강대해진 진나라를 어떻게 다스리고 통치를 해나가야 하 는가를 고심하게 된다. 그것은 젊은 날 화장실의 쥐와 곳간의 쥐를 보면서 짐승이나 사람이나 환경에 따라서 삶의 질이 달라지는 것을 깨달았기에, 나라가 크든 작든 일정한 기준인 法(법)이 있어야 함을 생각하며 고심을 하기에 이른다.

어느 날인가 계절이 여름에 들어서며 온 천지의 신록이 푸른빛을 띠고, 하늘은 화창하고 맑았다. 집무실에서 일을 하던 승상이 무슨 생각에서였는지 간단히 점심을 마치고 어린 시종만을 대동하고 城(성)을 나와 한적한 강가를 거닐었다.

요즈음 승상의 머릿속에는 자나 깨나 어느 나라이든 누구에게나 기준이 되는 그 무엇(?)에 대한 생각뿐인지라 시원한 강가를 거닐면서도 그 무엇(?)의 생각은 머리를 떠나지가 않았다.

주위의 정취에 빠져 얼마나 걸었나? 바쁠 것이 없는 걸음이었으나 '성에서 꽤나 멀리 나왔구나' 하는 생각이 드는데 머리위로 새가 쩍쩍거리는 소리를 내며 날아가는 것이 보이고, 이내 강가에 있는 바위에 오르더니 몸을 감춘다. 승상은 자연의 정취에 취하여 걸음을 옮기며 얼마간을 걸었다. 갑자기 새의 재잘거리는 소리가 들려와서 걸음을 멈추고 고개를 돌려서 찾아보니 조금 전에 새가 날아가서 앉았던 바위틈, 알에서 깨어난 물새의 새끼들이 내는 소리임을 확인 승상은 발걸음을 돌리려다가 문득 무슨 생각이 났는지 걷던 강둑에 조용히 자리를 잡고 앉으며 새둥지가 있는 바위를 바라보았다.

어미 새가 먹이를 물어올 때마다 새끼들은 서로 먹이를 달라고 쩍쩍거리니 어미 새들은 쉴 새도 없이 열심히 먹이사냥을 하여 새끼들에게 먹이는 것을 보게 된 것이다.

강물은 유유히 흐르고 자연의 모든 나무와 생물들은 제 계절에 일을 하여 신록이 우거져서 푸름이 넘쳐나고, 이따금 불어오는 바람은 싱그럽고 주위는 평화로웠다. 그리고 강가에 우뚝 솟은 바위에 둥지를 틀고 제 새끼들을 키우느라 둥지를 왔다 갔다 하며 여념이 없는 어미 새와 새끼들의 행동을 보고 있자니 어느덧 산 그림자가 길게 이어지며 강물에 비치는 석양이 승상의 눈에는 아주 아름답게 보였다.

이사는 해가 질 때까지 어미 새가 먹이사냥을 마치고 새끼들을 품고 자리에 드는 것을 보고서야 자리를 털고 일어나면서 그동안 자신이 찾고 있었던 그 무엇(?)을 찾았다는 희열을 느끼며 성으로 돌아왔다.

사람들이 삶을 영위하면서 좀 더 나은 환경이나 조건을 만들어가려는 것은 삶의 질을 향상시켜서 영위하고자 함이며 자신과 가족, 친척 등 소속된 집단의 안녕이나 평화를 위함이리라.

승상은 그 무엇(?)에 대한 것을 낮에 강가에서 보고 왔던 정경을 그리며 정리를 해나가기 시작했다.

사방이 탁 트인 공간(艸)에서 물새(⺆)의 어미가 왔다 갔다(去) 하며 새끼들을 위해 거두어 먹이며 흐르는 강물(水)은 유유히 흐르는 세월인가? 흐르며 변하더라도 강가에 우뚝 솟은 바위(厂)는 흐름 속에서도 제 자리를 지켜낼 것이 아닌가? 灋(법)자

를 만들어 써보며 세상의 모든 이치가 오행에 속함을 알기에 오행에 배속을 하며 글자를 엮어보았다. 어미와 자라나는 새끼 물새는 木(목)이요, 왔다 갔다 하며 움직이는 것은 火(화)요, 탁 트인 사방의 자연은 土(토)가 되고, 우뚝 솟아 둥지를 튼 바위는 金(금)이 되며, 흐르는 강물은 水(수)가 되겠다.

변하는 法(법)에 대해 제대로 알기나 하는 건지?

2200여 년 전에 진나라의 승상인 李斯(이사)가 灋(법)자를 만들어 쓰면서 이어이어 사용을 하다가 쓰기가 불편해서인지 언제부턴가는 모르나, 몸통을 떼어버리고 물(水)이 흘러가듯(去)이 위에서 아래로 내려만 가는 것이 法(법)으로 변하여 사용하고 있으니 법이 실답게 일을 하고 있을까?

글이 일을 하며 세상의 모든 것들이 글로써 이어져 오고 있음을 안다면 실다운 법을 알고는 있어야 하지 않을까?

턱밑의 세상이 소리 없이 변하며 법도 변하는데, 변하는 법을 알기나 하는 건지?

강가의 탁 트인 바위에 둥지를 틀고 열심히 새끼를 치며 분주히 오고가는 물새의 걸림 없는 여여한 삶을!

물이 흘러가듯이 위에서 아래로 이어이어 가는 것이 법인가?

웃기고들 있네!

제6부
백수 탈출 2

9. 백수 탈출 2

문명이 발달하고 문화가 발전하는 것은 과학문명이 함께 발전하는 것이며, 과학문명의 발전이 모든 이들에게 풍요로운 생활을 영위하게 한다. 하지만 아무리 나라가 발전하고 과학문명이 발달하여도 모든 이들이 한결같이 잘살 수는 없을 것이다.

태초에도 밝음이나 어두움이 함께 존재하였고, 음양의 형성도 함께하며 생겨나고 존재된 것임을 안다면 잘사는 이와 못살고 어려운 이들도 언제나 함께 공존하는 것을 알아야 하리라.

남들의 생활은 주위에서는 잘 알 수가 없으며 단편적이나마 보여지고, 들리는 풍문에 의지하여 판단을 하게 된다. 옆에서 보기에는 별로 어려움이 없을 것 같아 보이는 사람이 어려워서 고통스럽고 허우적대듯이 살아가는 것을 볼 수가 있고, 일면 보여지는 주위의 여건이 '어렵고 힘이 들겠구나' 하는 사람이 의외로 여유를 보이고 편하게 살아가는 모습을 보게도 된다.

그러기에 사람들의 생활이라는 것은 남들이 생각하고 남들에게 보여지는 것이 그 사람의 생활이 아니라, 그 사람이 지니고 있는 因(인)의 존재가 어떻게 형성되어 있느냐는 것이며 緣(연)을 어떻게 맺어 가느냐는 것이 그 사람의 생활을 만들어가는 것이다.

움직임이 생활이며, 어떤 생각으로 어떤 일을 하느냐가 그 사람의 생활을 만들어가고 자신만의 因(인)이 있기에 각자 개인의 緣(연) 또한 다를 것이다.

사람들은 살아가면서 나름대로의 고비와 굽이가 있으니 어려운 고비나 굽이를 어떻게 대처하며 움직이는가가 각자 각자의 생을 결정한다고 하겠다. 생각이 있기에 움직임이 생기는 것이니 항상 어디에 현혹되어 우왕좌왕하지 말고 담담하며 당당해야 할 것이다.

氣(기) · 禪(선) · 道(도)에 심취해 많은 세월을 방황하던 백수

잊을만하면 들러서 사바중생들의 살아가는 얘기를 들려주고 도인의 삶이 그리도 궁금하고 좋아보여서 길에서 길을 찾아 헤매다가 항상함이 없음을 알고서야 자신의 길을 찾고, 자신의 상을 찾아서 밥그릇을 점검해 오던 백수가 어인 일인지 '얼굴 본지가 언젠가?' 하는 생각이 들던 차였는데, 그로부터 전화가 왔다.

"스님, 잘 지내셨습니까? 언젠가 스님과의 대화에서 사람들의 체질과 병증에 대해서도 얘기를 하시며, 이제마 선생의 '사상체질론'에 대해서도 언급을 하셨는데 저는 그때에 얻어 들은 것이 있었습니다."

근간에 시간을 내서 찾아뵙겠다고 하며 통화를 끊었는데, 서로 얘기는 주고받았어도 무슨 소린지 가늠이 안 간다. 그런데 목소리에 힘이 실려 있는 것을 보면 뭔가는 분명 있는 듯하기는 한데?

통화를 마치고 나서도 무슨 뜬금없는 얘긴가 싶다.

언젠가 백수는 氣(기)와 禪(선)과 道(도)에 심취해 많은 세월을 소비하고 방황하다가 세상살이는 공기주머니 속의 자연이며, 암수의 몸으로 살아간다는 지극히 평범한 '암수법'의 얘기를 만나 나를 찾아오게 되었는데, 낸들 무슨 얘기를 해줄 수가 있었겠는가.

배우고 익힌 것이 직업이 되어 그 직에 종사하며 살아들 가지만 직업의 선택이 배우고 익혔다고 해서 결정되는 것이 아니라, 이미 태어나면서 자신의 계절에 맞는 짓거리(직업)를 짊어지고 나온 것이기에 무엇을 잘하고 무엇을 싫어하거나 좋아하는 것도 정해진 것이라 할 수 있다.

집안의 어른들이 한의학에 조예가 있어 의술을 펼치셨고, 백수 자신도 한의학을 배워 익혔으나 자신의 직업을 버리고 많은 세월을 떠돌며 방황을 하지 않았었나.

세상을 살면서 어찌 자신이 좋아하는 일만 골라서 할 수가 있는

가. 때론 싫은 일도 해야 할 때가 있을 것이니 '무엇을 할 것인가?'를 생각하기보다는 배우고 익힌 기술에 더 깊은 관심을 갖는 것이 바람직한 일이 될 것이며, 의사나 의원이라면 병증에 대해서도 이러이러한 증세에는 이렇게 처방을 해왔으니 해온 대로 처방을 한다면 무슨 발전이 있겠나? '왜, 이렇게 처방을 했을까?' 하며 꾸준히 연구하고 의심을 내야 할 것이라는 말을 백수에게 했었다.

의술을 인술이라고 한 것은 의사들의 행위와 손짓 속에 귀중한 사람의 命(명)이 달려있기에 나온 말임을 안다면 해오던 처방이나 짓거리를 해오던 대로 하지 말라고 하는 것이 아니라 '왜, 이렇게 처방을 해왔는가를 스스로 알아차려야 한다'는 말을 했다. 그리고 한의학을 공부한 사람이라면 이제마 선생의 '사상체질론'은 이미 알고 있을 것이나, 사람의 체질을 신체의 肝(간), 脾(비), 肺(폐), 腎(신)의 크고 작음으로 태양인, 태음인, 소양인, 소음인의 四象(사상)으로 구분을 한 것은 부적절한 것은 아니더라도, 조금 더 세밀한 연구와 분석을 하여 8상, 16상, 32상, 128상의 체질론으로 발전을 시켜야 할 것 같다는 얘기도 백수와 나누었다.

서양의 과학이나 의학이 발전하게 되는 동기는, 그들은 모든 물질을 이루고 있는 입자를 분해하여 각각의 원소로 이루어졌다는 것을 알아 100여 종의 원소를 찾아냈다. 그 속에 원자를 이루고 있는 원자핵(양성자와 중성자로 나뉜다)과 전자의 분해와 융합과 반응을 꾸준히 연구하고 개발하여 과학의 발달을 보게 되었다. 지구가 자리를 잡고 태양계의 중심인 태양을 돌고 있는 것도 작은 원자 알갱이 속의 원자핵을 태양으로 한다면 주위를 도는 전자의 움직임은 (수, 금, 지, 화, 목, 토)성과 그 외의 별들의 움직임이라고 할 수가 있을 것이다.

하여, '한 티끌 속에 시방세계를 머금고 있다'고 하지 않았던가? 一微塵中 含十方(일미진중 함시방).

🔥 백수가 들고 온 鬼(귀)를 다스리는 약

며칠이 지나서 백수가 산속의 암자를 찾아왔다. 스님께 드리려고 특별한 약을 지어왔다며 박스를 들고 들어오면서 인사를 한다.

"아니, 청하지도 않았는데 무슨 약인가? 혹시 사약이 아닌가?" 하니, "어찌 아셨어요?" 하며 능청을 떨며 귀를 다스리는 약이란다. 아니 氣(기)를 다스리려고 약을 복용하는 것은 봤으나, 鬼(귀)를 다스린다는 말은 들어 보질 못했기에 "야! 백수야, 너무 심한 것 같다"고 하니, "스님 鬼(귀)를 다스리는 약입니다"라고 한다.

"아니, 무슨 헛소리 같은 소리냐?" 하며 반문을 하자, "스님, 제가 어찌 스님에게 아닌 얘기를 드리겠습니까? 이 약은 제가 연구하여 만든 약이며, 鬼(귀)를 쫓아서 氣(기)를 모으고 다스리는데 효험이 있는 약입니다. 스님의 신상과 계절을 알기에 지어왔습니다"라고 말을 한다.

"야! 대단하다. 약에 대해서 모르는 사람들이 들으면 허풍을 치거나 뻥을 친다는 측면에서도 대단한 일이고 대박감이다. 실제 鬼(귀)를 다스려 치료를 할 수가 있다는 측면으로 놓고 보아도 대단한 일이다. 대박이 예상은 되나, 조금 더 자세한 얘기를 들어보자.”

“서양의학이나 현대과학으로 본다면 인간을 체질로 구분한다는 것은 그 자체가 불가능한 것입니다. 과학적인 근거가 없기 때문에 이제마 선생이 창시한 ‘사상체질론’을 인정하지 않으나, 한의학에서는 실용성이 있는 중요한 개념으로 간주되어 널리 이용을 하고 있습니다. 사상체질의 사상이 간, 비, 폐, 신의 大小(대소)에 따라 정해지는 것은 큰 틀을 정한 것은 분명하나, 오행 중심의 체질론으로 보면 간목, 비토, 폐금, 신수로만 규정을 하고 있습니다. 따라서 저는 화(심장, 소장)의 오행을 첨부하였고, 스님의 계절(춘하추동)과 암수의 구분법, 나이에 따라서 달라지는 변화를 첨부하여 사상으로만 규정하던 체질의 특성을 128상, 360상으로 늘려서 그동안 나름대로 연구를 하였습니다. 변화하는 체질의 질병이나, 식품이나, 약재에 대해서도 어느 만큼의 진전이 있는 연구를 한 것입니다.”

사상체질을 바탕으로 8상, 16상, 32상, 128상, 360상의 체질을 연구하고 있다니 대단한 공부를 하고 있음을 알 수가 있었다. “연구의 결과를 맺어 여러 사람들에게 유익함을 주었으면 좋겠다”고 격려의 말을 해주고 “氣(기)가 아니라 鬼(귀)라는 말은 무슨 말이냐?”고 물어보았다.

“사상체질에서는 오행이 간목, 비토, 폐금, 신수를 이용하고 화

(심장)을 취하지 않은 것은 자연계의 원리를 이용한 것으로 간주가 되는데, 태양계에서 태양은 당연한 존재이고 사람도 심장이 없는 사람은 생각조차 할 수가 없으니 사람에게도 심장은 당연히 존재하는 장기이기 때문에 화를 취하지 않았을 겁니다. 존재 자체가 음양임을 안다면 음이 음으로만 존재할 수가 없고, 양이 양으로만 존재할 수가 없을 것입니다. 소양인으로 태어났어도 나이가 들어 계절이 바뀌면 태음인의 때가 도래할 수도 있고, 소음인의 때가 도래할 수도 있습니다. 태양인의 때가 도래할 수가 있음이니 모든 존재는 음 속에 음양이 있고, 그 속의 음 속에 음양이 있고, 그 속에 또, 또, 또 그리 존재하는 것을 알아냈습니다."

기와 귀도 흐름이며 소통을 말하는 것이니 정상적으로 소통이 되면 氣(기)의 소통이지만, 막히거나, 지체하거나, 과다하게 정상이 아닌 기의 흐름은 鬼(귀)라는 장애가 되는 것이다.

우리의 몸이라는 그릇은 몸을 이루는 각각의 장기들이 건강을 담당하며, 각각의 장기들은 자신들의 고유의 영역이 있어 하는 일들이 다르다. 그러나 자연의 모든 것들처럼 서로 연계되어 있어서 서로의 장기가 공생을 하고 있다.

백수는 "우리 몸에 어떤 돌발적인 상황이 되면 몸의 장기들은 대처하는 방법이 정상적일 때와는 다르게 장기들은 비상체제로 전환하여 생명에 위험 부담을 스스로 줄이며 대처하는 것을 알았으며, 몸의 체와 상, 용을 제대로 아는 것이 매우 중요한 것도 알았다"고 말한다.

"그나저나 백수야, 네가 귀를 다스린다며 가져온 이 약은 분명 사약이 맞구나! 이 약 먹고 무탈해야 할 텐데! 허허허."

시작이 있기에 끝이 있을 것이지만 무엇이 시작이고 무엇이 끝이던가.

세상을 살아가는 처세의 방법으로 어디에고 치우치지 않는 중간쯤이 좋다고들 하여 다들 중간이라며 어중간하고 어정쩡하게 개폼 잡고들 계시나!

여보게들, 중간의 취함도 놓아버리게. 하하하하!

10. 염라대왕의 밥상

　동지를 넘기며 매서운 한파가 연일 기승을 부려 날씨도 제법 춥고, 눈도 풍성지게 내리는 것을 보자니 오랜만에 겨울이 제 일을 하며 제대로 맛을 내는 짓거리를 하는 것 같다.

　아침에도 일어나 보니 간밤에 눈이 제법 많이 내렸다. 엊그제도 눈이 많이 와서 눈 치우느라 고생을 했었는데, 아침에 내린 눈을 보니 엊그제보다도 훨씬 많이 와서인지 저절로 눈꺼풀이 게으름을 피운다.

　하늘에서 눈이 내릴 때 언제 눈을 치우는 사람들의 고통을 생각이나 하며 내리나? 눈이 오면 내리는 눈을 즐기고 좋아하는 것도 때의 일이나, 이제는 눈이 내리면 치우는 것이 우선인 때가 되어서 인지 눈이 내리면 걷어 부치고 눈을 쓸고 치우는데 익숙해졌다.

바람이 일어나며 날씨가 추워진다.

한동안 겨울이 겨울답지 않게 포근하여 이런 수고는 모르고 지나 가나 했는데, 예상 밖의 눈이 많이 와서 열심히 눈을 치우기가 바 빴다. 그런데 절 밖에서 놀던 대롱이가 짖어대는 소리가 들려 내다 보니 웬 차가 거북이걸음을 하며 절로 들어온다.

가까이 와서 보니 한문과 서예를 가르치며 학원을 운영하는 양 원장이다. 차에서 내리는 얼굴을 보니 무척이나 밝고 환한 것이 좋 아 보인다.

🔥 염라대왕의 밥상에 오른 양 원장

재작년인가? 여름의 더위가 기승을 부리며 지나가는데 평소에 교 분이 있는 양 원장에게서 전화가 걸려왔다.

"스님과 전화로라도 얘기를 해야 마음이 시원할 것 같아서 전화 를 하였다"고 하기에, "갑자기 무슨 일로 그러시냐?"고 물어보았다. 속내를 털어 놓는데 근자에 무엇을 조금만 먹어도 소화가 잘 안 되 고 속이 더부룩하여 '답답한 것이 무언가에 체했나?' 싶어서 가까 운 병원을 찾았더니 병원에서 정확하지는 않으나 위암의 증세이니 큰 병원을 찾아가라고 하였단다. 놀란 마음에 급하게 ○○에 있는 암 전문 병원을 찾아가게 되었고, 그곳에서 정밀검사를 하더니 위암이라는 판정을 내렸다고 한다. 다행히 암이 초기라서 빨리 암 제거 수술을 받을수록 좋다고 하여서 수술을 하기로 날을 잡았는데, 그날이 내일이란다.

체했나 싶어서 들른 병원에서 생각지도 않은 큰 병인 위암이라고 하였으니 얼마나 놀랬으며, 수술을 앞에 둔 사람의 복잡하고 미묘한 심정을 어찌 성한 사람들이 헤아리기나 하겠는가.

몇 마디 위로의 말을 건네고 전화를 끊고 나서도 한참을 돌이켜 생각을 해보니 '부딪치는 세상의 일이 내 일 아님이 어디에 있나?' 하는 마음이 든다.

얼마 지나지 않아서 양 원장에게 전화를 걸었다. 양 원장이 전화를 받으며 무슨 일이냐고 묻는다.

"원장님, 내일 아침 염라대왕의 밥상에 오르는 반찬을 알아보았더니 한국 사람은 대왕님의 밥상에 오르지 않는다는 것을 알아냈습니다. 내일 수술을 받더라도 걱정을 안 하셔도 될 것 같아서 전화를 하였습니다. 물론 수술 결과도 좋을 것입니다."

이 말에 양 원장이 "아무리 스님이시라고 해도 그렇게 알아보실 수가 있습니까?"라고 되물었으나, 기분은 나쁘지가 않은지 웃으며 말을 건넨다.

무슨 소리요 원장님! 신들의 움직임은 찰나지간에 오고가는 것이며, 시간과 공간을 초월하여 卽設呪曰(즉설주왈)임을 모르시오?

아무튼 수술의 결과는 좋을 것이니 너무 걱정이나 염려는 하지 말라고 하며 통화를 맺었다.

🌙 염라대왕은 아무나 밥상에 올리지 않는다

남자는 아버지의 행동 하나하나를 보며 남자로 조금씩 조금씩 익어간다고 하며, 여자는 어머니의 행동이나 습관을 보고 익히며 여자로서 익어간다고들 한다. 그러니 어느 부모에게서 태어나 자라느냐에 따라서 그 자식의 진로나 앞날을 결정짓는 것이리라.

몰락한 양반가의 자제였던 양 원장은 유학자의 아들로 태어났다. 남들은 신학문을 배우려 기를 쓰고 논 팔고 소 팔아 가며 도회지로 공부하러 떠날 때에도 그는 "農者天下之大本(농자천하지대본)이며 땅은 가꾼 만큼 거짓이 없으니 조용히 시골에서 농사나 지으며 살라"는 부친의 말씀에 시골에서 서당을 열어 한학을 배우고 가르치며 도회지에는 나와 보지도 못하고 자랐단다.

흐르는 세월이 그리도 엄하시던 부친을 모셔간 후에도 시골에서 소일거리로 글이나 쓰고 가르치고 농사를 지으며 생활을 하였다. 그런데 농촌에서의 생활은 수입쌀에 밀려 쌀이 제값을 못 받게 되면서 농사가 잘 되어도 걱정이고, 안 되어도 걱정인 상황이 이어졌다. 땅을 지키고 가꾸며 살아가라는 부친의 유훈이 있었으나, 그는 더는 농사에 매달려서 살 수가 없는 처지가 되었단다.

그래서 뭔가 새로운 일자리를 찾던 양 원장은 도회지로 나와 자신이 평생 동안 해서 자신 있었던 한문과 서예를 가르치는 학원을 내서 그런대로 잘 지내오던 터였다.

누구나 세상에 나올 때에는 자신이 무엇을 하며 살아갈 것인가를 알아서 나름의 재주를 가지고 온다. 타고난 재능을 일찍 알아차리느냐, 늦게 알아차리느냐에 따라서 나름대로 성공 여부가 결정되기도 하지만, 성공을 했든, 늦게 운이 트였든 나름의 재주가 있었기 때문에 꽃을 피우는 것이다.

생이란 누가 무슨 수식어로 꾸며서 얘기하든지 자신의 생은 스스로가 꾸리고 운용하며 스스로 살아가는 것임을 알아야 하지 않겠는가.

잘하는 것을 하면 될 것이고, 잘하는 것이 없거나 모르면 잘못하지 않는 것을 하면 될 것이다. 때와 시기를 알아 다스리고 살피며 기다릴 줄을 알아야 한다.

남들이 한다고 하여 모르는 일에 남의 말만 믿고 무작정 뛰어들면 낭패 보기가 십상이다. 남들이 장에 간다고 남 따라서 무턱대고 장에 다녀온다고 무슨 소득이 있겠는가 말이다.

그나저나 '병원에서 수술을 받고 치료하는 사람에게 다녀와야 하는데…' 하면서도 꾸물거리다 보니(백수는 항상 바쁘거든) 어느 날인가 퇴원을 하였다며 양 원장이 절을 찾아왔다. 그는 "감사한 마음에 퇴원을 하자마자 스님을 찾아 왔다"고 하며 두 손을 모으고 합장을 한다.

양 원장은 "병 앞에서는(목숨이겠지?) 사람이 그리도 나약한 존재인가를 실감하게 되었다"면서 "스님의 말씀을 듣고는 많은 위로가 되었다"고 한다.

멀쩡하다는 생각을 하며 살던 사람이 암이 발견되어 수술을 해야 살 수가 있다고 하니 얼마나 고통스러웠겠는가. 게다가 수술 날짜를 정하고 하루하루를 보내며 수술의 날이 임박해 오면서, 순간순간이 이승과 저승을 넘나드는 생각도 하게 됐을 것이다.

'밥통'을 잘라냈다고 해서 다들 죽겠는가. 그리고 염라대왕은 아무나 밥상에 올리겠는가. 덜 익었거나 때가 이르지 않았다면 대왕님의 밥상에도 오르지 못하는 것임을 알아야 할 것이다.

생각이야 생사를 넘나들었겠지만 발병을 하여 수술을 받는다고 대왕님의 밥상에 오르는 것은 아닐 것이며, 수술이 아무리 잘 되었다고 하더라도 예전의 성한 몸에 비유할 수는 없을 것이다. 그래도 양 원장은 다소 여윈 것 말고는 예전보다도 목소리에는 생기가 있고 힘이 넘치는 것 같다.

위의 병은 자신의 식습관이 만드는 병이다. 음식을 가려먹거나, 급하게 먹거나, 폭식을 하거나, 때를 맞추지 못하거나 하여 장시간에 걸친 나쁜 식습관과 깊은 관계가 있을 것이다. 그리고 정신적으로 스트레스가 쌓여져서도 위가 상한다고 할 것이다. 위는 몸의 중앙에 있는 장기로 土(토)에 속하며, 몸의 어느 장기와도 밀접한 관계가 있다.

태어나면서 비위가 튼튼한 사람이 있을 것이고, 반면에 약하게 태어난 사람도 있을 것이다. 위가 튼튼하다고 해서 살아가면서 식습관을 나쁘게 갖는다면 위의 발병이 쉬울 것이고, 약하게 태어났다고 하더라도 항상 올바른 식습관을 갖는다면 병에 대해서도 걱정이 없을 것이다.

식습관이나 정신적인 관계도 소화에 있어서 중요한 요소라고 할수가 있겠고, 타고난 성격이 두루두루 원만하여 무엇에도 '꽁' 하지 않는다면 금상첨화가 아닐까?

세상에 널려 있는 염라대왕의 반찬거리들

차에서 내려 눈을 치우고 있는 것을 보고 있는 양 원장에게 안으로 들어가시라고 하여도 눈이 너무 많이 왔다고 하며 한동안 함께 마당의 눈을 쓸고 치우고서야 방으로 들어 왔다

그동안은 입도 얼어 있었는지 따끈한 차를 마시며 밖에서 언 몸을 녹이니 얘기가 방안 가득해진다.

"위암 수술을 받고나서 한동안은 먹는 양을 줄여서 자주 먹어야 하는 것이 고생이었는데, 이제는 예전만은 못해도 살아가기에 큰 지장은 없습니다"

양 원장은 요즘 들어서는 건강을 위하여 산을 즐겨 찾게 되면서 보고 접하게 되고 사람들을 만나면 얘기도 나누게 되는데, 그럴 때마다 드는 생각이 어느 곳이든 '염라대왕의 반찬거리'가 널려있는

세상이라는 것을 알게 되었다면서 웃어 보인다.

도회지 근교의 산일수록 대왕의 반찬거리가 널려있음을 보게 된다고 덧붙이는데, 나이 많은 이들이 건강을 위하여 젊은이들보다도 더 열심히 산행을 한다는 얘기이리라.

자연은 치유복원 능력이 있어서 몸이 아프거나, 불편하거나, 심신을 단련하려고 산과 들을 찾는 것은 어찌 보면 당연한 일이 아닌가? 자연은 항상 넉넉한 어머니의 품처럼 모든 것들을 품어주고, 보듬어주고, 치유의 힘을 주며 희망을 갖게 하여 누구라도 좋아도, 슬퍼도, 모자라도, 넘쳐도 자연을 찾게 되고 대하는 것이리라.

양 원장이 눈길을 더듬듯이 떠났다. 수술 후에 지나온 세월만큼이나 치료가 되어 예전의 건강을 되찾아가며 마음이 한결 밝아 보이는 것이 좋아 보인다.

어? 그런데 정작 해주려는 말은 왜 안 했나? 저승의 대왕님은 염라대왕님을 포함하여 열 분이라고.

세상을 지배하며 먹이사슬의 상층을 차지한 사람들의 입이 살아 움직이는 세상만물의 저승 문이요, 목구멍은 저승길이니 세상 어디라도 사람의 눈길과 손길을 피하여 그 무엇인들 저승길을 피할 수가 있겠는가?

먹을거리가 입으로 들어가면 날렵한 혓바닥의 도움을 받아 단단한 치아가 부수고, 자르고, 으께서 침샘의 도움을 받아 촉촉이 적셔서 인두와 식도를 거치면서 위에 도달하게 된다. 위에서는 이미 잘게 부수어진 음식물을 살균을 겸하여 독한 성질의 위액(강한 산성)을 분비하여 주무르고 짜듯하여 죽의 형태로 바꾸어서 십이지장으로 밀어내고, 이곳에서도 각종 분해 첨가물의 세례를 받으며 소장으로 밀리고 밀려서 대장을 통하고 직장을 통해서 노폐물이 되어 항문에 이르러서는 들어갈 때와는 전혀 다른 형체와 모습이 되어 세상으로 밀려 나온다.

살기 위하여 먹든, 먹기 위하여 살든 삶은 밥통을 끌어안고 살아가는 것임은 틀림이 없을 것이니 염라대왕의 자리가 우리네들의 밥통에 해당하는 자리를 차지하고 있기에, 누구나 저승길을 얘기하면 염라대왕만을 알고 얘기를 한다. 그러나 염라대왕의 앞좌석에는 진광대왕, 초강대왕, 송제대왕, 오관대왕이 계시며, 뒤의 자리에는 변성대왕, 태산대왕, 평등대왕, 도시대왕, 전륜대왕이 자리를 하고 있다.

저승길에 들어서면 처음으로 맞이하시는 분이 진광대왕이시며, 이후로 각자의 행위에 따라서 세세한 일들의 심사를 거쳐서 열 번째인 전륜대왕의 앞을 지나야 심사가 끝이 난다.

염라대왕의 앞에는 저승길을 떠나 칠칠일이 되어서야 도달하게 된다. 그곳에는 業鏡(업경)이라는 거울이 있어서 생전에 행한 모습 그대로를 비친다고 하니 그 앞에서 무슨 변명이나 말이 통하기나 하겠나? 사실대로지!

계절이 겨울을 벗어나며 봄으로 가고 있어서인지 남쪽에서는 꽃

소식도 전해온다. 전화가 걸려 와서 받아보니 남쪽에 사는 지인이 건강을 염려하며 청해서, 그곳에 내려가서 산행을 하며 전화를 한다는 양 원장의 전화였다.

그래서 그곳은 어떠냐고 물어보았다.

"스님, 이곳에도 대왕님의 반찬거리가 많습니다."

그래서 내가 웃으며 "누가 그걸 물어봤나요?" 하니, "그럼은요?" 하며 되묻는다.

이곳은 아직 추운 날씨라 그곳의 날씨를 물어보았다고 말을 나누며 웃다가 통화를 끊었다. 양 원장은 언제나 나와 대화를 하게 되면 염라대왕의 밥상을 염두에 두고 있는 것 같아 웃음이 절로 나온다.

허긴 세상에 움직이고 살아가는 생명들이기에 누구라도 때가 이르면 염라대왕의 밥상을 피할 수가 없고, 대왕의 반찬거리 신세를 면할 수가 있겠는가.

때를 알고 때에 익어서 누가 보아도 맛이 들어야 대왕의 밥상에 오를 것인데, 안 익고, 덜 익고, 설익으면 누가 먹으려고나 하겠나? 세상천지가 밥상이고 반찬거리인데!

오늘 저녁 공양은 어떻게 해서 먹나? 삶아볼까? 볶아볼까? 아니 쪄볼까? 뜸이 잘 들어야 할 텐데….

11. 용인가? 이무긴가?

　자연의 계절은 항상함이 없이 변하는데, 때의 모습을 보고 있노라면 변하는 그것이 보는 이들을 매혹시킨다. 봄의 산은 봄대로 새싹의 돋음과 푸르름이 좋고, 여름의 산은 여름대로 꽃과 어우러진 녹음이 좋고, 가을 산은 익어가는 열매나 단풍과 낙엽이 지는 것이 좋아 가을 산을 찾게 되며, 겨울산은 제 모습을 드러내놓고 혹독한 자연과 맞서는 기상이 돋보여 산을 찾는 이들을 압도한다.

　자연의 풍광이 돋보여서 이름이 난 산이나, 높고 덩치가 커서 이름이 난 산이나, 주위에 널려 있어 별로 볼품이 없는 낮은 산이라도 산을 찾으면, 산을 찾는 이들을 시원하고 아름답게 하여 산의 맛을 느끼게 해준다.

산을 찾아 오르다보면 오가는 사람들을 만나게 되는데, 스쳐지나가며 나누는 대화 속에서 심심함이나 무료함을 달래기 위해서만 찾아가지는 않는다. 산행은 무한의 힘을 지닌 자연을 접하고 밟아보며, 스스로 살아가기 위한 힘을 얻기 위해서 나선 발길임을 누구나 쉽게 알 수가 있다.

무슨 일에 실패하였거나, 외롭고 고독하거나, 억울하여 답답하거나, 우울한 이들도 산을 찾아 오르다보면 시간이 지나면서 치유가 되고, 심한 병을 얻어서 이제는 염라대왕의 제사상에 올랐나 싶을 정도로 삶에 가망이 없던 이들도 열심히 산을 찾은 덕에 대왕의 밥상에서 벗어나 새 삶을 살아가는 이들도 우리는 심심찮게 보게 된다. 분명 산은 우리네 범부들이 알 수 없는 묘한 힘을 지니고 있음이다.

🔥 용의 비늘을 얻고자 용 주위를 맴도는 이무기

언젠가, 오랜만에 달마도사가 찾아왔기에 반가움에 맞으면서도 이번 발걸음에는 무슨 엉뚱한 얘기를 하려나 하는 생각이 앞서는데, 그의 급한 성격대로 합장을 하고서는 얘기를 꺼내놓는다.

"스님, 저번에 산에 가서 봤던 용(1권에 수록)이 지금도 그 자리에 있을까요?"

언제나처럼 달마도사는 싱거운 소리를 건넨다.

"글쎄요? 그때도 도사님이 용이라고 해서 그렇게도 보인다고 했지만, 그 자리에 용이 지금도 있는지 없는지는 모를 일이지요."

"스님, 그러면 그곳을 다시 가서 확인을 해야겠는데요."

달마도사는 들고 있던 찻잔을 내려놓고 성큼 마당으로 내려서서 재촉을 한다.

얼떨결에 차를 몰고 길을 나섰다.

달마도사의 얘기는 계속 이어진다.

"그동안 발길이 닿는 인연처마다 산의 지형지물을 유심히 살피고 다니며 용의 형상을 이룬 곳을 찾아보고 다녔습니다. 많은 곳에 용이 존재함을 알고 지내왔는데, 언제부터인지 의심이 들기 시작했죠. 용이 형상으로 '나투'려면 천년, 천오백년, 이천년의 세월이 흐르며, 자연의 상이 변하며 모습을 드러내는 것이라 알고 있었습니다. 그런데 긴 세월이 지나며 용이 현신을 했다면 무엇인가 달라지고 변해야 하는데 크게 달라지고 변하는 것을 볼 수가 없어서 나 스스로 용이라고 알고 있는 것들이 '용이 아닌 이무기가 아닌가?' 하는 생각을 하기에 이르렀습니다. 그래서 그동안, 용이 나툰 곳을 다시 찾아가서 확인을 하기에 이르렀는데, 그런 일로 스님을 찾아오게 되었죠."

차에서 내려 산을 오르며 달마도사는 자신이 용이라고 했던 여러 곳이 용이 아니라 용을 닮은 이무기들이었다고 하며, "이곳은 어떻게나 하고 있을까?" 하며 매우 흥이 나 있어 보였다.

작은 봉을 지나서 큰 봉의 능선을 타고 오르며 예의 지점에 거의 닿아서는 앞서가던 달마도사의 외침이 크게 들린다.

"스님, 빨리 와 보세요! 그때 본 그대로 힘 있는 용이 맞네요."

달마도사의 말에 의하면 산 정상의 계곡에서 꼬리가 휘감아 돌며 생겨나서 능선의 중심을 묘하게 이어 내려오며, 때론 계곡을, 때론 능선을 타고 돌아 거대한 몸통을 이루고 저쪽의 바위를 안고서 용의 뿔이 돋아나있으며, 아래쪽에 움푹 들어가서 검은색이 짙은 부분의 바위가 그 눈이며, 그 아래쪽으로 이어지는 노송나무 숲이 주변의 나무들과는 대조를 이뤄 턱과 입을 이루고 있다고 한다.

얘기를 들으면서도 '달마도사는 왜 남들이 존재하지 않는다는 용에 집착을 하며 산의 모양에서 용을 찾으려고 애를 쓰는가, 그리고 용인가 싶었는데 이무기였다고 하며 용이 힘을 쓰면 자신이 생성되기 위하여 지낸 세월만큼이나 무한의 힘을 쓸 수가 있다고 하는데, 과연 그 힘이란 무엇을 말하는지?' 의구심이 들었다.

달마도사 자신이 사고로 머리를 다쳤다는데 머리를 다쳐서 그러나? 아니면 神(신)의 조화인가?

산을 내려오면서도 용과 이무기에 대한 얘기는 계속된다.

"용은 천년, 이천년, 아니면 그보다도 긴 세월이 흐르며 모진 자연의 풍상을 견뎌내어야 용이 된다는데, 이무기들은 겨우 몇 백 년의 힘으로 세상에 나와서 세상을 제도하려고 어지럽히며 온갖 요사를 부리고 재주를 피워요. 하지만 자신의 힘을 알고, 용의 힘을 알기에 용의 힘을 쓰려고 항상 용의 곁을 맴돌며 용의 비늘을 구하고

자 애를 쓰고 있는 것입니다. 이무기가 가장 쉽게 용이 되어 승천을 할 수 있는 경우는 용의 비늘을 하나라도 얻어서 몸에 걸치면, 그 비늘의 힘으로 용이 되는 것을 알기에 용의 곁에는 수많은 이무기들이 용의 비늘을 얻으려고 호시탐탐 노리고 있답니다."

수천 년의 많은 세월이 지나도록 땅의 지기에 의지하여 몸을 숨기고 수행을 하여 때가 익어서 몸을 드러내어 자신의 일을 하고, 승천하는 용과는 달리 자신의 덩치와 힘을 내세우고, 과시하고, 자랑하려고 때가 차지 않아 덜 익어서 세상에 나온 이무기가 어찌 용이 되겠는가?

그나저나 이무기가 찾아 헤매는 용의 비늘이 무엇이냐고 궁금하여 물어보니, 이내 머리가 아파온다며 말머리를 돌리고 산을 내려온 달마도사는 다시 찾아가 볼 곳이 있다며 예의 잰걸음으로 길을 따로 잡고 떠나갔다.

🌙 巳(사)생이 巳(사)월, 巳(사)일에 태어났으니 지지가 '온통 뱀'

절로 돌아와 보니 대롱이가 제 집의 땅을 심하게 파놔서 야단을 치며 말이 안 통하는 놈인지라 어려운 협상을 하고 있는데, 전화가 걸려왔다.

들어가서 받아보니 스님이시냐고 물으며 찾아뵙겠다고 한다. 오후엔 시간이 한가할 거라고 하였더니 자신의 신상을 대며 미리 정리를 해달란다. 받아서 적어놓고 전화를 끊으면서 '성질이 급하기는' 하면서 신상을 정리해 보았더니 아니! 지지가 온통 뱀이 아닌가! 巳(사)생이 巳(사)월, 巳(사)일에 태어났으니 뭐야! 살아가는 땅의 기운이 온통 뱀이니 이걸 어떻게 풀어야 하나? 이무긴가?

하늘(천간)이야 나이나 암수가 다르지만, 땅은 온통 뱀이라 우선 몸의 건강이 좋지 않을 것이고, 아니면 정상의 신체가 아닐 것이다. 직업 또한 아주 희귀한 분야나 직종에서 일을 할 것으로 예상된다.

뱀은 여러 종류가 있는데, 크게 5가지로 분류가 된다.

乙巳(을사)는 독이 없는 물뱀이며, 丁巳(정사)의 꽃뱀, 己巳(기사)의 구렁이, 辛巳(신사)는 독사이며, 癸巳(계사)는 살모사로 분류를 한다. 각 뱀들이 각 계절의 어디에 앉아있는가에 따라서 하는 일들이 달라진다.

巳(사)는 지지의 12마리 중 하나이며, 여름의 시작인 4월에 앉아 있고, 혀가 두 개라서 지지의 동물에 들게 되었다. 더운 火(화)의 기운과 庚(경)금의 기운이 들어 있어 언변에 능하고 조직사회에 적응을 잘한다.

巳(사)의 특성은 천간에서 정해지는 나이와 암수에 따라서 하는 짓거리가 달라지며, 두뇌 회전이 빠르고 상황에 적응을 잘하며, 우두머리의 일은 어려움이 따른다. 그러나 보좌하는 일이나 심부름하는 일(소개업), 입으로 하는 직종의 일에 종사하면 무난하겠다.

두어 시간이 지나서 마당으로 차가 들어오더니 초로의 신사가 차에서 내리며 걸어 들어오는데, 다리를 약간 저는 것이 불편해 보인다. 안으로 맞으며 "잘 찾아 오셨다"고 말문을 열었더니, 자신은 어디에 처음 가더라도 길은 잘 찾아다닌다고 하며 자리를 잡고 앉는다. (허긴 뱀이 세 마리이니 어딘들 안다녀봤겠나.)

차를 마시며 얘기를 나누었는데, 생각하고 있던 대로 달변이었다. (혀가 6개라!)

'아니, 이 산속까지 뭐 하러 오셨나? 와서 자기 얘기를 하려고 왔나?' 하는 생각도 들었지만, 그래도 얘기를 하고자 하는 사람은 들어주면 고맙다고 할 것이니 들어주었다.

○ 사장은 젊어서는 방송국의 기자생활도 하였고, 불의의 교통사고로 다리가 불편하게 되면서는 이상하리만치 산을 찾게 되고, 산을 오르내리게 되었단다. 그러던 중에 츪人(기인) 같은 산사람을 만나게 되었고, 그에게서 산에서 나는 영약들에 대한 공부를 배우게 되었고, 그런 인연으로 지금껏 그것(靈藥, 영약)들을 취급하며 지냈다고 한다.

희귀한 영약을 취급하는 것만큼이나 직업상 희귀한 직종인지라, 그동안에 겪은 재미나는 일들을 입담 좋은 그에게 많이 들을 수가 있었다.

뱀이 지지를 다 차지하고 있어서 뱀이 자라서 이무기가 된다는 말을 들었던지라, '이무기가 아닌가?' 하는 생각도 해보았다. 그러나 뱀과 이무기와는 종자(씨)가 다르기 때문에 뱀이 아무리 오랜 세월 자란다고 해도 이무기는 될 수가 없다.

龍(용)은 무엇을 주려고 존재할까?

세상은 용의 세상이건만 덜 익은 이무기들이 판을 치고 있으니 언제나 제대로 익은 용을 만날 것이며, 만난들 알기나 하겠나? (어? 무슨 개가 풀 뜯어 먹고 하품하는 소리야?)

땅에 사는 동물을 대표하여 地支(지지)에 배속한 쥐, 소, 범, 토끼, 용, 뱀, 말, 염소, 원숭이, 닭, 개, 돼지가 있는데, 그 중에서 실제로 땅에서는 존재하지 않아 보이지 않는 동물이 하나가 있으니 바로 龍(용)이다.

그러나 용이 실제에 존재하지 않았다면 처처에 남아있는 용의 흔적이나, 용과 관련되어 지어진 지명들이나, 회화에 남아있는 형상들은 무엇인가?

그리고 왜 사람들의 머릿속에 남아 존재하여 많은 용들이 역사 속에서 살아나서 전하고, 오래된 유물들 속에 담겨져 있는가?

용은 우리에게 무엇을 주려고 존재할까?

왕과 왕의 일용품에 용과 관련된 명칭이 그리도 많으며, 사찰의 대웅전 좌우에 용두(머리)가 걸려 있는 것이나 뱃전의 머리에 조각으로 새겨놓은 용의 머리는 무슨 일을 했을까?

물이나 뭍에서 천년 이상의 세월을 지내고서야 비로소 몸을 드러내어 일을 하고는 승천을 한다는데, 그래서인가? 물이나 바다에서 비린내가 나고 땅의 어디라도 파보면 비릿한 냄새가 나는 것은 용의 땅이며, 물이기에 비린내가 나는 것은 아닐까?

세상에 알려진 것은 청룡과 황룡이며, 백룡과 적용과 흑룡은 널리 알려지지가 않은 것 같다.

용과 관련해서는 옷을 입은 색상에 의해서 구별하는 것이며, 일하는 것이나 생긴 것도 각각이 다르고, 방향이나 터를 주관하는 것도 다르다.

세상에 힘이 존재하는 어느 곳이라도 용은 존재하며, 굴곡을 이루는 곳이면 어김없이 용이 존재한다. 때론 한 마리가, 때론 여러 마리가 서로의 영역이라도 함께 힘을 과시하고 뭉쳐서 함께 일을 도모하기도 한다.

권력과 힘의 상징인 왕이 용이며, 그의 자리는 용상이며, 입는 옷은 곤룡포라 하였으니 고대 왕조의 왕들이 용이었을 것은 당연한 일이다. '왕이 아니면 용이 아닌가?' 하는 생각들을 하겠지만, 왕이 아니라도 용은 존재하며, 현실 세계에도 용은 존재하고 있음을 알아야겠다.

용을 보긴 봤는데, 어떻게 얘기를 해야 하나? 말주변이 없으니!

다들 미쳤다고들 할 텐데….

12. 사방에서 바람이

가을에 들어서니 아침저녁으로는 제법 선선해졌는데 아래채의 지붕 밑에는 공사가 한창이다.

아래채에는 손님들이 오시면 접대를 하거나 유하고 가는 방이 있는데, 그 방 창문의 바로 위에다 '왕퉁'이 벌들이 몰려와 공사를 벌려서 초기에는 집을 지으면 서로가 위험하다 싶어 빗자루로 쓸어도 보고 헐어버리기도 하며 여러 방법으로 쫓아보려고도 하였다. 그러나 이놈들의 점유에 대한 집착이 대단하여 그 자리를 안 떠나고 집을 지어대니 사람이 조심하면 무슨 일이야 있겠나 하고 할 수 없이 어느 날부터는 점유를 인정해 주었다.

집의 대문 출입구에서는 직선으로 두어 걸음이 채 안 떨어져 있어서 벌들의 집과 출입구 쪽으로는 비닐과 모기장으로 장막을 이중으로 둘러서 치고, 혹시나 모를 일이니 벌에 쐬었을 때를 대비하여 식초도 문 옆에다 준비를 해두니 다소는 안심이 되었다.

이놈들이 밤낮가리지 않고 일을 해대는데 낮에도 일을 함은 물론이요, 밤에 자고 나면 방금 지은 집은 물기에 젖어 곰보가 되어 있다.

가을이 익어가는 것만큼 놈들의 집도 나날이 커져가는 걸 볼 수가 있는데, 하루의 일과 중에 이놈들 집 짓는 걸 구경하는 것이 요즘엔 제일 즐거운 일과가 된 듯싶다.

낮의 햇볕은 아직도 따가운데도 열심히 집을 짓고 있는 녀석들을 보고 있었다. 그런데 마당에 차가 들어오더니 정화가 친구인 듯한 일행과 내리며 나를 보고 인사를 한다. 그러고는 일행은 친구들인데 저번 봄부터 친구들과 스님 뵈러 가자고 해서 다들 동의는 했는데도 어찌된 일인지 오늘에야 모여서 오게 됐다면서 그나마 약속한 친구 중에 한두 명은 오늘도 못 왔다고 한다.

미끈한 장정들이라 든든한 것이 보기에도 좋다.

"야, 누구냐? 누구 때문에 봄에 나온 말을 엎드리면 코 닿을 데를 가을이 익을 때까지 지각시킨 놈이."

이 말에 들어서던 일행들이 모두 한 친구를 가리킨다.

방으로 들어와 자리를 잡고 앉으며 차나 한잔하자며 일어서려는데, 벌써 정화가 부엌으로 가서 물을 끓이며 스님은 나오시지 말라고 한다.

🔥 행위의 씨에 적합한 짓거리를 해야

언제 적인가, 날씨가 몹시 추워서 저녁에 방에다가 군불을 지피고 있는데 정화가 왔었다. 손님이라 차라도 대접을 해야 하는데 사정이 이러니 조금 있다가 차를 마시자고 하니, 개의치 마시라며 집에서 저녁을 먹고 쉬는데 이런 추운 날 스님은 어떻게 지내시나 싶은 생각이 들어 올라온 거란다.

아궁이 앞에 자리를 잡고 앉으니 이런저런 얘기를 함께 나누게 되었다. 스님들 생활을 어떻게 생각하느냐고 하니, 아무 대답이 없기에 스님들이나 중생들이나 생활을 하며 살아가는 것은 같은 것이라 말을 하니 그래도 아무 대답이 없다. 부르기를 스님이요, 부르기를 중생이라 할 뿐 모양이나 명칭이 원래 있던 것이냐 하면 그것도 본래는 없던 것이니 굳이 이름에 얽매이지 말라고 하니 고개를 끄덕인다.

우리네들이 형이나 동생을 부르는 것도 호칭에 지나지 않으니 형은 형이라는 호칭에, 동생은 동생이라는 호칭에 얽매일 것도 없으며, 어떤 모양에도 얽매이지 말라고 말을 해주었다.

兄(형)이란 글자를 뜯어보면 입 口(구)자와 어진사람 人(인)자로 이루어졌는데, 입으로 동생에게 어질고 착하게 꾸짖고 훈계하는 것이 형이 하는 일이나, 어찌 형만이 어질고 착한 입을 가졌겠나? 일

체중생이 모두 어질고 착한 입을 가지고 있음을 알아야겠고, 형이요, 동생이요, 아저씨요, 스님이요, 보살이요 하지만, 본래 씨가 없음을 알아야 한다고 하니 조금은 알아차렸는지 고개를 끄덕였다.

정화는 그런 후로 가끔씩 다녀갔다. 부모님이 딸만 내리 낳다가 늘그막에 태어난 아들인지라 살면서 자신을 훈계하고 따뜻하게 대해주는 형이 없었기에, 스님인 나에게 형에 대한 풋풋한 마음이 들어서인가도 싶었다. 그런데 오늘은 동창이라는 친구들을 한 무리 몰고 절을 찾아온 것이다.

조금 있자니 쟁반에 찻잔을 올려들고 들어오는데 누가 시키거나 집에서는 안 할 짓이건만, 그래도 뭐가 즐거운지 찻잔을 돌리면서도 친구들과 재미있게 얘기를 나눈다.

이놈들이 동창 관계면 거의가 癸卯(계묘)생들일 테니 토끼 중에서도 늙은 수놈의 토끼들일 테고, 나이가 40을 넘겼으니 계절은 초가을이라 이젠 여름의 옷을 벗고 가을의 옷으로 갈아입고 수확을 해야 하는 계절이다, '제 계절의 옷이나 제대로 입고 농사를 짓고 있나?' 싶어서 각자의 하는 일들을 말해보라고 하니 건축업, 회사원, 공무원, 건축자재업, 중장비업, 개인사업 등 다양하다.

사람의 나이는 계절을 품고 있고, 41세가 넘으면 계절은 여름을 지나 가을에 들게 된다. 각각의 계절에 하는 짓거리는 태어나면서 각자의 씨가 달라 그 계절에 하는 행위의 씨에 적합한 짓거리를 해야 하기에 그들의 직업을 물어보게 된 것이다.

가을의 직업을 제대로 꿰찬 이들도 있고, 계절의 직업과는 전혀 엉뚱한 직종에서 일을 하고 있는 이들도 있다. 자신의 계절과 맞는 사람은 농사를 지어서 제대로 수확을 기대할 수가 있을 것이나, 계절과 맞지 않는 일을 한다면 일을 해봐야 수확을 기대할 수가 없고, 계절이 지나갈수록 손해를 볼 수도 있다고 말해주었다.

앞에 조용히 앉아있는 회사원이라는 친구를 보고 이름을 물으니, 이용학이란다. "어디 이씨냐?"고 본관을 물으니, '전주 이씨'란다. "그럼 시조 어른의 함자를 아느냐?"고 또 물으니, 'OO君(군)의 OO파'라고는 말하는데, 시조 어른의 함자는 모르고 있어서인지 대답이 나오질 않는다.

"허어! 이 사람, 종아리라도 한 대 때리고 가르쳐 줘야 하나? 반성문이라도 써야 가르쳐주나?" 하며 다음과 같이 일러주었다.

"자연에 하찮아 보이는 생물이나 풀들조차도 자신의 씨를 알아 때에 싹을 틔우고 길러내서 꽃을 피워 열매를 맺어 종을 이어오고 있다. 배추나 무, 감자, 고구마 할 것 없이 모든 종들은 자신의 씨를 알아 봄 배추인지, 여름 배추인지, 김장용인지, 얼갈이인지를 알고, 제 계절에 싹을 틔우며 종을 이어오고 있는 것이다. '전주 이씨' 하면 세계사의 어디에 내놔도 찾아보기가 쉽지 않은 오백 년 사직을 이은 왕조와 문화의 꽃을 피운 왕조의 씨를 주신 분을, 그 자손이 모르고 산다는 것은 발바닥 간질거리고 뒤통수 근질거릴 일이 아닌가."

알밤을 주어도 될 일이지만 "다음에 올 때 반성문을 써가지고 오라"고 하며 전주 이씨의 시조 어른을 일러 주었다.

"전주 이씨의 시조는 李翰(이한) 어른이시다. 신라 문성왕 때에 司空(사공) 벼슬을 지내고, 문장력이 뛰어나고, 덕망이 높으셨던 어른이었다"라고 일러주니 나머지 놈들도 기회는 이때다 싶었는지 책을 뒤적이며 제 씨를 찾아가기에 바쁘다.

어떻게 시간이 지났는지 벽의 시계를 보니 저녁공양을 준비해야 할 시간이라 공양을 들고들 가라고 하니 이구동성으로 내려가서 할 일들이 남아있다고들 하며 자리에서 일어난다. '허긴 친구들이 모였으니 할 짓거리가 따로 있겠구나' 하고는 방해를 하면 안 될 것 같기에 "어서들 가서 재미있는 시간들 보내라"고 하며 뒤따라 일어나 밖으로 나섰다.

"대문 앞에 벌들이 집을 짓고 있으니 뛰지 말고 천천히 가라"고 일러주니, 다들 나가던 발길을 멈추고는 대문 앞에 서서 왕벌들이 집짓는 것을 한참이나 구경을 하다가 돌아갔다.

🖋 글은 과거와 현재, 미래를 잇는다

그런 뒤로는 그때 다녀갔던 친구들이 가끔씩 들리곤 한다. 용학이도 가끔 들려서 얘기를 나누었는데, 어느 날 인가는 걱정스러운 얼굴로 찾아와 얘기를 한다. 듣고 보니 그리 염려할 일은 아니기에 글을 써서 주며 "글이 일을 할 것이고, 이제부터라도 덜 익은 짓거리는 하지 마라"며 보냈다.

염려나, 걱정이나, 두려움도 마음의 움직임에서 생기는 것이니 내가 할 수 있는 일이면 그냥 하면 되련만, '나는 손해를 안 봐야지'하는 마음을 내세우고 일을 처리하려니 걱정이 생기고, 염려가 생기고, 어쩌나 하는 두려움이 마음의 자리를 차지하는 것임을 알아야겠다.

조금 손해를 보고, 조금 남을 배려하는 마음을 낸다면 무슨 근심과 걱정이 붙을 자리가 있겠는가. 계절은 변하건만 자신만을 내세우고, 주위를 돌아보며 배려할 줄을 모르니 세상일에 걱정의 몽둥이가 항상 머리 위에 있음을 알아야 할 것이다.

세상에 존재하는 건 나이가 있음이니 살아있는 것이나, 죽어 있는 것이나 나이가 있어 각각의 할 일들을 하고 있다고 보면 살아서 움직이는 건 말할 것도 없거니와 주위에 흙이나 바위, 물, 바람조차도 나이가 있음이니 나이를 먹은 만큼 제자리를 지키고 제 일들을 하고 있음도 알아야 하겠다.

백년 전의 어떤 일들이나, 천년 전의 일들이나, 이천, 삼천 년 전의 일들을 우리가 어떻게 알 수가 있겠는가. 오래전 그 시대에 사람들은 어떻게 생활하고, 어떤 생각이 주류를 이루고, 어떤 문화를 이루며 즐겼는지와 풍습은 지금과 어떻게 달랐는지 알 수가 있나? 머리 싸매고 생각해 보고, 거울에 비춰봐야 제 얼굴만 비치니 제 얼굴만 보게 될 것이 뻔한데, 어찌 먼 과거의 그때를 알 수가 있기나 하겠는가. 허나 글이 있어 과거와 현재, 미래를 이어주고 이어갈 것이니 글은 길이며, 광명이며, 꽃이며, 다리이며, 생명이라 할 수가 있겠다.

시대와 시대를, 왕조와 왕조, 나라와 나라를, 이웃과 이웃을 이어주고, 그것들에게 삶의 지혜를 심어주고 넓은 세상을 열어주기도 하니 글은 길이요, 다리요, 생명이 아니겠는가.

옛 성인들이 이 땅에 지금도 살아계심은 글이 살아있음이다. 고대의 공자님, 맹자님, 노자님들이나 인도에서 태어나신 석가모니 부처님이나, 서양의 예수님이나, 많은 세월이 흘러갔건만, 우리네들과 함께함은 그분들의 행적이나 말씀을 제자분들이나 후학들이 경이라는 이름의 글로 남기셨기 때문이다.

시공을 떠나 우리네들이 접하고 있음을 알 수가 있듯이, 유교의 사서삼경이나 도덕경, 불교의 팔만사천경문, 기독교의 성경이 글을 빌어 글로써 우리네들과 함께함을 알 수가 있지 않은가.

모든 역사나, 성인들이나 글이 살아있기에 우리네들에게 전해주고 있듯, 神(신)들 또한 글이 있기에 우리네들과 함께함을 알 수가 있다. 북두의 칠원성신이나 부뚜막의 신인 조왕신, 산의 산신, 바다의 용왕신, 바람의 신, 주신, 야신 등등의 신들도 글이 있기에 글과 함께 우리네들과 함께함을 알아야겠다.

🌙 남편을 의심하는 부인과 방위를 달래는 글

얼마 전인가, 정화와 용학이가 저녁의 늦은 시간에 찾아와서는 서로 얼굴을 보며 무슨 말을 하려다가는 멈추고, 다른 얘기를 하다가도 멈추는 걸 보니 뭔가 하고 싶은 말이 있기는 한 모양이다. 서로 말을 미루고 있는 것 같으나 스스로들 찾아왔으니 채근할 일도 아니다 싶어 이런저런 얘기를 하다 보니 '오줌작대기'에 오해가 생긴 일임을 알 수가 있었다.

자신은 말을 못하고 옆의 친구가 얘기를 하는 걸 듣고 보니 실상은 큰일도 아닌데, 뭔가의 오해가 생겨서 일을 꼬이게 만든 것 같았다. 직장생활을 하다보면 손님을 접대하고 대접도 받는데, 용학이도 직장에서 중추적인 자리에 앉아있는 관계로 외국인 바이어들과도 상담을 하며 그들을 대접하기도 한단다. 중요한 외국의 고객이면 때론 회사에서 일체의 비용을 지불하면서 숙식이나 편의도 제공하고, 관광도 시켜주는 일들이 더러 있다는 것이다. 며칠 전에도 그런 손님이 있어서 회사의 공무로 출장을 다녀왔는데, 집에 들어서니까 부인의 태도가 차갑게 달라져있더란다.

살면서 별로 속을 썩이거나 서로 큰 다툼이 없이 살아오며, 착하고 순한 사람인데 달라진 걸 보고 "왜 그러나?" 하며 조심스레 말을 걸어보아도 아무런 반응이 없고, 어떤 내색도 보이질 않아 더럭 겁이 나더란다.

무슨 일로 이러는지는 모르나 '무슨 일을 내는 것이 아닌가?'

하는 불안한 마음이 들어서 다음날 회사에 출근도 할 수가 없었고 가까스로 알아낸 것은 카드 사용 내역서가 발단이 된 것임을 알았단다.

카드사에서는 그달, 그달에 사용한 내역을 소비자에게 고지의 통지를 보내는데, 그동안 집에서 부인은 그것들을 정리를 하고, 때론 확인도 하였던가 보다.

얼마의 세월이 흐르니 부인 스스로가 상상의 싹이 자라 매달 받아보는 곳이 술집이나 숙박업소, 유흥주점, 위락업소들이 주를 이루니 '혹시 내 남편이 회사 접대를 이유로 바람을 피우는 것이 아닐까?' 하는 생각을 하게 되었고, 그 상상은 날이 가고 시간이 가면서 저절로 커지고 부풀어져서 본인 스스로 감당할 수가 없는 지경에 이르게 되었던 것이다. 그러니 퇴근하여 집에 돌아온 남편이 밖의 어떤 여자와 바람이 나서 놀다 들어온 것으로 생각이 굳어지니 부인 스스로가 편할 수가 없는 상황에 이르게 됐으리라.

사람의 생각이 사상을 낳고, 사상은 어떤 이념을 갖추게 되고, 사상과 이념 속에 종교라는 이름표를 붙여 많은 사람들이 남의 생각과 이념으로 포장, 세상의 빛이 되어 많은 이들을 살리기도 하고, 때론 불편하게도 하고, 몰락으로 몰아가기도 한다. 사상이나 이념은 정신을 지배하기 때문에 가볍게 생각할 수가 없으며, 시시비비를 가리거나 언쟁을 일으키면 서로 상처만 남기는 것임을 알아야 하겠다.

상상의 꿈은 자라고 자라면 현실의 괴리에 부딪혀 언젠가는 터지게 되어 있으니 터질 것이 터지는 것이야 어쩔 수 없는 일이건만, 어떻게 하든지 순탄하게 지나쳐가길 바랄 수밖에 없으리라.

부인의 천수를 찾으며 부인의 지지를 보니 地支(지지)가 寅(인), 巳(사), 申(신)에 앉아있는데, 금년의 태세가 돼지 亥(해)이니 동서남북 네 귀퉁이의 사방에서 바람이 몰아치는 형국임을 알게 되었다. 각 계절의 바람은 자신의 계절에 부는 방향이 일정하게 정해져 있는데, 인은 동풍, 사는 남풍, 신은 서풍이라 북쪽의 바람과는 소통이 안 되었다. 돼지의 해가 되니 북풍이 문을 열고 들어오며, 사방으로 북쪽의 찬바람이 내리 뻗치며 몰리는 형국이 된다. 흔한 일은 아니나, 원인을 알아냈으니 처방을 해야 하지 않겠나?

의기소침해져 있는 용학이를 보며 "야, 인마! 작대기질을 하려면 제대로 해서 들통이나 내지 말아야지. 어설프게 작대기질을 해서 여러 골을 시끄럽게 하냐?" 하니, "스님, 나는 어떤 짓도 잘못한 것이 없어요. 직장의 업무로 접대하고 출장도 다니는 게 어제 오늘의 일이 아니에요. 직장생활을 해온 많은 세월동안 회사일이 아닌 개인적으로 어떤 일들이 있었거나 회사의 일을 빙자하여 미친 짓 또는 엉뚱한 짓거리를 해왔다면 회사에서 지금껏 저를 믿고 그런 일을 시켰겠어요?" 허긴 맞는 말이 아닌가.

"지금 마누라는 내가 의심스러워 어찌 보면 발광을 하고 있는데, 그것은 스스로 시간이 많아서 이것저것 상상을 하다가 현실과의 괴리감을 느껴 폭발한 것 같고, 어찌 보면 원인 제공자는 나지만, 그렇다고 내가 무슨 잘못을 했어야지요? 그러니 스님, 저번처럼 글이나 써주세요."

"이놈아, 내가 무슨 글을 써달란다고 써주는 사람이냐?"

이럴 경우, 지금 부인은 자연계의 세상이 넓은 것을 알아가는 시기로 보아야 할 것이다.

부인의 태어난 해, 달, 날에 寅(인), 巳(사), 申(신)이 있으니 인은 정월달이며, 나무요, 봄의 시작이고, 방향은 동쪽이다. 巳(사)는 사월이고, 불이요, 여름의 시작이며, 방향은 남쪽이다. 그리고 申(신)은 칠월이며, 돌멩이요, 쇠이며, 가을의 시작이고, 방향은 서쪽인데, 그동안은 동남서쪽에서만 왔다 갔다 한 것이다.

올해는 돼지의 해라서 수놈 돼지가 합류를 하니 亥(해)는 10월이며, 겨울의 시작이고, 물이요, 방향은 북쪽을 나타내는데, 북쪽이 열리니 동서남북의 사방이 열리고 터진 격이고, 좁은 세상에서 넓은 세상의 기운을 느끼고 놀라워하는 상이니 시간이 가고 조용히 지나다 보면 스스럼없이 제자리를 잡을 것이다.

마침 방위를 달래는, 써놓았던 글이 있어서 건네주며 "부인은 너무 염려하지 않아도 되나, 지금은 몹시 예민해졌으니 평상시처럼 행동을 하라"고 일러주고 "앞으로는 부인이 신경을 쓰게 하는 일이나 오해의 소지를 만드는 짓거리를 하지 마라"고 일러주고 보냈다.

🔥 비빔밥 문자와 볶음밥 문자

글을 쓰고 사용함에도 육서의 원칙에 의해서 쓰고 사용하며, 글을 새로 만들어 사용함에 있어서도 육체의 틀이 있음이니 그 만들어놓은 틀대로 글을 만들었을 것이다.

글을 사용함에 있어서도 모든 세상만물이 나이가 있음을 안다면, 글에도 나이가 있음도 알아야 할 것이다.

글에는 한 자, 한 자 만들 때에 字源(자원)이 있음을 알 수가 있다. 고대시대에는 생활함에 있어 돌이나 짐승의 뼈를 갈거나 다듬어서 생활의 도구로 이용을 하다가, 문명이 발달하여 청동기의 기술을 알고서는 자연에서는 청동기가 제일 강하기에 쇠 金(금)자로 강하고 단단함을 나타내고 사용하였다.

그러나 기원후의 시대에는 철이란 광물을 찾아내어 철의 제련법도 알게 되니 철기문화가 꽃을 피우게 되었고, 이전에 단단함과 강하다는 뜻으로 사용하던 金(금)보다 더 강한 글이 필요하기에 쇠 鐵(철)자를 만들어 사용하게 된 것이리라.

나이로 보면 쇠 金(금)자는 이천오백 살이 넘었고, 쇠 鐵(철)자는 천 칠, 팔백 살쯤으로 보아야 할 것이다.

초기의 글들은 어떤 모양이나 형상을 가리키는 단순한 형태였는데, 문화가 발전하고 사회가 복잡해짐에 따라 기존의 글들을 부수로 하여 이것저것을 섞어서 글을 만들었다.

우리들이 사용하고 있는 대부분의 글들은 회의 문자에 속하니 비빔밥처럼 이 글자, 저 글자를 섞어서 만든 걸 알아야 하겠다.

회의 문자의 글들을 비빔밥이란 표현을 빌어서 사용을 하고 있다. 하지만 사회가 발전하고 글의 다양성을 요구하는 시대가 오고 있어 글을 빌리면서도 줄이고, 키우고 서로 바꾸어 쓰게 될 것이니 회의 문자를 볶음밥으로 표현하는 시기가 멀지도 않았다.

암놈 수놈, 상하귀천 없는 평등한 자리

며칠이 지났나 싶은데 밖에서 찻소리가 나서 내다보니 용학이가 차에서 내리는 것이 보인다.

밖에서 기척을 하며 방으로 들어오더니 앉으면서 "스님, 조용해졌어요"라고 말을 한다.

밑도 끝도 없이 한마디 던지는데 감은 잡히나 얘기 좀 들어보자 싶어 "야, 인마! 앞뒤 꼭지도 없이 열차가 달린다고 대가리도 꼬리도 잘라 먹고 얘길 하면 어떻게 알아들을 수가 있냐? 똑바로 알아듣게 얘기를 해봐라." 하였다.

"써 주신 글을 집에다 갖다놓고 직장에 간다며 평상시처럼 집을 나와 회사에서 일을 하고 저녁에 들어갔는데도 화가 덜 풀려있는 것 같았어요. 그래서 스님께서 가능하면 편안한 태도로 대하라고 하셨기에 아무 일도 없는 것 같이 평상시처럼 하고, 이튿날도 평상시처럼 출근을 하고 퇴근을 하며 제가 어떤 반응을 안보이고 평상시대로 하니 집사람도 언제 무슨 일이 있었냐 할 정도로 밝아지고 조용해졌네요. 이제는 조용히 예전의 모습으로 돌아와 생활을 하지만, 십년 세월은 감수한 것 같습니다."

그러면서 용학이는 가슴을 쓸어내린다.

집에 태풍이 불어 닥쳤는데 별 탈 없이 지나갔다고 하니 정말이지 고마운 일이다. 우리네들은 무슨 일이 벌어지고 터지면 솔직하고 정직하게 대처하면 쉬울 일을, 대처한답시고 임시로 일을 적당히 처리하고 빨리하려다가 더 깊은 상처를 남긴다. 서로 당당하게 일들을 처리해야 하건만 이것저것 조건만 늘어놓다가 일을 더 크게 만들고, 서로 좋아지고 해결할 수 있는 시간과 방법을 놓쳐 등을 돌리고 사는 이들을 왕왕 보게 된다.

용학이에게 "이제 계절이 바뀌고 나이가 환절기의 시기를 넘어가면, 이런 일들이 언제 있었나 하며 얘기할 수 있는 때가 올 것"이라 얘기해주고 보냈다.

누가 하늘을 정하고, 누가 땅을 정하며, 누가 조상을 정할 수가 있나.

어른이 된다는 건 열매가 맺어지는 것을 말함이니 꽃만 예뻐서도 아니 되고, 벌이 많이 날아든다고 해서도 아니 될 것이다.

하늘에서 우레가 일어 느닷없는 천둥과 번개가 치고 벼락이 쳐야 비로소 암수가 함께 어른이 됨을 알아야겠고, 암놈도 수놈도 상하귀천 없는 평등한 자리임도 알아야 하겠다.

13. 형님이 웃었시유

살아가면서 여유롭고 풍족하다면 내 것이라도 남들과 나누어 쓰며 여유를 부릴 테지만 많은 이들을 돌아다보면 가진 것이 작거나 보잘 것이 없으니 남에게 뒤쳐져 있고, 남들과 비교하면 뭔가 모자라기에 아쉬워하며 살아가고 있음을 보게 된다.

자연에서 태어나고 성장하는 것은 분명히 같다. 그러나 각각의 삶들이 천차만별임을 볼 때 인간의 의지와는 상관없이 이미 존재하는 무엇이 있음을 알아차려야겠다.

형이하학적인 유형물이 대상이라면 눈으로 보고, 손으로 만지며 알아 볼 수가 있다지만, 초자연적인 형이상학적이라면 모자람과 안타까움을 神(신)들에게 빌어볼 수밖에 없지 않겠는가.

개인의 고통이나 장애, 불행은 개인의 고통이나 불행으로 끝나지 않으며, 함께하는 모두의 일이기에 모두가 나서서 묘수를 찾을 것이다.

집안에 장애를 가진 부모나 자식이 있으면 그 부모나 자식은 '왜 내가 이런 고통을 당하나' 하는 생각에 앞서 그 장애를 극복하고자 온 식구들이 나서서 고통을 감내하며 꿋꿋이 헤쳐나감을 보게 된다. 언제 누구에게 고통이나 장애가 찾아간다고 예고하고 찾아가는 것이 아님을 안다면, 살면서 이웃을 살피고, 행도 불행도 함께하려는 마음을 갖고 살아야 할 것이다.

새로 지은 형님 집에 무슨 일이…

한강의 물줄기를 안고 내려다보이는 시원한 자리를 잡고서 그곳에서 자그마한 토속음식점을 하는 ○ 사장님(庚寅, 경인생)이 계신데, 시절의 인연으로 절집을 들락거리게 되었다. 그는 언제보아도 수수하고 부지런하며 말이나 행동에서 구수한 장맛이 배인 것처럼 맛이 나는 사람이다.

언젠가는 절 마당에 들어서서 인사를 하고는 낫이 어디에 있냐며 낫을 찾아들고 주위의 풀들을 한나절이 족히 되게 베고 나서는 "이젠 보기가 훨씬 좋아졌다"며 할 일을 마친 듯이 내려갔었고, 집에서 맛있는 귀한 반찬을 만들면 스님이 맛을 보시면 장사가 잘 될 거라며 새로 만든 찬거리를 산속으로 가지고 오기도 했다.

언젠가 날씨도 화창하고 좋은데 부인과 함께 절집을 찾아 왔기에 날씨가 좋은 만큼 장사도 잘 될 것 같은 날인데, 어인 일로 걸음을 하셨냐고 물었더니, 시골에 사시는 형님 집에 다녀왔는데 마음이 어지럽고 심란해서 장사를 할 마음이 내키질 않아서 오늘은 장사를 접었다고 한다. 그래서 무엇이 그리도 마음을 어지럽게 하느냐며 꺼내 보이라고 하였더니, 집안의 묵은 얘기를 털어 놓는다.

고향에는 형님 한 분이 살고 계신데, 그 형님이 5~6년 전에 살고 있는 집이 낡은 구옥이라 살기에 불편하여 집의 안채를 허물어서 새로 집을 지으셨다고 한다. 그 후로 집안에 크고 작은 궂은일들이 일어나고, 3년이 지나면서는 형님마저도 사람을 몰라보고 폐인이 되어 방에서만 생활을 하고 밖으로는 나오려고도 하지 않는단다, 그러더니 근자에는 집안의 사람이 들락거려도 알아보지도 못하는 지경에까지 이르렀다.

하도 이상한 일이라 여기저기 용하다는 곳을 찾아 다녀보고 굿도 많이 해보았으나, 별로 신통치가 않았다고 한다. 게다가 병은 점점 심한 듯 몸도 무척이나 야윈 상태라 가끔 시골집에만 다녀오면 만사가 심란해진단다. 어제도 형님 댁에 다녀와서는 '이제 어떻게 하나' 하는 마음에 장사도 접고, 그냥 절로 올라온 것이란다.

살던 터에 집을 새로 지어서 탈이 났다고 생각을 하면 터가 動(동)하여 일어난 일은 아니고, 새로 지은 집의 向(향)이 문제가 있다는 것일 터.

"별일이 아닌 것을 그동안 알지 못하여 고생을 했군요."

방위 해소원의 글을 써주며 급하게 서두루지는 말라고 몇 가지 유의사항을 일러주고 보냈다.

🌠 중국 한나라시대의 삼천갑자 동방삭

이천 사, 오백 년 전 중국의 한나라시대에 살았다는 삼천갑자 동방삭의 얘기이다.

동방삭(본명은 滿淸子(만청자))은 우주만물에 대한 이치를 깨닫기 위하여 심산유곡에서 仙道(선도)에 열중하고 있었다. 때마침 나라의 궁전에서는 치지도 않는 종이 스스로 울리는 일이 생기자, 왕은 동방삭의 명성을 익히 들은 터라 그를 찾아오라고 신하들에게 명을 내린다.

그를 찾기 위한 별도의 군대가 조직이 되어서 그가 있을 만한 골짝을 샅샅이 뒤지며 마침내는 그가 수행하고 있는 절벽의 석굴 앞에 이르렀으나, 험난한 절벽 위에 있어서 아무도 석굴에 들어가기를 못하였다.

그때에 한 장수가 묘안을 내어 "지금 왕께서 선사님을 모셔오라는 어명을 받고 왔으니 답을 주시오"라고 글을 써서 화살에 묶어서 쏘아 날리니, 동방삭은 날아온 화살을 손으로 잡아 글을 읽고 나서는 손톱으로 화살대에 "그대들보다 내가 먼저 갈 것이요"란 답서를 절벽 아래의 장수에게 입바람으로 날려 보내니 장수가 동방삭의 뜻을 알아차리고 말머리를 돌려 산을 내려갔다.

왕이 거처하는 궁성까지는 며칠이 걸리는 먼 길이나, 동방삭은 백발을 휘날리며 축지법으로 학을 타고 궁성의 뜰에 살포시 내려앉는다. 왕은 동방삭을 반가이 맞이하며 자신의 근심을 털어 놓는다.

"내가 거처하는 대궐의 처마에 구리종(銅鐘)을 매달아 놓았는데, 이상하게도 한두 달 전부터 종을 치지 않았는데도 스스로 종이 울리며 괴상한 소리를 냅니다. 그 까닭을 알 길이 없어서 선사를 청하게 된 것이요?"

왕의 말을 듣고 난 동방삭이 왕에게 "종을 만들 때에 재료는 어디에서 구하셨는지요?"라고 물으니, 왕은 "종을 만든 재료는 남쪽에 있는 구리 산에서 구했다"고 대답을 한다.

동방삭은 재료를 구했다는 남쪽의 구리 산을 천리통의 술법으로 살펴보니 산의 한쪽이 무너져 내려앉아있음을 보게 되어 왕에게 자신이 본 것을 그대로 알려주자 왕은 깜짝 놀라며 신하들에게 과연 구리 산이 무너졌는지 알아보라 명을 내리고, 구리 산이 무너진 것이 사실이라면 그 원인이 무엇인지를 동방삭에게 묻는다.

동방삭은 자세를 가다듬으며 "鐘(종)이 우는 것은 구리 산이 무너졌기 때문이며, 본래 땅의 기운인 地氣(지기)란 사람에게 비유하면 어머니와 아들의 인연이라서 어머니라고 할 수 있는 구리 산이 무너졌기 때문에 아들격인 구리종이 울게 된 것입니다. 그러나 미혹한 사람들은 그 까닭을 알지 못하였기 때문에 종이 저절로 울린다고 하고 있을 뿐입니다"라고 말을 한다. 이어서 동방삭은 "산이란 것도 인간들과 같이 龍(용)이라고 일컬어 부르는 혈맥이 있으며, 인간의 뿌리에도 始祖(시조)가 있듯이 산에도 뿌리가 되는 祖宗(조종)산이 있고, 그 다음으로 主山(주산)이 있으니 산의 하나하나를 들여다보면 인간의 혈맥과 조금도 다름이 없습니다"라고 말했다.

왕은 자신의 질문에 궁색함이 없이 술술 답을 하고 있는 동방삭이 부러운 마음이 들었고, 그가 말하는 내용들이 하도 신기하고 신비롭다는 생각을 하며 동방삭에게 "선사께서 말한 대로 인간이나 땅이나 근본이 있다면 천하(세계)도 반드시 근본인 뿌리가 있을 텐데 천하의 뿌리는 어디가 되겠습니까?" 하며 물었다.

동방삭은 머뭇거림이 없이 "세상만물은 음양이 있듯이 온 세상이 만들어진 과정도 반드시 시작하는 발원성지가 있으며, 세상의 발원지는 이웃나라인 해동국이옵니다"라고 설명을 하자, 왕은 궁금한 표정으로 "왜 해동국이라 하시요?"라며 되묻는다. 동방삭은 "고서에 이르기를 始於艮 終於艮(시어간 종어간)이라고 적혀있는데, 그 뜻은 모든 만물의 시작과 끝은 艮方(간방)에 있다는 뜻이며, 지구의 중심부에서 볼 때 해동국이 있는 위치가 東北(동북)의 艮(간)방이옵니다"라고 설명을 한다.

왕은 들으면 들을수록 신기하며 넓은 지식을 갖춘 동방삭이 마음에 들어 그를 곁에 두고 싶어 하나, 동방삭이 이미 알아차리고는 왕에게 하직을 고하고 손에 들려 있는 지팡이를 공중으로 던지니 이

내 공중에서 학이 내려오고 동방삭은 학을 타고 이내 구름 속으로 사라진다.

집이 서북간의 乾(건)방이면 절대 안 된다

누가 어디를 가든 그 방향은 정해져 있으며, 동서남북의 사방과 그 간방의 사방과 상하의 방향을 더하여 시방이 정해지고, 각각의 삶들은 자신의 계절과 자신이 앉아있는 오행의 힘이 生(생)의 방향과 極(극)의 방향이 정해진다. 생의 방향으로 나아가면 생기의 움직임이 활발히 도와줄 것이나, 극의 방향으로 나아가면 석양의 기운이 되어 衰(쇠)할 것이다.

坐(좌) 向(향)이라는 말은 누구나 들어 봤을 것이니 좌란 앉아있는 곳을 말하며, 향이란 앞을 바라보는 것이기에 바라(희망 원)는 것이며 구하는 것을 말하는 것이다. 형님이 앉아있는 좌는 을묘의 어린 암놈의 토끼인데, 분명히 집을 지으면서 향도 잘못 잡았고, 엉뚱하게 힘을 쓸 수가 없는 곳을 모르고 파헤쳐 놓았으니 어린 암놈의 토끼가 견디질 못한 것임을 알 수가 있었다.

동서남북과 간방이 있고, 각 방향에 그 방향이 아닌 乾(건)坤(곤)艮(간)巽(손)방이 있으니 모든 기운이 건곤간손방으로 드나들며 일을 한다. 이 방은 사람들이 사용할 수가 없는 방이기도 한데, 모르고 건곤간손방을 잘못하여 건드린 것이리라.

아픈 사람의 고통이나 아픈 사람을 둔 심정을 헤아려야 하기에 시간을 내서 ○ 사장의 고향집으로 가보니 염려한 대로 집의 향이 서북간의 乾(건)방으로 앉아 있는 것이 아닌가. 서북 간방은 하늘과 닿아있어 귀신이 다닌다는 방향으로 사람이 살고 있는 집의 방향으로는 사용하면 안 되는 것이기에 대문을 틀고 주위에 나무를 심어 조경을 하여 방향을 돌리고, 글을 써서 주면서 그동안 엉킨 일들이 풀려나갈 것이라고 일러주니 의아한 눈초리를 보낸다.

그동안 백방으로 다니며 처방이라면 별의 별짓거리를 하며 법석을 떤 것에 비하면 글로써 별일이 아닌 것처럼 처리를 하니 그러했으리라.

한 달이 조금 지나서인가, ○ 사장이 절집을 찾아왔다. 만면에 희색을 띠고는 "어제 형님 댁에 다녀왔는데, 형님이 웃었시유. 형님이 얘기도 더하고 놀다 가라 하기에 한참을 형님과 얘기도 하고 왔습니다. 다음에는 막걸리라도 마시면서 얘기를 나누자고 하시던데요" 하며 형님 얘기를 전한다.

"웃음은 감정의 기복을 나타내는 것이니 날이 가고 계절이 바뀌면 과거의 정상적이었을 때처럼 일상의 생활을 하실 거라"고 하니 꿈만 같단다.

제자리에서 꽃을 두 번이나 피고 진 올해에 얼마 전 일이 있어 ○ 사장님과 고향집을 들렀는데, 담배농사를 짓는 형님은 담뱃잎을 따서 엮고 계셨다. 바쁠 텐데 뭐 하러 내려왔냐며 동생과 얘기를 나누는 것을 보니 지난날 병들었던 세월의 흔적은 찾아볼 수가 없었고, 몸도 건강하신 것 같았다.

하늘이 열리고 땅이 생겨 굳어서 산하대지를 만들어 그 공간을 사람들이 터 잡고 살아가는 것이라면, 그 공간은 인간들만의 영역이 아니라 존재하는 모든 것들이 함께 공유하며 살아가는 공간이리라.

방향의 신들도 사람들과 함께 공간을 공유하고 있음을 안다면, 어느 놈이 더 부드럽고, 밉고, 예쁘고, 악하고, 선한가를 알고 있을 것이리라. 다 그놈이 그놈인 것처럼 보여도.

많이 쥐고 있으면서도 뭐 하나 더 쥐고 싶어 여유가 없는 것도 알고 있을까?

남의 사정을 돌아 볼 수나 있겠는가. 내가 바쁜데.

수행자의 옷을 입고 살며 바깥에 나서면 보고 들리는 것이 껍데기만 같아 발걸음을 별로 안 하며 지내는데, 이따금 길을 나서면 웬 빈 깡통들 굴러다니는 요란한 소리가 들려 귀가 따갑다.

나만 들리나!

아니 내가 귀신에 씌었나?

14. 神(신)의 자손들

어느 생명이나 부모의 만남에 의해서 因(인)이 결정되어 세상에 태어나는 緣(연)을 맺게 된다.

어느 곳에서 태어나는 생명이라도 그것은 똑같다. 살아가면서 인연의 굴레는 자신이 어찌할 수가 없으며, 성장함에 따라 혈연, 지연, 학연의 손익을 감수하며 살아갈 수밖에 없다.

사회가 발전하고 진화를 거듭하면서 많은 부분이 평등해지고, 누구에게나 기회가 주어진다. 누구라도 도전을 하면 성취할 수도 있으련만 '적잖은 이들은 그럴까?' 하는 의심에서인지 기회를 포기하고 도전을 포기하는 것을 보게 된다. 도전하는 것이나, 포기하는 것이나 자신의 인과 연에 의해서 결정이 되며, 때가 있는 인연의 움직임도 陽(양)의 영역과 陰(음)의 영역으로 나뉘는 것임을 알아야 하겠다.

지구상에는 많은 사람들이 터 잡고 살아가고 있는데, 국경을 이룬 각 나라로 구분을 하여도 수백 개의 나라가 되고, 민족으로 분류를 한다면 그보다도 더 많은 족으로 분류가 될 것이다.

그 많은 나라와 족들이 어떤 시조에 의해서 족을 형성하고 나라를 이루어 살아가고 있나 하는 생각을 해보게 된다. 무엇이든 만든 사람이 있기에 존재하는 것이고, 무엇인가의 동기에 의해서 형성되었을 것임을 안다면 과연 처음의 시초가 있어야 하지 않을까?

🌙 뒹굴며 머리로 팽이를 돌리니

봄의 끝자락인 3월이 지났는데도 날씨가 차고 바람도 세차게 불어대는 것이 제법 고약하다.

바람이 심하게 불어 먼지가 앉은 대롱이 녀석의 밥그릇의 물을 갈아주며 녀석과 잠시 놀다가 돌아서는데, 마당으로 차가 들어선다. 중년의 여인이 차에서 내려 합장인사를 하면서 "잘 찾아 왔는지 모르겠다"며 입을 뗀다.

여인의 얘기를 듣다보니 며칠 전에 다녀가신 ○ 처사님의 부인임을 알 수가 있었다.

방으로 모시려고 하였더니 법당을 다녀오시겠다고 하여 안내를 하였다. 한참 기도를 올리시는데 천수경과 반야심경을 하며 지극 정성의 기도를 드린다.

기도를 마치고 방으로 모시니 삼보의 예를 갖춘다.

어디 공짜가 있나? 세상살이가 고통스럽냐고 물으니 살아가는 것은 어렵지가 않으나, 이런저런 것들이 고통이라고 한다.

고통스러운 세상이라고 하여 "고통스러운 생각이나 일들을 부딪치면 고통이라는 생각을 놓으시고 오늘부터는 고행을 하시며 사세요" 하였더니, 고개를 젓는다. 고통은 끝이 없으나 고행은 끝이 있으며, 부처님도 고통을 여의시고 고행을 하시어 부처를 이루셨으니 살아가시는 나날의 고통을 고행자가 겪는 일이려니 하며 사시라고 일러주니, 조금은 알아들으신 것 같다.

차를 데워 마시면서 이런저런 얘기를 나누었는데, 정작 이들 부부가 내방을 한 목적은 딸(은주)의 문제를 가지고 이곳저곳을 돌아다니다가 어느 지인의 소개로 찾아오게 된 것이었다. 그런데 며칠 전에 찾아온 ○ 처사의 얘기를 듣고 딸이 안고 있는 고통의 근원은 부인에게 있는 듯하니 언제고 부인과 함께 오시라고 하였더니, ○ 처사님은 오늘 사업상 일 때문에 시간을 낼 수가 없었는지 부인이 혼자 오신 것이었다.

부인과 얘기를 나누어보니 딸아이의 문제보다도 부인이 안고 있는 태아 영(낙태 영가)의 문제가 더 심각함을 알았으나, 정작 본인이나 주위의 사람들은 아무도 그것을 알지 못하고 있는 것 같다.

부인에게 시댁에 대하여 물어보았더니 알고 있는 것이 별로 없어서 언제고 ○ 처사와 함께 오라고 하였다.

딸인 은주는 고 2학년인데 중 3이던 어느 날부터 이상한 행동을 보이기 시작을 했다고 한다. 평상시에는 정상적인 행동을 하나, 천문이 열리는 시간이 되면 가끔씩(매일은 아니고) 사내아이의 행동을 한다는 것이다. 말 타는 흉내를 내고, 히죽히죽 웃고, 머리를 땅에 대고 돌리며 팽이치기를 하면서도 웃고, 때론 자치기를 한다면서 무엇이든 걷어내는 행동을 하고, 웃고 울기를 반복한단다.

딸아이를 데리고 정신병원을 찾아가서 진찰을 받아도 무슨 병이라는 것은 얘기도 안 해주고, 약을 주며 때맞춰서 먹이라고 하여 약을 먹이면 약 기운에 늘어져서 잠만 잔다는 것이다. 그래서 용한 무당을 청하여 점도 쳐보고 굿도 해보라고 하여 큰굿도 해보았으나, 신통함이 닿지가 않아서인지 병에는 차도가 없어서 이곳저곳을 헤매며 이제껏 고생을 해왔다고 한다.

천문은 간방에 있는데, 乾(건), 坤(곤), 艮(간), 巽(손)이 간방을 나타내고는 있다. 그러나 엄밀히 말을 하자면 실제의 방위는 없는 것이다. 신들이 들고나는 방위라 사람들이 이용을 하려면 각별한 주의가 요하는 방위이다. 건곤간손의 방위를 잘못 건드리거나 잘못 사용을 하면 해가 있으며, 각각의 방위마다 특색이 있어서 피해의 종류나 정도, 심중이 달라지는 것도 알아야 할 것이다.

천문의 시간은 오후의 8시~오전 2시이며, 해가 떠있는 시간에는 신들이 활동을 멈추고 잠을 자며, 천문이 열리는 밤이 되어야 신들이 일어나서 움직이며 활동을 한다.

신들은 오후 8시(戌, 술)를 전후하여 움직임을 시작하여 새벽 2시(丑, 축)가 되면 잠자리에 든다.

자연의 모든 것은 때가 되면 스스로 그렇게 되는 것. 자연의 순환이 훼손되거나, 오염되거나, 끊어지면 그 피해는 사람에게 치명적으로 다가오는 것인데, 누가 그리 자연을 중하게 생각을 하나?

⚡ 조상 묘에 부부가 함께 찾아갔다

며칠이 지났나 싶은데, ○ 처사와 부인이 찾아왔다.

그들을 방으로 들이면서 그동안 딸아이가 병 때문에 겪는 고통을 보며 부모이기에 얼마나 노심초사하며 지냈나 하는 생각이 들고, 부모지만 딸의 병을 모르는 일과 자신들이 대신할 수도 없는 일이라 얼마나 고생을 했나 하는 생각이 앞선다.

자리를 잡고 앉으며 사업상의 일로 일찍 시간을 낼 수가 없었다는 ○ 처사의 말을 들으니 묻지도 않은 말을 꺼내어 말하는 것이 딸을 치료하려는 마음이 급함을 알 수가 있었다.

차를 마시면서 고향을 물어보니 울진이란다. 부부가 살면서 함께 고향에 있는 조상의 선영에 인사를 한 적이 있냐고 넌지시 물었더니, ○ 처사는 때마다 조상의 선영을 찾아 가끔은 인사를 드려왔지만 부부가 함께는 한 번도 다녀오지 않았다고 한다. (허어, 세상이 달라졌으니.)

내 자식이 병을 얻어 아프면 걱정을 하듯 부모의 마음은 누구나 같을 것이다. 이를 안다면 부모의 부모가 그랬고, 그 부모의 부모가 그랬듯이 조상으로 이어지며, 이어이어 가며 걱정을 하는 것은 당연한 일이 아니겠는가.

부모(조상)는 죽어서도 내 자식이 잘되길 바라고, 걱정 없고 고통 없이 살기를 바란다는 것을 왜 모르는지….

자연의 강산이 수백, 수천 년이 지나도 변함없이 이어옴을 안다면, 우리네들의 부모(조상)님들도 시조 어른의 뿌리에서 이어이어 옴을 알아야 하지 않겠나?

가까운 날을 잡아 조상님의 선영에 그동안 살기에 급급했고 몰라서 잘못했노라고 반성문을 써가지고 가서 인사를 올리면 딸의 병에 차도가 있을 거라고 일러주고 "부인도 태아의 영에 憑依(빙의)가 되어 있는 것 같은데 지내시기에 불편하지는 않냐?"고 물어보았다. 부인은 대답이 없고, ○ 처사가 가까운 절에 매일 다니며 기도를 드리고 있다고 말하는데, 인지하지 못하고 있는 것 같았다.

神(신)이 들고나는 것이나 오고가는 것도 본인이 인지하는 것이 있고, 인지하지 못하는 것이 있다. 神(신)이 들어오는 것이나 신이 들어와서 자리를 잡는 것은 어느 계기나 동기가 있을 것인데, 집안에 들이는 물건이나 정신적인 충격이나 쇼크가 있었다고 보겠다.

신을 청하여 받으려는 것과 찾아 온 신을 안 받으려 거부하는 것은 모두 영매가 있기 때문이다. 신은 영매를 의지해서 타고 다니거나 흘러 다닌다.

신과 접신이 되어 있어도 생활에 불편하지 않아 접신을 모를 수도 있으며, 오래되어 으레 그러려니 하는 경우도 많이 보게 된다. 여간 안타까운 일이 아닐 수 없다.

신을 청하거나 보내려 해도 자신이 인지하지 않으면, 청해서 신이 들어왔어도 자리를 잡지 못하여 방황하다가 떠난다. 그런가 하면 들어온 신을 퇴마하여도 자신이 신을 확실하게 인지하지 못했다면, 신은 본래대로 다시 들어와서 자리를 잡을 수도 있다.

🔥 조상이나 자손이나 제자리에 있다

정한 날이 되니 부부가 일찌감치 차를 몰고 와서는 먼 길을 다녀와야 하기에 서둘러서 왔다고 한다. 미리 준비하고 있었던 터라 차를 타고 길에 올랐는데, 초행길이어서인지 목적지인 울진에 도착하기까지 많은 시간이 소요되어 가는 길이 불편했다.

○ 처사가 읍내에 들어서서 제수용품을 마련하고, 바닷가의 길을 따라 한참을 달리다가 어느 계곡을 잡아 차가 들어섰다. 한눈에 보아도 주변의 산세가 수려하고 넓은 분지를 이루며, 흔치않은 아름드리 황송이 즐비하게 들어서 있는 곳에서 차를 멈춘다.

조선시대의 원님들은 자고새면 산소 자리 송사로 해를 넘겼다는 말이 있는데, ○ 처사의 집안도 조상님들의 유택이 잘 보존되어 있는 것이나 오래된 석물, 비석 등을 보아도 예전에는 행세깨나 했을 것이며, 근동(近洞)에서는 이름값을 하며 지냈던 집안임을 알 수가 있었다.

산의 등을 타고 오르며 고조부와 증조부의 산소에 이르러서 보니 자손들이 관리를 잘하고 있음을 한눈에도 알아 볼 수가 있었다. 그런데 묘하게도 제자리가 아닌 곳에 앉아있는 바위가 보여서 물어보았더니 몇 년 전에 산길을 만들다가 나온 돌인데, 큰집의 형님이 선산의 일을 하다가 나온 돌이니 길옆에 묻어두라고 해서 지금의 자리에 묻어놓았다고 한다. 그 바위는 아래쪽에 계신 증조부님의 묘보다 높이 툭 솟아있었다.

고조부님 산소에 잔을 올리고 써가지고 간 글을 읽었다. 일을 마치고 산을 둘러보며 내려오면서 보니 산의 용이 이어이어 흘러내리며 백두대간 어디라도 기가 이어오는 것이 느껴진다. 현재를 살고 있는 이 댁의 자손과 부모(조상)가 산이 이어이어 흘러가는 것처럼, 기가 이어이어 흐르고 있는 것을 알게 한다.

세상이 변하고 변해가고 있음을 볼 때 지난날에 정한 명당 터가 지금 변하는 것도 때의 일이다. 자고새며 산소 자리 송사로 날을 지새웠던 때의 명당이라고 해서 항상 안 변할까?

천지의 조화가 자연의 변화이며, 사람의 움직임이 세상을 만들어가는 것이기에 地方人軸(지방인축)이 아닌가?

모든 것은 때의 일이며, 때의 상이며, 때의 용이며, 때의 체가 되며, 변하여 무엇이다 하는 그 순간부터 무엇은 변하며 진화를 하는데, 어디까지 진화하며 변할 것인가? 아는 사람 어디 없나? (알려 주면 재미가 없지!)

○ 처사님의 선영도 지난날 윗대 어른들의 영화를 얘기할 뿐 여기저기 손을 대지 않아야 할 곳을 너무도 훼손시켜서 껍데기인 외형은 보기 좋을지는 몰라도, 조상님들이 힘을 쓰고 힘을 빌리려는 四神(사신)을 훼손하고 망가뜨려서 신기가 흩어지고 말았으니 일러준다고 알아듣기나 하겠나?

안타까운 일이기는 하나, 그렇게 망가뜨리고 훼손하는 것도 변하는 자연이요, 천지의 조화이며, 때의 일이 아니겠는가?

하늘의 중심은 땅! 땅을 이루는 중심은 사람!

얼마나 지났을까? ○ 처사와 보살이 찾아와 웃음을 머금고 예를 갖춘다. 어인 걸음이냐고 물어보니 딸아이 은주가 시골에 다녀온 후로는 지금까지 가끔씩 하던 발작도 하지 않고 잠도 편하게 자며, 정상인으로 돌아왔단다. 그동안 정신이 없어서 배우지 못했던 공부를 해야겠다며 열심히 공부하는 애의 모습을 보면서 감사의 인사를 하러 왔다고 한다.

"그동안 은주를 위하여 수천만 원을 들여서 굿도 여러 번했는데!" 하며 부부는 어떻게 감사를 표해야겠냐며 물어온다.

자식의 병을 고쳐보려고 백방으로 노력하던 차에 다행히도 나를 찾아와서 병을 고치니 어찌 감사한 마음을 내지 않겠는가? 자신들이 알지 못하여 부모(조상)님들과의 소통이 원만하지 않아서 생긴 일이라, 조상에 대하여 반성의 글을 써준 것뿐인데. 굳이 감사를 표하려면 살면서 할 수 있는 일이나 하라고 말해 주었다.

"그나저나 딸아이는 병이 달아났으니 이젠 보살이 병을 고쳐야 하는데, 두 분은 아직도 아무 이상이 없다고 생각을 하시는지?" 하며 물어보아도 아무 말이 없다. (그냥 살아야지.)

고맙다고 하는 ○ 처사 내외를 보내고 돌아서며 마당가를 서성이는데 언젠가 수락산 자락에 터 잡고 도를 닦으시는 무식 대사님의 말씀이 들려온다.

"아우님, 사람들이 신인데 자신들은 그것을 모르고 중생이라는 터에서 중생의 짓거리로 날을 보내니 신이면서도 신을 알아보기나 하나? 그러니 속고 있고, 속아서 살고 있는 것이네."

그렇지! 하늘의 중심은 땅이고, 땅을 이루는 중심은 사람! 세상의 천지조화가 자연의 조화이자 사람들의 짓거리이며, 때의 일이 천지의 조화인 것을…. 알기나 하겠나?

어스름한 저녁이 지나며 밤이 제자리를 찾아 들어온다. 먼발치의 도시의 불빛들이 훤한 빛을 발한다. 이 저녁에 어디로 발품을 팔아볼까 싶은데 황금빛 까마귀가 산다는 금오산으로 갈까? 천등을 달아 놓고 어머니의 극락왕생을 빌며 기도했다는 천등산으로 가볼까?

어디로든 神(신)나게 발품을 팔아야겠다.

15. 돈이 생겼다고 달라지나?

누구나 잘살길 바라고, 잘살고 있으면서도 더 잘살길 바라는 것이 모든 사람들의 마음일 것이다.

잘살고 못사는 것은 타고난 팔자라고들 하지만 정해진 것은 분명한 듯하다. 그렇지만 어찌 보면, 때에 자신의 선택에 의해서 때론 결과가 많이 달라지기도 한다.

결과 자체를 팔자라고 한다면 무슨 얘기라도 할 필요가 없을 것이다. 그러나 분명 때의 짓거리가 현세와 전생의 囚(인)에 의해서 전개되고 결과를 만들어 나가는 것을 안다면 결과는 다소 때론 많은 차이가 있을 수가 있는 것이다,

복권에 당첨되거나 횡재를 한 사람들의 대부분이 10년 이내에 예

전의 생활로 돌아와 있었다고 한다.

누구라고 욕심이 없겠는가. 허나 본래 작은 그릇에 욕심을 내어 담아도 얼마나 많이 담을 수가 있으며, 욕심을 내면 내는 대로 넘치는 것은 자연의 이치가 아닌가?

어업권 보상 소송중인 후배에게 돈 빌려준 선배

강산이 변한다는 세월 전의 일인데도 돌이켜보면 왜 그러나 싶은 안타까움이 남는다.

가끔씩 절에 드나들던 ○ 처사가 찾아와서 어떻게 해야 할지 모르겠다며 입을 연다.

무슨 일이기에 고민을 안고 있냐고 물었더니, 고향 후배가 있는데 그동안 어려운 처지를 알기에 여러 번 금전적으로 도움을 주었다는 것. 며칠 전에도 올라와서 도움을 청하는데, 요즘에는 자신의 처지가 예전 같지 않아 후배의 청을 들어주기가 벅차다고 한다.

고향 후배는 무슨 일을 하고 있냐고 물어보았다.

○ 처사의 고향인 서해안에는 바다를 막아 크고 작은 간척지들이 많이 형성되어 바다가 간척지로 변하면서 섬 주민들은 어장이 황폐해지고 특히 조개나 바지락 같은 어패류의 어획량이 줄어들어서 정부를 상대로 어업권 보상을 요구하는 재판을 진행하고 있다고 한다. 후배는 어업권 및 어패류보상 추진위원장을 맡고 있으며, 1차 승소를 하고 현재는 2차 판결만 남아있는 상황이란다. 그동안 보상 문

제로 고생을 많이 하였으나, 문제만 해결되면 후배의 보상액은 수십억 정도가 될 것이라고 말을 한다.

서로가 있어서 빌리거나 나누어 쓰면 오죽이나 좋을까만, 서로가 어려운 처지라 이러지도 저러지도 못하는 실정이라 뭐라고 답을 주겠는가? 별 얘기가 없어서 혹시 후배가 찾아오면 얼굴이나 보자고 하며 돌려보냈다.

얼마나 지났을까? 스님을 찾는 소리에 "누구신가?" 하며 문을 열고 보니 ○ 처사가 누군가와 함께 찾아왔다

밖에서 서성이는 일행을 방으로 들이니 큰일을 하고 있는 고향 후배라며 소개를 시킨다.

바쁜 세상 뭐 돌아갈 일이 있나. 어떻게 되냐고 신상을 물으며 천간을 정리해보니 여우(甲)로 태어나 박쥐(癸)의 계절을 보내고, 지금은 노루(丁)의 때를 맞아서 살아가고 있음을 알 수가 있었다. 이름은 정재만. 요즈음은 어떻게 지내시냐고 물으니, 조용히 앉아있던 후배가 입을 열며 말을 쏟아 놓는다.

"서당 개 삼 년이면 풍월을 읊는다고 했던가. 보상이 나오면 제가 살고 있는 동네(섬)의 바닷가에서 온천수가 나옵니다. 현재 그곳을 개발하는 해수온천개발 사업을 계획하고 있고, 앞으로 섬의 일주도로를 내서 관광과 레저사업을 구상하고 있습니다."

그러면서 그는 어디를 개발하고, 또 무엇을 하고, 또 무엇을 할 것이라 말을 이어가는데, 듣고는 있어도 정신이 없다.

"정선생, 법으로 하여 법원에서 결정이 나면 당신은 돈은 쥐겠으나, 지금 장황하게 늘어놓은 사업은 하지 않는 것이 좋을 듯싶습니다. 그것은 어린 수놈의 노루가 계절을 잊고 날뛰면 얻는 것이 없기 때문입니다. 허니 사업은 하지 마시고 보상을 받는 금액도 만만치가 않을 것이니 그동안 재판에 매달려서 오며가며 주위에 신세진 사람들에게 진 빚이나 멋있게 갚고, 나머지는 없는 듯이 생각하고 관리나 잘하며 오래 두고 쓸 생각이나 하세요."

이 말에 그는 머쓱해 하는데 폼을 보니 제멋대로 할 것 같은 폼이었다.

남의 일에 이래라 저래라 하는 것도 모양이 아닌지라 ○ 처사에게도 "알아서 능력껏 하세요" 하였더니, "보상을 받기는 받는가요?"라도 되묻는다. 그래서 "법에서 정한 일은 법대로 시행을 할 것이니 보상은 받을 것입니다"라고 일러주니, 후배인 정재만이 오늘은 사정상 준비를 하지 않고 다녀가지만 보상금을 받으면 꼭 찾아와서 인사를 드리겠다고 하며 산을 내려갔다. (찾아올라 말고 너나 잘살아라.)

🔥 보상금 받고도 차용증 없다고 발뺌만 하는 후배

자연에 의지하여 살고 있는 사람들도 자연과 함께 살아가기에 자연의 계절이 있듯이 사람에게도 계절이 있으며, 각 계절은 계절마다의 특색이 있듯이 사람의 계절도 그러하다.

계절을 안다는 것은 때를 안다는 것이며, 자신이 태어나면서 짊어지고 나온 천기와 지기를 안다는 것이다.

정해진 천기와 지기를 안다고 하여도 자신의 몸과 뼈와 살을 주신 부모(조상)의 人氣(인기)를 알아야 제대로 된 그릇일 것이다.

사람을 그릇에 비유함은 그릇의 형태와 쓰임이 다양하듯이 사람이 자신의 때를 안다면 알고 있는 만큼 많이 담을 수가 있을 것이고, 운세가 아무리 좋아도 그릇이 작으면 아무리 많이 담으려고 해도 담을 수가 없고 넘치는 것임을 알아야겠다.

분명 사람의 그릇은 정해져 있으며 각각의 그릇은 다르다. 그러기에 입으로 일하는 사람이 있고, 힘으로 일하는 사람이 있으며, 머리를 써서 일하는 사람이 있을 것이다. 모든 사람은 각각의 개성이 있고, 타고난 각각의 소질은 따로 있기 때문이다.

사람이 행하는 때의 짓거리는 정해져 있으며, 태어나서 자라고 성장하며, 장년에 이르고, 노년에 들면서 현세의 자신은 전생에서 전생으로의 여행을 하고 있음을 알고나 있는지?

세월이 얼마나 흘렀나? 밖에 볼일이 있어서 외출을 하였다가 마당으로 들어서니 마당 한쪽에 서있는 ○ 처사가 "어디 다녀오시냐?"며 인사를 한다. 언제 왔는지 많이 기다린 것 같아서 "전화라도 하고 오시지" 하며 방으로 들이는데, 몹시 초조하고 조바심이 난 심사가 보인다.

방으로 들어와서 옷을 벗어 걸고 있는데, ○ 처사가 흐느끼듯이 급히 말문을 연다.

"스님, 어떻게 하면 좋아요? 2년 전에 다녀갔던 후배와의 금전문제가 아직까지 해결이 안 되고, 저는 어떻게 할지 해결방법이 없어서 스님을 찾아왔습니다."

"아니, 빌려준 돈 받으면 될 것인데, 아직 보상금은 안 나왔나요?"

"보상금은 벌써 나왔는데 후배에게 돈을 줄 때 서로 증서를 주고받지 않았습니다. 후배가 서로 믿는 사이에 무슨 글이 필요하고, 얼마 되지 않는 돈을 갖고 증서까지 꼭 써야겠냐고 하기에 서로 믿는 사이인지라 그냥 돈을 건네주었습니다. 헌데 그 후배 놈이 이제 와서는 증거가 없는 돈이라며 오리발을 내밀고 있는 실정입니다. 주위에 증인도 있지만 후배와 한 동네에서 매일 얼굴을 맞대고 살고 있는 처지라서 증인을 서줄 수가 없답니다. 후배가 돈을 안 주려고 하는 마당에 돈을 받아내는 일은 어려울 것 같아 포기할까도 생각을 해보았지만, 생각하면 생각할수록 분하고 억울한 마음이 드네요. 제 스스로 생각을 해봐도 정말 병신 같은 짓거리를 했네요."

그러면서 ○ 처사는 쓴 웃음을 지어 보인다.

허허! 참, 이거 답이 안 보이는데. 분명 쌍방이 돈을 주고받은 것은 인정을 하나, 증서가 없어서 돈을 못주겠다니. 허허! 참, 이거 어떻게 해결하나? 분명 하늘도 알고 땅도 알고 있는 일인데!

"처사님 후배에게 빌려준 돈이 얼마나 되나요?" 하고 물으니, 몇 천만 원 정도라고 한다. "아니 준 돈이면 얼마라고 해야지 얼마 정도는 또 무엇입니까?" 하니, 한 번에 준 돈이 아니라 후배가 어렵다고 찾아오면 그때그때의 형편에 따라서 긴 세월(보상 재판 기간)에 도와주듯이 돈을 건네서 자신도 정확히 얼마라고 기억을 못하고 있단다.

"후배는 얼마나 보상을 받았는지 아세요?" 하고 물으니, 1차 보상으로 18억 정도를 받았고, 2차 보상금액도 상당히 많은 액수가 남아 있는 것으로 알고 있다고 말을 한다.

18억을 갖고 있는 사람이 어려울 때에 자신을 도와준 몇 천만 원을 안주려고 손바닥으로 하늘을 가리려는 짓을 하고 있으니 모르고 듣지 않았다면 몰라도 들어서 아는 이상에는 꼭 정리를 해주어야겠다는 생각이 드는데, 별 뾰족한 수가 떠오르지를 않는다.

답답하여 상심한 ○ 처사에게 좀 시간을 갖고 방법을 찾아보면 무슨 방법이 있을 거라고 위안을 하며 돌려보냈는데, 돌아서 산을 내려가는 뒷모습을 보자니 내 돈을 떼인 것처럼 가슴이 저미는 것은 어인 일인가?

왜들 그리 욕심들을 내는가. 한동네에서 함께 자란 동생이 큰일을 할 때 돈이 없어서 오며가며 겪는 어려움을 보고 착한 마음을 내어 도와주려는 마음에서 준 돈이었는데…. 그나저나 어떻게 하지?

🔥 "자신의 행동이 자신의 인생을 만든다"

하늘이 열리고 땅이 굳어져서 그 틈새에 잠시 살다가는 인생들이 세상을 이루고 살고 있는데, 사람들도 하늘처럼, 땅처럼 항상 정직하면 좋으련만 그렇지 못한 것 또한 세상이 아닌가?

사람이 태어나면서부터 현세의 인연은 전생의 인연과 닿아있고, 잘살고 못사는 것 또한 전생의 인연과 닿아있어서 갑자기 부자가 되거나, 가난하게 되거나, 사업이 갑자기 망하는 것도 모두가 자신의 인연에 의해서 다가오는 것이라 할 수 있다.

전쟁에 이겨서 전리품을 얻거나, 노략질을 하거나, 왕에게 하사품을 받거나, 아니면 군수품을 털거나, 군자금을 빼돌리거나, 많은 재물을 상속받거나 하는 등의 온갖 유형이 있다.

현세는 물론 전생에서도 정당하게 형성된 재물은 재물의 운을 누릴 수 있고, 주위에서 인정을 해주어 대접을 받아 보존할 수가 있다. 그러나 남의 것을 훔치거나 거짓으로 뺏은 재물은 오래 지니지도 못한다. 엉뚱한 일(욕심)을 만들거나 만나서 재물이 흩어지고 남들에게 도로 뺏기듯 없어지고 만다.

며칠이 지났나? 마음이 답답하고 몸이 으슬으슬하여 일이 손에 잡히지도 않아서 쉬고 싶은 마음에 절을 찾아왔다며 ○ 처사가 절로 들어선다. 얼굴을 보니 며칠 전보다도 몰라보게 수척해 있었다.

욕심이 고통을 만들고, 분노가 고통을 만들고, 어리석은 의심이 고통을 만든다.

ㅇ 처사의 고통은 후배에게 준 돈을 받으면 지워질 일인지라 "ㅇ 처사님, 후배를 만나야 해결이 되는 일이니 후배를 만나려면 어디로 가야 하나요?" 하니, 시골에 가면 만날 수가 있다고 한다. 그러면서 그는 "돈을 안주려고 작정을 한 사람이 스님이 내려가서 만나서 얘기를 한다고 순순히 돈을 주겠느냐?"고 반문을 한다. "줄지 안 줄지는 모르나 만나서 얘기는 나누어 봐야 하지 않을까요? 마냥 고민만 한다고 해결될 일이 아니니 내일이라도 다녀옵시다" 하니, 고개는 끄덕이는데 내심 생각이 많은 듯 보인다.

이튿날 어렵사리 후배와 낮 시간에 읍내에서 만나기로 약속시간을 잡고 차를 타고 내려가는데, 차창 밖의 자연은 사람의 고통은 아랑곳없이 여름의 싱그러움으로 가득하다.

ㅇ 처사 고향의 읍내에 도착하여 약속한 다방을 찾아 들어가서 조금 기다리고 있자니, 후배인 정재만이 다방으로 들어와 나를 보고 아는 척을 하며 인사를 한다.

스님께서 어떻게 여기까지 찾아오셨냐며 시원한 음료수를 큰소리로 주문하며 자리에 앉는다.

"정선생, 재작년에 볼 때보다는 화색이 좋으신데, 요즘엔 좋은 일이 많으신가요?" 하니, "예! 바쁘게 지내고 있습니다. 이것저것 사업을 벌였는데, 시작 단계라서 정신없이 뛰어 다니고 있습니다"라고 말한다.

"정선생, 어업권 보상 문제는 어떻게 해결을 보셨는지요?" 하니, 1차와 2차로 나누어서 보상금을 지급하기로 하여서 1차 보상은 얼마 전에 받아서 나누었고, 내년쯤에는 2차 보상이 집행될 거라고 말을 한다.

"그럼 (○ 처사를 가리키며) 이형에게 신세진 돈은 갚았나요?" 물으니, 스님이 나서서 얘기할 것이 못된다고 잘라 말을 하며, 둘이 문제가 있으면 둘이 해결을 할 것이니 누구도 나서서 얘기하는 것은 말이 안 된다고 덧붙인다. 그래서 "정선생, 재작년에 우리 절을 찾았을 때에도 이형에게 돈을 청하러 왔다고 하였고, 그동안도 여러 차례 형에게 신세를 졌다는 말도 했으면 돈을 빌려 간 것이 사실인데, 왜 그렇게 잘못된 맘을 먹는 것이요?" 하니, "스님, 돈에 눈이 없어서 받았는지, 안 받았는지 생각이 없네요. 그러니 이형에게 줄 돈은 없습니다"라며 잘라 말한다.

"정선생, 받아서 쓴 돈을 안준다는 것도 잘못이고, 준 돈을 못 받는 것도 잘못입니다. 그러니 긴 시간은 드릴 수가 없으니 오늘 은행시간(오후 4시) 안에 일을 처리해 주시오. 추후에 서로 부끄러운 일이 없도록 부탁합시다."

다방을 나서는데 점심이라도 대접을 하겠다며 정재만이 따라 나오는데, 서로 웃으며 먹을 수가 있을 때 먹자고 하며 그 자리를 떴다.

어떻게 하나? 생각이 정리가 안 되는데, 옆에서 걷고 있던 ○ 처사가 "스님, 아까 그 다방 재만이가 작은 여자를 얻어서 차려준 거라고 하던데요" 해서, "아니, 어떻게 들었어요?" 하니, 다방 종업원 아가씨가 재만이가 다방의 사장이라고 말해 주었단다.

"○ 처사님은 정 사장이 요즘 고향에서 어떻게 지내고 있는지 알아봐 주세요" 하니, 궁금해 한다.

"사람은, 자신의 행동이 자신의 인생을 만들어가는 것이기 때문입니다."

"고향에 오셨으니 다른 볼일도 보시고 4시에 다방에서 만납시다. 나는 이 고장에 천년고찰이 있는 줄 아는데 절에 가서 부처님이나 친견해야겠습니다"라고 하며 ○ 처사와 헤어졌다.

🗡 고래 힘줄도 스님의 기도 한번에 녹았다

절의 경내로 들어가니 大雄寶殿(대웅보전)의 크고 웅장한 자태에서 큰 영웅을 모신 곳임을 새삼 실감하며 대웅전의 법당에 들었다. 향을 사르고 삼보에 귀의하며 제불 제보살님을 청하여 기도를 드렸다.

"이곳 ○○사의 개산조사님의 큰 뜻을 알게 해주시고, 역대 조사님들의 큰 뜻을 일러주시며, 사바중생들의 어리석은 욕심의 씨인 탐진치의 욕심에서 벗어나게 가피를 내려주시고, 이웃을 알고 착하고 선하게 살도록 삼한의 모든 백성들이 알게 해주시고, 대웅전을 찾아 기도드리는 장부들은 대장부의 뜻을 알게 해주시고, 이 땅의 어디라도 대영웅의 밝음이 빛나고 있음을 알고 있기에 항상 당당하며 밝은 지혜로 모든 어려움을 헤쳐 나갈 수 있도록 해주십시오."

기도를 올리고, 이어 망신참회를 드렸다.

절의 이곳저곳을 들러서 참배하고 조사전을 찾았으나, 문이 잠겨 있어서 밖에서 "해동 대사문 혜공이 조사님들을 뵙고 부디 지혜를 청합니다" 하며 절을 올리고 산문을 나왔다.

산에서 내려와 읍내의 다방에 들어서니 초조해하는 ○ 처사가 기다리고 있다가 일어나서 맞는다.

무슨 연락이라도 있었냐고 물으니 아무런 연락이 없었으며, 연락을 하지 않을 것 같다는 말을 덧붙인다.

그리고 고향 사람들을 만나서 그동안 정재만이의 행동을 들은 대로 내게 들려주는데, 의욕을 앞세워 여러 부분에서 일을 시작하여 벌려놓고, 떡 주므르듯 하고 있음을 알 수가 있었다.

○ 처사에게 다방의 여주인(정재만의 내연처)을 불러달라고 하니, 여주인이 나온다.

여주인에게 "다른 얘기는 아니고 정 사장의 얼굴을 보고 얘기를 하려고 하였으나, 연락이 닿질 않아서 대신 듣고 전해주세요"라고 했더니, 무슨 얘기냐고 하면서 여인이 귀를 세운다.

"어려울 때에 빌려준 돈을 이자를 쳐서 달라는 것도 아니고 돈이 생겼으니 갚으라고 하는 것인데, 증서가 없다는 이유를 들어서 갚으려 하지 않으며, 낮에 만나서도 줄 돈이 없다고 스스로 말하는 것을 보면 돈을 많이 벌어야 빌린 돈을 갚을 것 같아서 돈을 더 많이 벌도록 스님이 나서서 오늘부터 기도를 해주겠다고 전해주시오" 하며 밖으로 나왔다. ○ 처사가 스님을 힘들게 해서 죄송하다며 울먹인다. "다 전생에 지은 업보이니 너무 상심마시고 움직여 봅시다" 하며 밖으로 나와서 정한 자리를 찾아 기도를 올렸다.

　○ 처사의 고향집에서 하룻밤을 묵고 조용히 하루를 여는데, 마침 오늘이 읍내에 장이 서는 날이라고 일러준다.

　아침공양을 하고 차를 마시고 있는데, 누군가가 ○ 처사를 찾아와서 귓속말을 전해주고 간다.

　○ 처사가 귀밑까지 웃음을 띠며 "스님, 정재만이가 ○시까지 다방에서 만나자는 전갈인데, 어떻게 해야 하나요?" 하며 묻는다.

　"정 사장이 만나자고 하는 것은 돈을 주겠다는 얘기이니 그동안 빌려준 돈을 잘 정리해서 청구금액을 정하시고, 오십만 원을 별도로 청구하시오. 그리고 ○ 처사가 정 사장에게 돈을 빌려준 것을 아는 주위의 모든 사람들을 다방으로 불러 별도로 청구한 돈으로 점심을 대접하고, 당당하게 돈을 받았다고 공표를 하시오. 돈을 빌려 쓰고 안주려고 하는 것도 나쁜 일이고, 내 돈 주고도 못 받는 것 또한 급수에도 못 드는 바보가 아니요."

　○ 처사가 알아들었다며 웃는다.

마침 장날이라서인지 들어선 사람들로 넓은 다방이 작아 보인다.

○ 처사가는 빌려준 돈과 별도의 돈을 많은 사람들이 보는 앞에서 받았다. 주고받으면서도 어떤 다툼도 없었다.

다방을 나오면서 정 사장에게 "하루도 못 버티면서 큰소리친다고 되겠소? 부디 지혜롭게 사시고 내 말을 명심하시오" 하고 밖으로 나오는데, 따라 나오는 사람들이 제법 많다.

그들 모두와 식당을 찾아들어가 맛있게 점심공양을 하는데, 일행들이 웅성거리며 누군가가 내게 묻는다. "스님, 그놈(정재만)이 남에게 빌린 돈을 안주기로 고래 힘줄같이 질긴 놈으로 소문이 난 놈인데, 스님께서 어떻게 기도를 하셨길래 한방에 보내셨는지 궁금합니다" 하며 묻는다.

웃으면서 "수행을 익힌 스님들의 비법(?)이기에 말로는 설명이 어려우며 사바의 중생들이 볼 때에는 흥미가 일어서 신기하다고들 하는데, 실제의 법계(현실세계)에는 불법을 옹호하시는 신중님들이 계셔서 때의 일(청함)을 해결해 주시는 것입니다"라고 하니, 식당에 모인 일행들이 고개를 끄덕인다. (비법을 알려거든 독대하시오.)

맛있게 공양을 하고 올라오는데, ○ 처사의 얼굴은 어제와는 완연히 달라져 밝고 훤하게 보인다.

인연과 인연의 부딪힘은 지난 생의 업에 따라서 벌어진다

그런 일이 있고서 5년이 지났나 싶은 어느 날, 절을 찾은 ○ 처사가 몹시 흥분한 어조로 "그놈은 왜 그렇게 사는지 모르겠다"며 말문을 여는데, 정재만의 얘기였다. "아니, 그때의 볼일이 아직도 남았었나요?" 하니, 그 일이 아니고 최근의 일이라며 여차여차한 일을 털어 놓아 듣고 있는 귀가 부끄러울 지경이라 "그만 하시오" 하며 말을 막았다.

1차로 많은 돈을 보상받았으나 또 보상이 나올 것으로 알고 일을 벌였는데, 2차 보상은 예상금액의 30%에 지나지 않는 돈이라 계획을 세워서 시작한 일들이 차질을 빚고, 슬슬 채무에 몰리면서 벌써부터 빈털터리의 신세가 되었단다. 근자에는 개를 키우고 있는데, 묘한(?) 짓거리를 해서 주위 사람들로부터 욕을 먹고 있다고 전한다. (여러 집의 살림을 망쳐 놓았단다.)

인연과 인연의 부딪힘은 현실이든 전생이든, 아니면 내세이든 당시의 因(인)이 부딪히면 지난 생의 업에 따라서 현세와는 상관이 없는 일들이 벌어지는데, 그것은 누구도 예측을 할 수가 없는 일이 벌어진다.

불가에 큰스님들 중에 마조스님이 계셨다.

열심히 공부하시어 도를 이루었기에 많은 제자들이 성인으로 떠받들었다.

스님이 언젠가 자신의 고향에 들렀는데, 스님을 본 시골의 아낙들은 "응, 마씨네 아들이구나" 하였고, "응, 마씨네 아들이 객지에

나갔다더니 성공했나 보구나" 하는 소리를 들었다.

그 후 언젠가 스님이 당시의 서운함을 얘기하려는 건지 제자들에게 "수행자는 제 고향에는 가지 마시오. 인연이 그대를 맞이하기 때문이요"라는 말을 하셨다. 허긴 시골의 아낙들이 도를 알며 지혜의 공부를 알겠는가? 그러니 언제까지고 '마씨네 아들은 마씨네 아들'이 아니겠는가? 도의 일가를 이룬 큰스님으로는 쉽게 보이지 않음을 알아야 하겠다,

결코 작지 않은 재물이었건만 丁(정)화의 노루가 자신의 나이를 알지 못하여 덜 익은 짓거리로 재물을 흩쳐 버리고, 개똥치우며 살고 있다니! 허긴 전생엔 마구간에서 말똥을 치우며 살았었으니 스스로의 업보이기는 하지만, 내세에는 오물을 안 만지려면 남은 생이라도 착하게 살아야 할 텐데, 안타깝다.

세세생생에 因(인)의 바퀴는 때가 되면 때의 緣(연)을 이어가며 돌고 도는데, 이를 알기나 할까?

땅을 기어다니는 세상에 살고 있으니 어찌 날아다니는 세상이 있는 것을 알기나 할까. 그 누구라도!

제7부
因(인)과 緣(연)의 끈

16. 인연의 끈
(씨 없는 수박)

　세상의 일들이란 것이 바쁘다면 바쁜 일들일 테고 한가하다면 한가한 일들이건만, 무엇이 그리도 바쁜지 항상 바쁜 사람들을 대하다보니 수행자가 여유로운 사색을 갖고 수행을 해야 함에도 가끔씩 되돌아보면 바쁨이 배어 있는 듯한 생활에 스스로를 경책(警策)하게 된다.

　언젠가 막역하게 절집에 들락거리는 성준이가 오후 늦게 찾아와서는 "스님, 부탁이 있는데…" 하면서 말문을 못 열고는 말을 되돌린다. 그러다가 다른 말을 한참이나 하다가 또 "스님, 부탁이 있어서 왔는데요" 하며 머뭇거리기에, "그래, 무슨 일이기에 말을 하려다 말고 멈추느냐?"고 힐난을 주니, 그제야 "스님에게 결혼식 주례를 부탁하려고 왔는데요. 이미 장가는 가서 자식까지 낳고 살다가 하는 결혼이라서 미안한 마음에 말이 안 떨어졌어요."

"이놈아, 나에게 미안할 게 뭐 있나. 아무튼 장한 결정을 한 거야. 순서가 뒤바뀌었어도 늦게라도 제대로 예를 갖추려는 마음이 중요하지 자식을 열을 낳고 결혼식을 한들 결혼식은 결혼식이지 뭘 미안해하며 망설이느냐"고 하니, 그제야 그동안 남들에게 못했던 지난 얘기들을 털어놓는다.

지방에서 고등학교만 마치고 무작정 상경하여 돈을 벌기 위해서 일만 찾아다니며 세월을 보내다가 나이 들어 지금의 부인을 만나 가정을 이루고 살게는 되었으나, 서로에게 사정이 있어서 집안에 알려서 혼인식을 치를 형편이 아니었기에 결혼식을 미루게 되었다고 한다. 그동안 살면서 아들만 둘을 낳아서 키우는데, 이놈들이 큰놈은 고등학교에 다니고, 작은놈도 내년이면 고등학교에 들어가게 된단다. 그런데 다른 무엇보다도 부인이 내년이면 사십의 나이가 되는데 사십이 되기 전에 결혼식을 올려달라고 하여서 서두르게 된 거란다.

한 살이라도 젊은 삼십대에라도 면사포를 쓰고 싶어 하는 부인의 간절한 마음을 생각하니 누구나 태어나서 성장을 하게 되면 짝을 만나서 혼자를 벗어나 둘이 함께 짝을 지어 살게 되는 것은 당연한 일일 것이다. 암놈이 되었든, 수놈이 되었든 예식은 치러야 할 것이고, 치르고 싶어 하는 마음 충분히 이해가 간다. 예전엔 아무리 나이를 많이 먹어도 혼인을 못하면 평생을 총각이라 했다 하는데, 그러기에 결혼식은 누구라도 일생에 한번쯤은 치러야 할 일이 아닌가.

주례를 부탁하는 성준이에게 걱정 말고 이삼일 뒤에 다시 오라고 하며 내려 보내고, 출가하여 수행하는 자라고 주례를 서지 말라는 법은 없을 것이나 살아오면서 다소라도 남들에게 귀감이 되는 인사가 좋을 듯싶어 이리저리 염두를 굴리다보니 장박사가 머리에 떠오른다.

이 친구에게 부탁을 하자 싶어, 쓸모가 없을 것 같아서 처박아두었던 메모수첩을 뒤져서 전화번호를 찾아 전화를 걸었다. 너무 오랜만이라 "장박사님 집이냐?"고 물었는데, 부인이 전화를 받으시며 누구라고 말도 안했는데도 알아보시고는 "절에서의 생활이 어떠하시냐?"고 물으신다. 잘 지내고 있다고 말씀 드리며 박사님은 계시냐고 물었더니, "잠깐만요" 하며 수화기를 내려놓고 "스님 친구 분이신데 전화 받으시라"는 말이 들리고 이어서 "그 땡초가 무슨 일이야!" 하는 소리가 들린다. 이내 친구가 전화를 받는다. 안부를 묻고 나서 "전화 짓거리 잘 안하는 땡초가 전화를 했으니 분명 무엇이든 일이 있는 것이 아니냐"고 하여, "야! 이 친구야, 아직도 땡초냐? 돼지 눈에는 돼지밖에 안 보인다고 고승 대덕의 큰스님을 보고도 아직까지도 땡초 타령을 늘어놓는 것을 보니 이 중생 언제쯤에나 익어서 제 눈으로 제대로 사물을 보고 문밖출입이나 할 수 있을까? 요번 휴일에는 시간을 내어 산사를 찾아와서 수양을 해야겠다"고 말을 하였더니 친구가 단번에 알아들었다고 하기에, "이젠 좀 익어!" 하며 통화를 끊었다.

전화 통화 후 먼 지나간 날로 생각을 되돌리니 나이로는 친구가 안 되는 사이인데도 전생의 인과가 있었는지 둘이 붙어 다니며 어울려서 행했던 엉뚱한 짓거리들이 곰곰이 생각난다. 그 짓거리를 들여다보면 전생에 깊은 인연이 있었던 것이 분명해진다.

엉뚱한 짓거리를 일삼았던 친구 장박사

언제인가 여러 친구들과 함께 광화문을 지나면서 이곳 부근이 옛 일제 치하에 조선총독부가 있던 자리라고 얘기하며 지나가는데, 일행인 장박사 이 친구가 조선총독부의 벽에 '작대기'를 내리고 백주 대낮에 볼일을 보는 것이 아닌가. 오는 사람, 가는 사람들이 많이 보게 되었는데도 이 친구 쳐다보거나 말거나 볼일을 다 보고서는 씩 웃으며 친구들과 합세하려는 찰나 주위에 있던 경찰관이 그 광경을 목격하고 장박사를 잡으러 뛰어오는데도 도망가지도 않고 경찰관을 맞는다. 그 경찰관과 잠깐 얘기를 나누었는데, 이상하게도 경찰이 떠날 때에는 "충성!" 하는 인사까지 받고는 아무 일도 없었다는 듯이 되돌아와서 친구들과 합세하였다. 친구들이 그 경찰관에게 무어라고 했느냐고 물으니 별 얘기는 안하고 이담 넘어가 선배들이 공부하던 곳인데, 학교의 전통이 조선총독부의 벽에 작대기를 내리는 전통이 있어 옛 선열들을 생각하고 국가에 충성하는 의미로 한 짓이라 했단다. 그러면서 현행법으로는 경범죄에 해당하나, 아직까지 그 누구도 법의 처벌을 받은 적이 없다고 덧붙이니 경찰관이 잠시 생각을 하는 듯하다가 "충성!" 하며 돌아갔다는 것이다.

또 언제인가는 비가 오는 날이었는데, 그날도 함께 돌아다니다가 급히 서울역에서 누군가와 만나기로 약속을 하였다기에 바쁘게 서울역으로 뛰다시피 갔었다. 한참을 기다려도 약속을 한 친구가 보이지를 않아서 역 주변의 광장을 서성였는데, 문득 길 건너의 H고속버스터미널 쪽을 보더니 누군가를 발견하고는 손을 번쩍 들어 흔들어주고 길 건너까지 빨리 가야겠다고 하였다. 그러면서 나보고는 우산 끝만 잡고 눈을 감고 따라오라고 하고서 차들이 질주하는 도로로 그냥 뛰어 들면서 건너 쪽으로 무단횡단을 감행하는 것이 아닌가. 잠깐 동안에 급정거하는 차들로 인해 교통은 잠시 마비되고, 교통경찰 아저씨들이 급히 뛰어오고, 반쯤 건너 중앙 화단에 이르러서 잠깐 주춤하다가, 경찰 아저씨들이 교통정리를 잘해주어 무사히 길을 건너갔다. 경찰 아저씨가 와서 보니 앞에는 말을 걸어 봐도 눈만 껌벅거리는 말 못하는 벙어리요, 뒤에는 앞 못 보는 장님이니 무어라 말도 건네지 않고 돌아들갔다. 지금도 가끔 그때를 생각하면 웃음도 나오고 모골이 송연해지기도 하는데, 왜들 그러고 다녔나 싶은 생각이 든다. 참 별나기는 별나게 하고 돌아들 다녔는데 누가 하라고 하여 하겠는가, 하지 말란다고 안 할 짓이던가.

언제인가 여러 친구들이 모였는데 시간으로 보면 목을 축여야 할 시간이 되고 다들 출출한데도 아무도 주머니 속사정이 여의치가 않아서 서성였는데, 장박사가 목이나 축이러가자고 하여 다들 따라서 술집에 들어가게 되었다.

그때나 지금이나 나는 별로 곡차는 즐기지를 않으니 술집에 들어가도 들러리였는데, 한참 출출한 목에 '젖국'이 들어가며 판은 무르익고 시간이 지나가면서 가게 안은 손님들로 만원이 되었다. 그때 이 친구가 카운터에 가서 모자 하나를 빌려오더니 속옷만 남기고 다 벗으며 친구들에게는 눈짓을 보내니 이를 알아차린, 술 마시던 친구들이 상의를 벗고 분위기를 돋고, 나는 의자 위에 올라가서 노래를 불렀는데 앙코르가 쏟아져서 몇 곡을 불렀는지…. 옷을 벗고 율동을 하던 장박사는 모자를 들고 객석을 다니며 모금을 하여 통째로 카운터에 갖다 주고 우리는 더 마셔댔다. 그날 코 안 삐뚤어진 놈은 나하나 뿐이었으니 세월이 지나 나이가 먹은 지금에도 벗들을 만나면 그 일로 심심찮게 입가심하며 지내고 있음이다.

🌠 슬하에 자식이 없으니 집에 들면 적막강산

며칠이 지나서 장박사가 부인을 대동하여 한 수 배우겠다며 산속의 암자에 꽃을 들고 들이닥친다. 나이는 반백을 넘겼건만 눈을 보니 아직도 장난기 머금은 이십대 같은지라 부인을 보고 철없이 나이만 먹은 애기를 돌보시느라 고생이 많다고 하니 웃어주시는 것이

긍정의 대답 같다.

부인도 국립대학교의 교수님이셨으니 부부가 교수님이다. 장교수가 십 수 년 전에 나이 먹으면 전원생활을 할 거라며 서울 근교의 외진 곳에다가 땅을 장만해서 그동안 그곳에다 집도 짓고, 나무나 꽃을 키우기 위해 비닐하우스도 크게 지어서 나무와 꽃을 가꾸어왔다. 그래서 몇 년 전에 부인이 먼저 교수직을 그만두고 꽃을 키우는 화원을 하시게 되었고, 요 근자에는 도회지에서의 생활도 정리를 하여 살림살이도 시골집으로 옮기고 학교의 교수직도 그만두고 꽃나무 가꾸기에 열심이다. 부부가 함께 화원을 하겠다는 말을 들었는데 알듯 모를 듯한 것이 세상사라고들 하지만, 남들은 교수자리 꿰어 차려고 '대가리가 터지는 세상'임을 감안한다면 세상사 또한 번 답 없음을 실감케 한다.

방으로 들어와 차를 나누어 마시며 "이렇게 자리를 하자고 한 것은 나이 든 총각이 살림을 차려서 자식 낳고 살다가 혼례를 치르려고 주례를 부탁하는데, 그래도 교수님이 주례를 서주시면 좋을 것 같아 수고를 해주셨으면 하여 모시게 된 거"라고 하니, 친구가 웃으며 "결혼식 날은 잡으셨나?" 하며 묻는다. 결혼식의 날짜를 나도 안 물어 봤기에 모른다고 하니, 싱겁다며 아무 때나 날이 정해지면 다시 연락을 취하기로 하였다.

"요즈음 자연에 묻혀서 살아보니 그동안의 생활이 길고 긴 여행처럼 느껴진다"는 친구는 어디에서도 정착을 못하여 마음의 안정을

제7부 因(인)과 緣(연)의 끈 *187*

찾지 못했던 나그네가 제 집을 찾은 것처럼 시원하고 홀가분한 기분이라며 "그동안 교직에 있으면서 앞만 보고 질주해야 만하는 때에는 느껴보지 못 했던 자연을 접하면서 절대 가치기준으로 살았던 지난 세월들이 아깝다"고 말한다. 태양의 따사로움이나, 모든 생물을 낳아 키우는 땅이나, 어느 것이나 가득 채워도 넉넉한 창공이 이제는 새롭게 다가오며, 자연이 좋다는 말을 하는데 그동안 오랜 세월 대학이란 직장에 다니며 알게 모르게 받은 스트레스를 풀고 있음이기에 하는 말들이 듣기에 싫지는 않았다.

허긴 자연에다 맡기고 살면 얼마나 좋은지 맛을 모르는 이는 쥐어줘도 모를 일이지만. 그나저나 내가 요즈음에 새로운 공부를 하여 한 수 가르쳐주려고 한다며 생일이 어떻게 되냐고 물어서 정리를 해보았다. 장박사는 천간은 辛(신), 庚(경), 乙(을)이며, 부인은 癸(계), 丁(정), 己(기)임을 알게 되었다. 장교수도 명리나 역학에 대해서도 공부를 한 사람이기에 옆에서 조용히 듣고 있다가 "늙어서까지 팔자타령이냐?"고 한마디 하기에, "이거 수놈인 줄 알았는데, 어린 암놈이네"라고 하니 "왜 내가 암놈이냐?"며 묻는 게 아닌가. "일주 천간이 을, 목이니 모든 자연은 하늘에서 정해져 나오는 것임을 안다면 계절에 따라 산하대지가 옷을 바꿔 입듯 사람도 계절에 따라 짊어지고 나온 암수가 바뀐다"고 하니, "그러면 무엇을 근거로 계절과 암수를 가리냐?"고 묻는다. "계절은 태어난 년, 월, 일주가 봄, 여름, 가을의 계절이며, 암수의 결정은 합에서 나오는데 갑기,

을경, 병신, 정임, 무계의 합에 근거하여 합이란 암수의 합을 말함이니 갑의 수놈과 기의 암놈이 합이 됨을 알겠고, 을의 어린 처자와 경의 힘이 있는 남자와의 합을 말하는 것이고, 병신의 합이나 정임의 합도 정상적인 암수의 합이지만 무와 계의 합은 무정지합이라 하니 애초부터 정이 없어 정상적인 암수의 합이 아니고, 수놈끼리나 암놈끼리 어떤 목적을 위하여 투쟁을 하며 정이 없는 합을 이루니 어찌 보면 야합이나 담합을 하는 것으로 보면 될 것이다. 자연을 이루는 모든 것은 수와 연관이 있으니 하늘이 열리며 만들어낸 천수와 땅이 굳어지며 만들어낸 지수와 하늘과 땅의 공간을 활용하며, 사람이 만들어낸 지수로 이루어짐이니 三才(삼재)의 수라 한다"고 말을 하니, 장교수는 더 이상 질문이 없고 묵묵히 나름대로 정리를 하는 것 같았다.

오랜만에 만나서 따분한 얘기만 늘어놓은 것 같아 화제를 돌리며 "어린 암놈이라 가까운 시기에 그동안 고대하던 씨가 생길지도 모르겠다"고 하니, 실없는 소리를 한다며 웃어넘긴다.

저녁 공양이라도 들고 가라고 하며 일찍 공양을 서두르려는데, 집에 가면 기다리는 자식은 없어도 손길을 기다리는 식솔들이 많다고 하며 자리를 털고 일어난다.

키우는 동물이나 꽃, 나무들이 하루를 마감하려면 주인의 손길이 필요함은 당연한 일이니 붙잡을 수도 없음을 알기에 결혼식의 날짜가 잡히면 주례를 봐주기로 하고 그들 부부는 돌아갔다.

남들이 보기에는 부부가 박사이며 교수이니 더 이상 바랄 것이 없으리라고 생각들을 할는지는 모르나, 슬하에 자식이 없으니 집에 들면 적막강산. 젊어서야 일에 파묻혀서 이런저런 것들을 모르고 바쁘게 지냈을지라도 나이가 들면 들수록 외롭고 쓸쓸한 것은 자명한 일이 아닌가. 그래서인지 부인이 유독 애완견을 좋아하며 여러 마리의 개를 키우고 있는 것인지도 모르겠다. 오늘 신상의 태세에 씨가 들어 있음은 자연이 하는 일이나 어떻게나 풀려나갈는지 참으로 묘한 일이 아닌가?

씨가 있어서 누구나 태어나니 씨족이 있음이요, 둥지 틀고 사는 동리가 있음이니 부락이 아닌가. 자연의 많은 동리나 부락들이 모여져서 부족을 이루고 부족들이 모여서 나라가 세워지고, 세워진 나라는 백성들이 있기에 항상 그들과 함께 살아가려는 의지를 보여줘야 흩어지지가 않는다. 국가를 경영하든, 정치를 하든 백성의 뜻이 어디에 있는가를 항상 살펴야 할 것인데, 지구라는 공기주머니 속에서 줄긋고 땅 따먹기 하듯 얼마나 많은 나라들이 세워지고, 망하고, 다시 세워졌다가 없어지기를 반복하는가. 아마 셈도 할 수 없음이다. 그래도 그 속에서 장수를 누리던 더러의 나라들이 있었으니 그 속내인 역사를 들여다보면 다소라도 백성들을 위하고 그들과 함께했기에 장수했음을 알 수가 있다. 나라를 나타내는 글자인 國(국)자를 들여다보면 국가와 백성들 간의 차이를 알 수가 있는데, 國(국)

자는 口(에워쌀 위)자와 惑(의혹할 혹)자나 或(혹 혹)자로 이루어진 회의 문자임을 알게 되고, 위자는 에워싸다, 돌리다, 두르다의 뜻이 있고, 혹 혹자는 혹은, 언제나의 뜻이고, 의혹할 혹자는 미혹하다, 의심하다, 정신이 헷갈리게 하다의 뜻이 있음을 알 수가 있다. 或(혹)자의 언제나, 혹은, 항상, 제자리의 뜻에 마음 心(심)자가 보태어지면 혹시나 하는 의심이 생겨 서로가 헷갈리게 됨을 알 수가 있는데, 일반 백성들의 民意(민의)가 어디에 있으며, 어디로 가는지, 어디로 갈 것인지를 국가를 경영하는 자나 민의를 대변하는 자들은 항상 살펴야 할 것이다.

✒ 손이 없던 부부의 밭을 가는 솜씨가 제법

성준이가 혼례의 날을 정한 날이 얼마 남지 않았을 때에 성준이와 함께 인사차 장박사의 집에도 다녀오고, 결혼식 날엔 주례를 서는 장박사와 부인도 오셨다. 신랑이 평소 성실하고 근면하여서인지 주위의 사람들이 많이들 오셔서 성황을 이루어주어서 늦게라도 장가가는 놈 맛이 나게 해주었으니 세상사 누가 만들어 주는 것이 아니라 자연의 때가 익어 가면 자연이 만들어 감을 알았으리라.

스물두 살의 어린 처녀가 서른 살의 노총각을 만나 느닷없이 천둥과 번개가 쳐서 얼떨결에 덜컥 아이부터 갖게 되었으니 그 일을 집안의 어른들에게 고할 자식은 없을 것이고, 부모님을 뵐 용기도 감히 내지 못했을 것이다. 그 후로도 아이를 하나 더 낳고 작은 애가 초등학교에 들어가서야 겨우 친정에 발걸음을 할 수가 있었고, 사위로서 처음으로 처가에 다녀 올수가 있었다고 한다. 그동안이 긴 시간이었든, 짧은 시간이었든 씨가 씨로서 살 수가 없었고, 인정을 안 해주기에 族(족)의 테두리에도 들어 갈 수가 없었으니 씨족이 중심인 사회에서 보면 살아있어도 산 것이 아니고 살아있어도 존재함이 아니었을 것이다. 그 고통을 어찌 말로 할 수가 있었겠는가. 허나 세월의 꽃은 피어나게 되어 있기에 내 씨가 아니요, 내 족이 아니라고 하여도 씨가 바뀜도 아니요, 족이 바뀜도 아니기에 세월의 때가 익으면 서로 보듬고 포용하는 것이 아닌가.

딸을 가진 부모는 귀한 내 딸을 겁탈해 간 듯한 생각과 귀한 내 딸을 헐값에 빼앗아 간 듯한 생각, 귀한 내 딸을 출신도 모르는 불한당 같은 놈에게 빼앗겼다는 생각, 그놈도 자식이라는 생각은 아예 하지도 못하고 얘기를 한다든가 만난다든가 서로 소통을 한다는 건 생각조차도 할 수 없었을 것이다. 하지만 자연히 세월은 가며, 세월은 익어감이니 꽃도 피게 되고, 열매도 익을 것이며, 익으면 벌어져서 속살을 드러낼 즈음에야 괘씸하고 불한당 같은 놈이라도 용서하고, 이해하며, 제 씨이기에 무엇이 지난날들을 갈라놓았는지 무슨 짓거리가 있어 서로 소통을 못했던 것인지는 몽땅 묻어버리고 보듬고 안아주는 것이 아니겠는가.

어느 부모가 자식을 이기며 세월 앞에 나이 먹지 않음이 있을 수가 있겠는가. 처가의 부모도 부모이기에 마누라와 자식들 앞세우고 처가나들이도 가끔씩 다녀온다니 성준이 이놈 하는 짓거리가 보기에도 좋아보였다.

장박사는 자연에 묻혀 부인과 함께 꽃과 나무를 키우며 늦깎이 농사꾼이 되어 해 뜨면 일어나고 해 지면 잠자리에 드는 자연인이 되어서 좋아 하며 지내는 걸로 알고 있는데, 언젠가 산속을 찾아온 어느 친구가 조심스레 말을 내놓다. 장교수의 부인이 임신을 하였다는 말. 얼마 안 있으면 몸을 풀 거라는 말까지 곁들이는데 얘기를 듣는 순간 '나이가 들어도 가지고 나온 씨는 싹을 내는 것인가?' 하는 생각을 하다가 생각이 멈춰버린다.

'아? 아? 이런 일이!' 허나 앞에 친구도 있고 하여 어떤 내색도 할 수가 없기에 "허어, 그들 부부가 젊어서는 공부만하더니 직업을 바꾸고 농사꾼이 되어 흙을 만지며 살더니 부부가 밭을 가는 솜씨가 제법이네" 하였더니, 얘기를 꺼낸 친구가 심각한 표정으로 "그 친구나 부인 중에 누군가가 이상이 있어서 아이를 갖고 싶어도 가질 수가 없다는 말을 들었는데 어찌 아이를 만들 수가 있었는지 모르겠다"며 고개를 가로 젓는다. "사람은 환경에 따라서 병을 가질 수도 있고, 갖고 있던 병도 환경에 따라서는 나을 수도 있는 것이니 젊었을 때에 병이 있어서 자식을 못 가졌던 사람도 흙에 묻혀서 흙과 살다보면 병도 때론 나아지는 수가 있는 것이네. 그러니 과거에 병이 있었다고 하여 그리 이상하게만 볼일은 아닌 것 같은데, 언제고 아이를 낳으면 잔치를 할 것이니 그때나 기다려보세" 하며 친구와의 얘기를 마쳤다.

그 후로도 얼마의 세월이 흘러가도 장박사로부터 잔치한다는 소식은 없었고, 풍문에 사내아이를 낳았는데 잘 크고 있다는 말만 들었다.

(國)나라라는 울타리가 에워싸고 있는 것은 나라마다의 백성들이니 백성이 있어야 나라를 이룸이기에 백성이 나라의 근본임을 알아야 하질 않겠나. 그런데 口(구)를 에워싸고 있는 백성들인 或(혹)자에 心(심)을 더하면 惑(혹)자가 되어 의심을 하고 정신 헷갈리게 함을 알아야 할 것이다. 그러니 백성들은 생활의 질이 나아지기를 바라고, 풍족하기를 바라고, 어디서든지 좀 더 자유스럽기를 바랄 것이기에 나라에서는 울타리에 문을 만들어놓고 서로의 나라도 다니며 구경도 하게 하고, 한시적으로 살게도 해주고, 아니면 이민도 가서 살 수 있도록 하고 있는 것이 아닌가. 구한말이나 일제 강점기에 허기에 주려 배고픔이나 보릿고개를 면하려 물설고 낯선 곳에 힘없어 끌려가다시피 갔던 것이 근세 이 땅에서의 이민의 시발이 아닌가 싶은데, 그 후로 많은 세월이 흘러간 요즈음에도 이민을 가겠다고 하는 사람들을 심심찮게 보게 된다. 이민을 떠나려는 자들은 각각의 사정이 있다고는 하지만 (口)울타리가 불안한 건지, 或(혹)은 마음이 動(동)하여 惑(혹) 의심이 들고 미혹한 생각이 들어서인가. 그 나라가 발전하고 풍요롭고 융성하다 함은 勢(세)의 과시이

며, 세력이 있다는 것일 터. 勢(세)라 함은 무리를 말함이요, 인중을 말함이 아닌가. 자신들의 씨와 족을 보존하고 보다 나은 생활을 위하여 살던 울타리를 벗어난다는 것과 무엇에 헷갈려서 짐을 싸들고 떠나려는 것인지의 허허실실의 깊은 생각을 해봐야 하지 않겠나.

🌙 늦게 얻은 손을 위해 장박사는 이민 길에 오르고…

언젠가 가을을 재촉하는 비가 온종일 주적주적 내리는 날 장박사 내외가 아들과 함께 산속의 절집에 찾아왔다. 반가움에 맞아들여 그동안의 안부를 물으며 "나무나 꽃을 가꾸며 생활하는 것이 어떠냐?"고 하니, "당장에는 이익을 기대할 수 없는 일이어도 흙을 만지고 살다보니 여유를 배우고 넉넉함을 알게 되었단다. 하지만 이 땅에서의 이런 생활도 더는 할 수가 없게 되었다"며 얼마 전부터 이민을 가기 위하여 신청을 해놓았다고 한다. 장박사는 "이민국에서 승낙이 떨어져서 요즈음에는 이곳에서의 일들을 정리하러 다니고 있다"고 하며 "정리가 되는 대로 떠날 것"이라 말을 한다. 그러면서 그는 언젠가 얘기를 나눈 적도 있었지만 우리 아이를 내가 정상이 되어서 낳았다고는 생각지도 않으며, 그동안 아이를 키우면서 내가 우리 아이에게 해줄 수 있는 일은 이런저런 일에 얽매이지 않고 클 수 있는 좋은 환경을 만들어 주는 것이라 생각이 되어 이민을 가기로 결정을 하였단다.

굴러들어온 씨알이든 업둥이로 들어온 씨알이든, 아니면 하늘에서 떨어진 씨알이든 다 귀한 씨임을 알았으니 잘 키워줄 것이 아니 겠는가. 애비는 암놈의 짓거리로 살겠지만 이놈 생일이나 알아보자 고 하니 천간이 甲(갑)생, 丁(정)월, 辛(신)일 생이니 이 수놈이 수놈 의 계절로 이어가니 짓거리로 보면 애비보다 더 야무진 수놈의 짓 거리를 할 것 같다. 그리고 애비가 종로나 명동, 서울역은 이미 작 대기로 장악을 하였으니 이놈은 필시 총독부의 본산인 일본의 중심 인 동경에다 작대기를 들이댈 놈 같다고 하며 한동안을 서로 보고 웃었다.

서로 부대끼며 지냈던 지난날들의 일들을 떠올리며 웃고 또 웃고 한참을 웃었다.

추적추적 내리는 빗속에 친구를 떠나보내고 하늘을 보니 구름이 라는 놈이 열심히 지도를 그리며 지나가는데, 작은 듯, 큰 듯 영역 싸움 하듯 한 구름이 커지기도 하고 큰 구름이 작아지기도 하며 서 로 뒤엉켜 거칠 것 없이 지나간다. 구름이 덮고 있는 하늘에는 언 제나처럼 해도 보이고 별도 보이며, 별들은 초롱초롱 빛나고 있음 이 보이는데, 얼마나의 사람들이 저 해와 저 별이 함께 떠있음을 알 고서 보고나 있는지. 한 무리의 구름이 지나갔는가 싶은데 저쪽에 서 한 무리의 구름이 또 몰려오고 있음이 보인다.

그놈 참!

17. 국회의원도 바람을 타야?

12월이 되면 달력이 한 장 남은 것을 보게 되는데, 누구나 '또 한 해가 가는구나?' 하며 지내온 일 년을 되돌아본다. 얼마 남지 않은 한 해를 보내면서 '지나온 해와 같이 새로 맞이하는 새해는 어떨까?' 하는 기대도 하게 된다. 특히 연말연시에는 나름대로 분주한 시간을 보내게 되는데, 이는 누구라도 예외는 아닐 것이다.

運(운)도 氣(기)도 다 된 선거 출마자

달랑 한 장만 매달린 달력을 보고서 '이렇게 한 해를 보내는가?' 하며 이런저런 생각이 밀려드는데, 밖에서 찻소리가 들리더니 이내 초로의 여인과 40대의 건장한 사내가 조심스럽게 문을 열며 스님을 찾는다.

"어쩐 일로 오셨냐?"고 하며 먼저 방으로 들였다.

자리를 잡고 앉은 그들은 미리 적어 온 듯한 종이를 앞으로 내밀며 "가능하겠는지요?" 하며 묻는다. 무엇을 묻는 건지도 모르는지라 우물에서 숭늉을 구하듯 하시지 마시고 천천히 얘기를 하자고 하며 종이를 받아 정리를 하고서 칠십이 다 된 사람이기에 "건강을 물어보려고 왔나?" 하며 이제 궁금하여 물어 볼 것이 있으면 말씀을 하셔도 된다고 하였더니 여인이 입을 연다.

여인은 건네 드린 기록은 오라버니의 것이라며 이번 선거에 출마를 하려고 하여 물어보러 온 것이란다.

여의도 입성이라 하며 적어놓은 글을 살펴봐도 運(운)도 氣(기)도 이미 다 써먹은 터라 국회의원에 도전하는 것은 어디를 봐도 무리일성 싶다고 하였다. 이 말에 여인도 "그동안 용하다는 곳을, 그것도 여러 곳을 찾아다니며 누구에게 물어보아도 출마하면 당선 가능성이 없다고들 하였다"면서 옆의 사내를 돌아보며 "○○야! 네 아버지가 나이 들어서 망령이 든 짓거리를 하려고 하니 어떻게 하면 좋으냐? 누가 그 고집을 꺾을 수가 있나?" 하며 반 푸념을 늘어놓으며 한숨을 내쉰다.

여인이 급히 서두르는 바람에 차 대접도 못한 터라 찻물을 끓이며 젊은 사내와 말을 주고받게 되었다. 그는 아버지의 출마에 대하여 궁금해서 찾아오기도 했지만, 사내도 자신의 신상에 대해서 궁금하다고 하며 물어온다.

정리를 하고 보니 '어라? 아버지에게 없는 기운과 바람이 아들에게 있는데 어떻게 봐야 하나?' 이 바람을?

차를 마시며 여인에게 세상의 움직임은 때의 움직임이며 때의 일은 누구도 알 수가 없는 일이나, 선거 때까지는 아직도 시일이 많이 남아있으니 당선이 되고 안 되고를 떠나서 하고자 하는 일이면 누가 말린다고 안 할 것도 아닐 것이니 옆에서 용기를 주라고 일러주었다. 그리고 선거를 얼마 정도 남은 시간에 다시 찾아오라며 그때쯤에는 무슨 바람이 일어나서 불게 되어 있다고 말했다. 모든 것은 때가 되면 알 수가 있을 거라고 얘기를 해주니 도무지 무슨 말씀이신지 가늠을 못하겠단다. (알 수가 있나? 알면 도사지?)

사내에게도 신상에 대하여 몇 가지의 일들을 일러주며 "때가 되면 다시 오라"고 하며 보냈다.

🔥 모양이 없으면서도 존재하는 바람

사람이라는 이름표를 달고 태어나서 머리 세우고 어깨에 힘주고 모양 잡고 거들먹거리고 살아도 몸뚱이를 이루고 있는 요소는 지수화풍인데, 이것들조차도 잠시 모여서 몸뚱이를 이루고 있음을 안다면 폼 잡고 거들먹거림이 부질없음(쪽팔림)을 알 것이다.

흙이나, 물이나, 화기는 몸을 지켜내고 보호하는 주된 일을 하지만, 호흡으로 드나드는 풍(바람)이나 신체가 접하게 되는 바람이 몸에 변화를 주는 데 변화무상함을 아는지?

모양이 없으면서 존재하는 바람을 어찌 알 수가 있을 것이며, 오고가는 것을 안다고 하여도 그 양을 알 수나 있겠나? 때가 되면 모이고 흩어지며 때에 할 일이 있어야 뭉쳐서 제 일을 하고 있음을 알 수 있다.

태풍이나, 허리케인이나, 토네이도나, 사이클론의 막강한 힘과 파괴력이 아무 때나 생기나? 그것은 계절의 때가 되어야 형성이 되는 것이며, 때의 일을 하고 있음을 알아야 하겠다.

運(운)이나 氣(기)를 눈으로 볼 수가 있으며, 손으로 만질 수가 있나? 볼 수도 만질 수는 없으나, 당연히 존재하고 있으며, 바람처럼 때에 존재하여 제 일을 하고 있다.

이 땅의 정치사에 운이 좋아 두 번씩이나 청와대의 주인이 되는 것을 누구도 의심하지 않은 정객이 있었다. 주위의 여건이, 좀 더 정확히 말하자면 두 아들의 병역문제가 걸림돌이 되어 국민의 정서(분단국)에 용납이 안 되어 용상에 오르지 못한 정객이 정계를 은퇴하여 지내다가, 이번 선거에 새로운 당을 만들어서 자신의 고향에서 출마하며 지역에 새로운 바람을 일으키고 있다. 새바람을 얼마나 몰아갈지는 모르겠으나, 분명 시대의 인물이며 대단히 운이 좋은 사람임에는 틀림이 없을 듯싶다.

세상의 변화는 새로운 바람이 일어나 만들어가고 바람이 지닌 힘에 의해서 온갖 조화가 일어난다. 바람의 방향에 따라서 이리저리 흔들리는가 하면, 힘이 다하면 사라졌다가도 때가 이르면 새롭게 생겨나서 만들기도 하고 부수기를 반복하는 것이 바람의 일이다.

바람은 부는 듯, 안부는 듯 일어나서 제 일을 하는가 하면, 때로는 엄청난 힘으로 다가와 휘몰아칠 때도 있으니 누가 그 바람의 방향이나 힘을 예측이나 하겠나?

일정한 방향으로 부는 바람이 있는가 하면, 어딘가에서 맴돌며 자신의 존재를 숨기고 오락가락하며 자리 잡고 있는 바람이 있을 것인데, 전자의 바람보다는 후자의 바람에 유의해야 하겠다.

자연에서 일어나서 부는 바람이야 때의 바람이기에 지나치거나 대비하여 피하면 그만이라 하겠지만, 사람들의 생각 속에서 바람이 일 듯한 생각이 일어나면 일파만파의 꽃들이 피고 지는 것을 보게 된다. 세상의 변화나 조화가 생각의 바람 속에 담겨 있어서 그 바람에 의해서 세상은 묵은 때를 벗듯, 모양이 바뀌며 변화가 일어나고 새로워져가는 것이 새삼스러운 일인가?

선거일이 임박해지며 정당이나 후보자들의 유세가 연일 TV에 비쳐지고 때아니게 산속의 골짜기에도 시도 때도 없이 유세하는 차들이 드나들며 시끄러운 어느 날, 여인이 찾아 왔다.

몹시 초조하고 긴장된 모습으로 방에 들어서며 인사를 한다.

처음 왔을 때와 같이 여인은 급한 성격을 감추지 못하고 자리에 앉으며 "어떻게 되겠느냐?"고 물어 온다.

바람이 세상을 만들어 가는데, 그 바람이 누구에게나 똑 같을 수는 없는 일. 순풍이 되어 어부지리를 얻듯이 손쉽게 일을 도모할 수가 있는가 하면, 역풍이 되어 하던 일도 놓치거나 손실을 볼 수가 있다.

"이번에 그곳에서 일어난 바람은 오라버니의 당선에 도움이 될 것이요" 하며 옆에 앉아 있는 젊은이에게 "저번에 일러준 일들을 어떻게나 했냐?"고 물어보니, 신경을 써서 잘하였다고 한다.

잘했다면 모든 일들이 잘 풀릴 것이라고 하니, 여인은 아직까지도 지역에서는 실제의 바람을 느끼지 못해 실감을 못하고 있다고 말한다.

모르는 사람에게 말을 해준다고 알 수가 있겠나? 쥐어줘야 알 것이며, 때가 되어야지.

🌙 사람의 움직임은 運(운), 그 힘이 運勢(운세)

사람은 누구나 살아 있기에 숨을 쉬고, 살아가며 피곤하면 잠을 청하고, 배가 고프면 먹을 것을 청하면서 살아간다. 그러나 무슨 일을 도모함에 있어서는 앞날의 일을 예측할 수가 없고, 무궁한 변수가 작용하여 변화무상하고 불투명하다. 그로 인해 더욱 불안과 초조함을 느끼게 되는데, 그것은 당연한 일이리라.

자연의 울타리에 해(양)와 달(음)이 있고, 목화토금수가 자연을 이룬다. 그 터에서 한 백년 정도 지수화풍으로 이루어진 몸뚱이로 살다가는 것이 인생이라면, 인생을 움직이게 하는 것은 무엇이고, 어떤 요소가 인생을 움직이게 하는가를 살펴봐야 할 것이다.

움직인다는 것은 살아간다는 것이다. 사람의 움직임은 바로 運(운)이며, 그 힘을 運勢(운세)라 한다. 운세의 흐름을 살핀다면 吉(길)함이나 凶(흉)함을 알 수가 있겠다.

자연이 오행을 담고 스스로 움직이며, 때의 계절을 엮어내어 때의 모양을 바꾸고 조화를 이룬다. 자연이 세상을 주관하는 일을 하고 있음을 안다면 사람은 몸을 이루는 지수화풍이 자연의 오행과 동화된다. 여기서 지수화는 자연과 동화가 되어버리고, 남는 것은 風(풍)이 남는다. 풍의 움직임은 사람의 운을 주관하고 풍의 움직이는 힘이 운세를 주관한다.

風(풍)은 우리 몸에 호흡으로 넘나들며 운과 기를 다스리는데, 자연의 오행과도 밀접하게 닿아있음도 알아야겠다. 수행을 하는 이들이 수행의 기초 공부가 호흡에 대한 수행을 하고, 호흡의 비밀을 알아야 수행을 마칠 수가 있을 정도로 매우 중요하다.

수행의 호흡법을 간략히 정리하면, 단전에 기를 모아 임맥을 따라 정상인 백회에까지 끌어올려서 독맥과 회통을 시켜 기의 수승과 하강이 자유자재를 이루려는 것인데, 쉬운 일인가? 수련을 잘못하면 몸이 망가지기도 한다는데, 무슨 방법이 없을까? 있지! (중전마마의 처소인 중궁전에 비밀이 있으니 알아들 보시요?)

(이런 비법의 내용은 책에 쓰면 안 되는데, 《백수 탈출》을 읽으시는 독자님들에게만 줍니다.)

✨ 때에 바람도 익는다!

선거의 열풍이 온 천지를 휩쓸고 지난 후의 어느 날, 여인이 찾아와서는 감사하다고 하는데 뭐가 감사한 일인가? 때의 바람이 불어서 자신은 그냥 묻어서 당선이 되었으며, 그것도 아들이 담아가지고 있던 바람의 씨가 도와준 것을 누가 알기나 하겠나?

그나저나 나라를 위하여 일을 하겠다고 스스로 일꾼을 자처했으니 열심히 일을 하려면 나이가 있으니 건강에 유의하라며 여인을 돌려보냈다.

세상에 오고감이 인연에 따라서 오고가며, 인연의 고리는 나와 부모와 자식의 관계는 말이 필요치 않는 관계이다. 60세 후반의 나이가 되면 자신의 운세로 살아가는 것이 아니라 인연 닿아진 자식이나 자손의 운세에 의지하여 살아가는 때이며, 살아오면서 자식이나 아랫사람들에게 베푼 만큼을 찾아 쓰는 시기라 하겠다. 누구라도!

시원한 바람이 몸을 감싸며 지나가는데 알고들 계시는지?

봄바람 속에는 지나온 겨울의 바람과 여름의 바람이 섞여서 봄바람을 만들어서 불고, 여름의 바람 속에는 지난 계절의 봄바람과 가을바람이 수고를 하고 있으며, 가을도 겨울도 항상 앞뒤 계절의 바람이 함께 수고를 하고 있다는 것을!

   바람이 계절을 꽃피우고 계절을 익게 한다는 것도!

   천지의 조화도 바람이 만드는 것이며, 살아가는 인생들 또한 바
람이 때에 일어나서 오고가며 변화시키는 것을 안다면, 때론 바람
이 부는 대로 맡기고 이리저리 굴러봐야 하지 않을까? (무슨 소리
야?)

   때에 바람따라 익을 테니까?!

18. 나이가 적은데 어른(?)

세상을 살아가면서 많은 사람들을 만나서 얘기하며 접촉하고 도심 속이든, 농촌이든, 시장의 상가이든, 산속이든, 동네어귀든 간에 만남은 때와 장소와 대상과 시간을 구별 지울 수가 없으니 만남의 묘한 맛은 거기에 있다 하겠다. 물론 약속을 하여 모든 것을 정하여 만나는 것을 말함이 아니니 우연인지 필연인지 모를 모든 만남은 그 만남의 맛이 각각 다르기에 각각 다른 만남의 맛이 세상을 살아가는 맛이 아닌가 싶다.

누구에게 무슨 맛이 나는가는 그들만이 갖고 있는 이름이 결정하고, 맛의 깊이는 각자 각자의 행위에 의해서 결정이 된다. 즉, 간호사 하면 자신과의 어떤 일로 만났던 간호사를 자신만의 간호사로 정하여 맛을 결정하고, 선생님 하면 어느 선생님이 되었든 자기만의 맛으로 선생님의 맛을 결정짓고, 공무원 하면 누구의 공무원이 아닌 자신과의 어떤 일로 만났던 공무원으로 일단 모든 공무원의 맛을 결정해놓고, 운전기사님 하면 운전하시는 어떤 분과의 있었던 어떤 일에 의해서 운전기사에 대한 자신의 맛을 결정해놓는다. 그리고 자신과 직접 접하지 않은 어떤 것들은 '주위의 누구누구가 그러더라'라며, 그럴 때에는 '이리이리 한다더라'는 등 자신이 경험을 하지 않고서도 자신만의 결정을 갖게 된다. 그러면서 좀 덜 익은 맛을 갖게 되면 사람들은 무엇이든지 알면 아는 대로, 모르면 모르는 대로 모든 것에 대해서 어떠한 맛이든 제각각 가지고들 산다고 하겠다.

제멋에 산다고들 하니 그 말은 제맛에 산다는 것과 같은 말이므로 맛이든 멋이든 알아야 하고, 알고 있다는 것이다. 그러니 무엇을 알고 있는 것인지, 얼마나 알고 있는 것인지는 맛을 봐야 하지 않겠나.

여자로 태어 났건만 계절이 수놈이라서…

초파일을 넘긴지 꽤 됐으니 날씨가 제법 더워지는데 오후가 되니 하루를 넘기는 날짐승들의 움직임이 한낮보다도 부산해진다. 마당가에 있는 오래된 벚나무와 산뽕나무에 버찌와 오디가 익으니 오후의 볕을 피해서 오르락내리락하던 벚나무의 청설모가 벌써 저녁식사를 하고 갔는지, 잠시 자리를 비운 틈을 까치 떼들이 점령하듯 몰려와 부산을 떨며 시끄럽다.

이제껏 까치는 좋은 소식을 전해주는 전령으로 알고 있어 나름대로는 까치에게 후한 점수를 주었다. 그러나 이놈들이 하는 짓거리가 공격적이고 영역에 대한 욕심이 강하여 시끄럽게 싸움을 일삼는 것을 알고부터는 후한 점수는 떼어버렸지만, 이를 알 바 없는 까치들은 여전히 몰려다니며 부산을 떨고 시끄럽다.

시끄럽게 부산을 떨며 먹어도 배를 채우고 떠나면 그 자리는 조용해지고, 그 자리는 가끔씩 오고가는 참새들의 차지가 된다.

그들도 떠나면 이따금 바람이 머물다 가는 자리가 되어 밤을 지키는 어둠의 그림자만 남게 되면, 산속에서의 하루 생활도 함께 잠에 든다.

며칠 전에는 대낮인데 대롱이가 기겁을 하며 짖어대어 밖을 살짝 내다보니 고라니가 놀러 와서는 개가 짖는 걸 보고는 자기도 개와 똑같은 모양으로 짖는 흉내를 해보고 무엇이 즐거운지 개집의 주위에서 뛰며 놀고 있는 것이 보여 한동안을 숨죽이며 구경했는데, 흥이 다했는지 인기척을 느꼈는지 산으로 올라가버렸다.

들짐승이나, 날짐승이나 그냥 왔다가 그냥들 가지 누구에게 해를 주려하거나 어떤 못되고 짓궂은 짓거리를 하려함이 아니기에 까치들이나, 새들이나, 고라니의 방문이 여간 대견하고 고마운 일이 아닐 수가 없다.

산 그림자가 길게 드리우니 선선한 바람이 이따금 고마운데, 공양을 마치고 산책이나 다녀오자 싶어 마당을 벗어나려는데 마당으로 차가 들어오더니 채선이가 차에서 내리며 나를 보고는 인사를 한다.

산책을 가려던 발길을 돌리며 어쩐 일로 걸음을 했냐고 하니 그냥 오고 싶은 생각에 왔다며 차문을 열고 가지고 온 과일상자를 꺼내며 돌아다본다. 무거운 것이니 도와달라고 하는 것 같아 다가가서 상자를 들으며 표정을 보니 무척 밝아보였다.

지난겨울에 미용실을 하고 있는 지영이와 함께 처음 내게 왔었다. 그때 채선이가 '언니, 언니' 하기에 누가 언니냐고 하니 지영이를 가리킨다. "내가 보기엔 친구 사이 같은데"라고 하니, 지영이가 "스님, 쟤하고 내가 아무려면 같아 보이냐"며 싫은 듯 좋은 듯 항변을 했었다.

몇 번인가 다녀간 지영이의 나이나 신상에 대해서는 이미 알고 있었다. 그래서 채선이의 신상에 대해 물으니 남편과 띠동갑이라며 신상을 얘기해 준다.

'어느 놈인지 복도 많이 가지고 태어나 열두 살 아래 띠동갑하고 사냐?' 하며 정리를 해보니,

남편은 丁(정)생, 庚(경)월, 乙(을)일생으로 나이는 13살이고, 채선이는 근(기)년, 癸(계)월, 辛(신)일생에 나이는 24살이다.

여자로 태어났으나 계절은 온통 수놈의 시기를 짊어지고 나왔으

니 웬만한 남자들은 거들떠보지도 않을 만큼 활동력이 있겠다.

그리고 남편은 수놈으로 태어났으나 계절이 수놈의 시기는 지나갔고, 지금의 계절은 암놈의 계절을 맞아 암놈의 짓거리를 하며 살아갈 것이니 묘한 맛이 있다 하겠다.

짊어지고 나온 천간의 나이를 보면 남편은 13세이고, 채선이는 24세이니 태어나면서 나이를 더 많이 짊어지고 나왔다. 그러니 가정에서 일을 함에 있어 남편보다는 채선이가 결정하고 책임지며 처리하는 일들이 많았을 것이다. 가정 살림의 대소사에 대한 영향력이 크다는 말이다. 그렇지 않아도 찾아온 것은 언제까지 남편의 뒷일을 봐줘야 하는지가 궁금하여 온 것이란다.

채선이는 학생을 가르치는 선생님. 남편은, 젊어서는 공무원이었는데 적성이 안 맞다며 사표를 내고 나와서부터는 이런 일 저런 일을 수도 없이 전전하다가 요즘 들어서는 집을 꾸미는 인테리어 사무실에 나다니면서 페인트공으로 일을 하고 있단다.

일을 하여 돈을 벌면 집으로 가지고 들어오는 것이 아니고 돈이 더 밖으로 나가야 하는 일이 다반사라 항상 안심이 안 되고, 일을 한다고 해도 불안하단다.

어찌하면 좋은가. 정해진 것을 누구에게 유리하다고, 아니면 불리하다고 아닌 걸 얘기할 수도 없으니. 궁금하고 불안해하는 채선이를 보고 잘 들으라고 하며 일러주었다.

"사람과 사람의 관계에서 약속을 하고 정한 것을 어떤 사정에 의

하여 번복하거나 지키지 못하면 서로의 입장을 고려하여 새로이 약속을 정하여 지키면 되는 것이다. 그리고 한해의 농사를 짓는 농부가 땅의 토질이나 생태를 잘못 알고 농사를 지어서 수확을 해보니 자신이 생각했던 것 이하의 결실을 얻었다면 무엇이 잘못되어 수확량이 적어졌는지를 알아내어 다음해에는 땅의 토질이나 생태에 필요한 거름을 더 주고 토질에 잘 적응하는 종자를 택해 심으면 풍성한 수확을 얻을 것이다. 이와 같이 사람의 관계나 땅에서 이루어지는 행위들은 시간의 차이를 새로 정하거나 두고두고 잘못된 것을 개선해나가고, 대화하고 타협하는 융통성을 가질 수 있다. 하지만 하늘이 정하거나 하늘에서 행하는 일들은 사람들과 땅에서 원하든 원하지 않든 하늘이 하던 일을 멈추며, 땅과 사람들의 얘기나 소리를 듣고 고려해보거나 재고하지 않음을 알아야겠다. 요즘의 몇 년은 해마다 되풀이하듯 수해가 심하여 많은 농토가 유실되고, 농작물은 수확도 못하고, 이 땅의 많은 농삿일하시는 분들이 시름에 잠겨 있다. 지구촌 어딘가에서는 몇 년째 비가 내리질 않아 농토가 타들어가 나무들조차도 살 수가 없어 말라 죽으며 바람이 흙을 걷어가버리니 땅은 농사를 지을 수가 없는 불모의 모래사막이 되어 가고 있고, 어느 곳은 따뜻한 날씨를 자랑하던 곳인데 폭설이 내리고 기온도 떨어져서 온천지를 냉동 창고를 만들어도 하늘이 하시는 일이니 누가 뭐라 하겠는가. 하늘에서 정해진 일과 행하는 어느 것도 땅에서나 사람들이 어찌할 수가 없음이니 하늘에서 정해진 것과 天

干(천간)의 수, 나이도 정해진 것임을 알아야 하겠다. 채선이는 남편보다 실제의 나이는 열두 살이나 적고 어리지만, 천수의 나이는 남편보다 훨씬 많아서 남편을 위하고, 아이들을 위하고, 가정을 이끌어가는 가장임을 명심하라."

이 말을 마치자 울음을 터트리며 채선이는 "실제의 나이가 어린데 나이를 더 먹었다는 게 무슨 말입니까? 지금까지 한 고생도 모자라 앞으로도 고생을 얼마나 더 해야 하는 것입니까?"라며 제 설움이 북받치는지 쉽게 울음을 그치질 못했었다.

세상을 살면서 때론 답답해서, 때론 서러워서, 때론 제 복에 겨워서도 울음이 날 때가 있다. 남들이 생각하고 보기에는 나이 많은 사람과 살면 나이 차이가 나는 것만큼 남편이 더 위해주고, 감싸주고, 사랑도 더 많이 해줄 것으로 알 테고, 본인도 그런 생각을 안 가져본 건 아닐 것이다. 하지만 실제의 생활에서는 그렇지 않고 매사의 모든 일들을 채선이 자신이 짊어지고, 해결하고, 가장으로서 일들을 해나가야 한다니 기가 막혀 어찌 살아가나 싶었을 것이다. 그래서 생각하면 생각할수록 본인은 세상을 산다는 것이 맛대가리 없고, 재수 대가리 없다고 생각을 할 것이 아닌가.

하늘에서 정해진 모든 것은 땅이나 사람들이 어찌하질 못한다. 하지만 땅에서의 사람들이 산다는 것은 세월이 있어 세월을 보낸다는 것인데, 세월은 만물을 소생시키고 꽃피워 열매 맺혀 익어가게 한다. 그리하여 사람들이 먹고 삶을 이어가게 하니 때때로 변하는

게 세상이요, 세월인 것이다. 이를 안다면 맛대가리 없고 재수 대가리 없다고 주저앉아서 포기하거나 푸념만 늘어놓을 일은 아닐 것이다.

나이가 어린데 계절이 수놈이라 활동을 많이 할 것이며, 집안과 밖의 일들을 스스로 해야 하는 집안의 가장노릇을 해야 한다는, 처음 듣는 얘기를 하니 채선이가 의아해 하는 것은 어찌 보면 당연한 일. 처음 들어서 알듯 모를 듯한 얘기들일 것이니 하루아침에 삭히기는 어려운 일일 것이다. 본인만 고생해야 할 걸로 알고 얘기를 들었겠지만 꼭 그렇지만도 않으니 다른 날에 시간을 내어 찾아오면, 오늘 다 못해준 얘기와 뭔가 답을 찾아보자고 하며 채선이를 돌려보냈었다.

며칠이 지나지 않은 것 같은데 채선이가 찾아와서 인사를 한다. 인사를 받으며 "수놈이라서 성격도 급하게 찾아 왔냐?"고 하니, 며칠 전 이곳을 다녀간 뒤로는 생각이 스님의 말씀에 머물러서 생활하면서도 다른 생각이 없고 다시 가봐야지 하는 생각뿐이라서 시간을 내어 찾아 왔단다.

뭔가 풀리지 않았거나 뭔가 엉켜있는 것을 찾아야겠다는 마음이 앞섰으며, 그동안 직장의 일이 그러하기에 다람쥐 쳇바퀴 돌듯 살아왔고, 항상 남들은 남편이 나이가 많아 무척이나 나를 위해주고 자상한 걸로 알고 부러워하기도 하지만, 남들에게 말 못할 가정사의 크고 작은 일들의 부딪힘이 내내 속을 누르고 있어 항상 걱정이었단다. 그것은 모두 남편의 무능함에서 기인한 것이라고 그동안은 자위하며 언제쯤에나 남편이 무능의 딱지를 뗄까 하는 생각뿐이었는데, 그날 스님의 말씀을 듣고 자신이 태어나면서 짊어지고 나온 천수의 나이가 많아 나이만큼 일을 찾아서 하는 것이라는 말을 듣고 자세한 설명을 들으려고 마음을 내어 발품을 팔았단다.

그러고는 "그날 같이 왔던 언니하고 친구처럼 보였냐?"며 묻는다.

단단히 서운했었나 보다. 대여섯 살이나 위인 언니와 친구로 보았다니까.

"허나 이놈아, 그날은 같이 왔으니 으레 친구 사이로 보고 얘기한 걸 이제껏 담아가지고 다니면 어떻게 하자는 거냐?" 하니, 그냥 해본 소리란다.

누구나 살면서 남들보다 잘 나 보이고, 예쁘게 보이고, 젊고 싱싱하여 다른 사람보다는 뭔가 돋보이려고 힘들여 치장하고 포장도 하지만, 모양은 변하며 허망함을 쫓는 것이니 변하는 것에 의지하거나 기대질 말고 맛이 들고 익어가는 것을 염두에 두어야 한다고 말을 해주었다.

🌾 자연이 계절을 낳아 만들어 감을 안다면…

암수의 관계는 서로 평등과 공존의 관계이다. 어느 시기라고 굳이 말하면 논란거리가 되니 언제부터인지는 몰라도 수놈이 힘으로 암놈을 지배하고 소유하는 격이 되어 '남존여비'라는 말들을 하며 지내게 되었으니, 암놈으로 태어나면 대접은커녕 살아가기조차 힘든 세월이 있었다.

허나 공존과 평등이 무너져버렸다고 하여 세상의 절반인 암놈들인들 가만히 있겠는가. 세월의 흐름 속에서도 수놈들에게 대항하며 자신들의 권리를 찾기 위한 뭔가의 무기를 찾게 되는데, 그것은 수놈에게는 없는 씨 밭인 子宮(자궁)을 찾아낸다. 씨 밭이(자궁) 반기를 드니 쟁기가 있어도 밭이 없어 밭을 갈지도 못하여 씨를 생산해낼 수가 없고, 씨가 점점 없어지고 귀해지면서 문을 닫게 되는 집안이 속출하기에 이른다.

그동안 수놈들은 대를 이어오며 암놈은 소유물이라는 안이한 생각에 젖어 있다가 세상이 변하면서 독립과 평등을 내세우며 속박에서 벗어나서 밭을 묵히려드니 힘없고 눈치 없는 수놈들은 제 밭을 구하기가 점점 어려워지고 빈 쟁기만 들고 다니니 어찌 결실을 보겠는가! (그동안 너무했지!)

서로 어지럽게 뒤엉킨 암수의 싸움이 한동안은 시끄러울 것이나, 때가 이르러 자연은 누구의 소유물이 아님을 안다면 서로 공존하며 조화를 이루어 나갈 것이다.

채선이의 나이가 남편보다 많다는 것은 더 먹은 나이만큼 할 일이 많으며, 행동에 맛이 들어 있고, 주위를 잘 어우르고, 세심하고, 사려 깊음을 말하는 것이다. 남편도 천수의 나이만큼은 익어 있으며, 부부의 차이가 나는 나이만큼의 글을 써서 글이 일을 하게 하면, 모자라는 만큼은 채워나갈 것이라 일러주며 글을 써서 주었다.

과일상자를 들고 안으로 들어서서 과일을 풀어놓으니 바닥이 푸짐해진다.

과일을 정리하고 물을 부어 차를 끓여 마시며 "웬 과일을 이리도 푸짐하게 사오셨나?" 물으니, 실은 남편이 며칠 전에 돈을 주면서 그중 일부를 갈라주며 '이건 당신이 쓰고 싶을 때나 사고 싶은 것이 있을 때에 쓰라'고 하면서 주더란다.

그동안 돈을 벌어서 안 준 건 아니지만 용돈을 하라며 주는 것은 처음이며 안하던 행동이라 이런저런 생각을 하게 되었고, 근간에 남편의 행동을 보니 전보다는 많이 달라지고 부드러워지고 남을 배려하지도 않던 사람이 배려할 줄도 알고, 아이들과도 놀아주고 가사에 신경을 쓰는 등 조금씩 달라져가는 것을 알게 됐단다.

그래서 남편이 쓰라고 준 돈으로 과일을 사가지고 왔다고 한다. 감사한 일이다.

사람이 계절 따라 익어가야 함은 당연하나, 봄이 지나 여름이 되었건만 봄의 옷 걸치고 봄의 짓거리를 하고 있고 여름 지나 가을이 되었건만 여름 옷 걸치고 여름의 물놀이를 생각하고 있으니, 가을 지나 추운 겨울로 들어서서도 때를 모르고 여름철의 옷을 입고 있다면 어찌 추운 겨울을 지낼 수가 있겠나.

자연이 계절을 낳아 만들어 감을 안다면 봄에도 익고, 여름에도 익고, 가을에도 제대로 익어서 농사를 못 짓는 계절인 겨울이 닥쳐서 추워져도 제철에 익은 것이 있으니 무슨 걱정이 있을까?

어디 없나, 눈도 입도 말도 필요 없는 벗이.

어디에 그런 벗이 있을까?

만나는 보려는지!

19. 큰 것을 만지려고

살아있음은 움직임을 뜻하고, 활동을 하고 있음을 말하는 것이다. 그러므로 살아있으면서 움직이지 않고 활동을 안 할 수가 없음이니 움직임을 삶이라 말할 수가 있으리라.

누구나 태어나고 자라면서 보고 듣고 말하며 크는 것이라면, 그리고 무엇을 습득함에 있어 영향을 받고 자라는 것이 있다면 그 부모의 일거수일투족이 아닐까 싶다. 특히 성장하는 시기에 부모의 짓거리가 자식들에게는 지대한 영향을 끼치고 있음을 알아야겠다.

어릴 적의 떡잎부터 알아본다는 말이 있듯 나무에 거름을 주고, 가지도 쳐주고, 적당한 수분도 제때에 주며 정성을 들이고 관리를 잘한다면 나무가 잘 자라고 큰다. 그렇듯이 자라는 어린이들이나 청소년들에게는 시기에 적절하고 각별한 정성을 들여야 할 것이다.

🌙 껍데기는 여자, 때의 나이는 수놈인 현주 이야기

언젠가 오후가 익어가는 때에 전화가 와서 받아보니 현주가 전화를 했다. 일산에 사시는 이모님이 오셔서 이런저런 얘기를 하다가 스님에 대한 얘기를 나누게 되었는데, 이모님이 "이왕 말이 나온 김에 뵙고 가자"고 하여 계신가 싶어 전화를 하였다며 바로 오겠다는 것이 아닌가. 상대와 통화를 하면 상대의 의사를 물어보고 결정을 해야 함이건만, 일방적으로 쳐들어오겠다는 것이니 전화는 뭐 하러 했나? 허긴 현주가 암놈이어야 말이지 껍데기만 암놈이지, 계절의 때는 수놈이기에 하는 짓거리는 수놈이니 그럴 수밖에!

세상을 살다보면 크고 작은 가정사의 고통이 따르겠지만 남자고 여자고간에 삼십대의 말쯤에는 가정이나 신상에 유별나게 위기가 닥침을 볼 수가 있는데, 그것은 계절이 바뀌는 시기인 환절기에 속하기 때문이며, 새로 맞이하는 계절을 준비하기 위함이리라.

계절의 오고감은 오는 듯하고 지나가고 가는 듯한데, 머물러 있다. 그 속에는 오는 계절을 안고 있기에 계절이 바뀌는 시기에는 인 듯 아닌 듯한, 알듯 모를 듯한 묘한 맛의 시기이니 그것은 계절이 바뀌며, 짓거리가 바뀌는 시기임을 알아야 하리라.

현주는 癸(계)생, 辛(신)월, 丁(정)일 태어났으니 온통 수놈의 계절이 아닌가. 결혼하고서도 유명 백화점의 대형매장에서 명품 브랜드의 옷을 취급하는 일을 하였는데 수입이 괜찮았다. 하지만 남편은 현주의 수입이 있어서인지 무슨 일을 하려 하질 않고, 어쩌다 무슨 일이라도 했다 하면 손해를 더 많이 내서 살아오면서 이런저런 일들로 인하여 정신적으로나 육체적으로나 고통을 많이 받게 되었다. 그래서 쉬고도 싶고 또 자신의 수입이 없으면 남편도 무슨 일이든 하지 않겠느냐 하는 생각이었는데, 마침 점포의 값을 후하게 주며 달라고 하는 사람이 있어서 옷가게를 처분했단다.

집에서 쉬면서 한동안은 홀가분하고, 장사를 하며 지내던 오랜 생활에서 벗어나 한가하기도 하여 좋았다. 그러나 남편은 전혀 달라질 기미를 보이질 않고, 어느 날인가는 "벌 수 있는 사람이 벌지를 않고 집에만 있으면 어떻게 할 거냐?"는 남편의 말을 듣고는 머리를 얻어맞은 듯이 멍한 생각이 들었다고 한다. 이쯤 되니 '지금껏 뭔가 잘못 살아온 것 같고, 이렇게 무능한 남자와 함께 살아야 하나' 하는 생각까지 갖기에 이르고 보니 몸은 편하나, 정신은 멍해지고 모든 것이 귀찮아져 세상 살맛을 잃고 방황을 하게 되었단다.

그럴 즈음에 어느 날인가 친구들과 어울려서 바람이나 쏘일 겸 산을 찾았다가 나를 만나게 되었다. 산속의 작은 집이라 암자인 줄도 모르고 목이 마르니 물을 먹을 수 없겠냐고 하며 들어왔었는데, 본인은 부처님의 도량인 줄도 몰랐었단다.

물을 마시고 차나 한잔하고 가라며 얘기를 한 것이 인연이 되어 일행인 네 명의 신상을 물어보며 각각의 계절을 일러주고 암수를 가르쳐 주었다. 그런데 그 암놈, 수놈이란 소리가 처음 들어본 소리라 신통하기도 하고, 재미있고 궁금하기도 하였었는지 그 다음 날 현주가 찾아왔었다.

누구나 태어나면서 계절을 짊어지고 나오고, 나이가 들면서 자연의 계절이 바뀌듯 암수가 바뀐다고 말을 해주었다. 그리고 현주는 수놈의 계절을 짊어지고 나와서 어느 여자처럼 집에서 남편을 내조하며 살라고 하여도 스스로 집안에서의 생활은 못할 것이며, 밖으로 나와 일을 찾아서 할 것이니 언제라도 남편 탓을 하지 말고 자신이 수놈의 계절에 때어났기에 수놈의 짓거리를 하며 살아야 할 것이라 일러주었다.

그 후로도 가끔씩 찾아와서 이것저것 궁금한 것을 물으면서 자연히 많은 얘기를 나누게 되었다. 무능력한 남편과의 갈등으로 이혼까지도 생각을 했었는데, 자신이 수놈의 계절을 짊어지고 나와서 그렇다는 말을 듣고 어려운 시기를 잘 극복을 하였다. 직업으로는 모양을 내는 일도 잘할 수가 있을 거라 일러주었더니 미용을 배워서 지금은 헤어숍을 열어 잘 운영하고 있다.

한 여사의 외통수 고집쟁이 아들 문제

얼마나 지났을까 현주가 이모님이시라며 집으로 들어서는데, 방으로 모시니 공손히 절을 올리신다.

삼보이시니 마땅히 예경을 올린다니 얼마나 감사한 일인가. 두루 두루 삼계에 축원을 드리고 회향을 하니 자리 잡고 앉으신다.

현주가 입을 열며 "이모님이 장사를 하시는데, 지금이 바쁜 시간이지만 스님을 뵙고 가신다기에 급히 길을 안내하여 모시고 왔다"고 한다. "그래, 무슨 장사를 하시냐?"고 했더니 보쌈과 족발장사를 하고 계신단다.

이모님이신 한 여사가 조금은 겸연쩍게 웃으며 자신의 얘기를 털어놓다.

부모님이 배필을 고를 때에 집안 좋은 것만 보고 짝을 정해주었는데, 시집이라고 와서 보니 시댁의 식구들이 아주 많았다. 그러나 시골에서 가진 농토가 없어 남의 농토를 빌려서 소작으로 살아가는 형편인지라 가난하여 항상 먹고 사는 걱정을 해야 했고, 남편이 큰아들이다 보니 새댁으로서는 감당하기가 어려운 일들이 많았기에 '어디 간들 이보다 더 어려울 것인가' 하는 생각이 들었단다. 그래서 살아가기에는 사람들이 많이 모여 사는 곳이 좋을 것 같아서 무조건 상경을 하였다. 상경은 하였으나 가진 돈도 없고 아이까지 딸려 있어서 젊은 여인이 할 수 있는 일을 찾다가 새벽시장에 나가서 채소를 받아서 사람들이 많이 다니는 길가의 어귀에 좌판을 놓고 장사를 시작했단다. 어느 날인가는 힘이 들고 피로가 겹쳐서인지 정신을 잃고 쓰러지는 일이 있었는데, 주위에서 장사하시는 분들의 도움으로 깨어났고, 건너에서 족발장사하시는 분이 "새댁이 못 먹고 힘이 들어서 쓰러진 거라"고 하시며 고기를 듬뿍 썰어 가지고 와서 먹고 힘내라고 주셨다고 한다. 그 고기를 먹고 기운을 차리고 나서 고마운 마음에 이후로는 시간이 나면 그 집의 허드렛일을 도와주며 지내게 되었단다. 그러던 어느 날인가는 족발집의 주인이 자신은 돈을 벌어서 상권도 좋고 점포도 큰 곳을 얻어서 이사를 가게 되었다며 "새댁이 그동안 보아온 걸로는 착하고 성실하며 무척 살려고 노력을 하는 것 같기에 웬만하면 이 가게를 주고 가려고 하는데 인수할 수 있겠냐"는 제안을 해왔다. 그러나 한 여사는 "가게를 갖고는 싶지만 갖고 있는 돈이 없어 마음뿐인데 어찌할 수 있겠습니까?"라고 하니까, 마음 좋은 족발집 주인은 "그냥 줄 수는 없는 일이니 계약을 하되 계약금을 조금 주고 나머지돈은 ○년의 시간을 줄 테니 천천히 벌어서 달라"고 하였단다.

얼마나 고마운 일인가. 그동안도 고맙게 대해주었는데 가게를 그냥주다시피 계약을 하여 넘겨주었으니 무엇에 비할까. 새벽시장에 나가서 물건을 떼어다가 길가의 난전에서 호구지책으로 팔다가 어엿한 점포가 생겼으니 밤낮 구별 없이 즐거움에 힘 드는 것도 모르고 장사에 파묻혀 살게 되었고, 고생이라는 생각도 없이 열심히 일을 하다 보니 어느 만큼의 시간이 지나자 가난의 굴레에서 벗어나게 되더란다.

살 만하다 싶어지니 아이들이 눈에 들어오더란다. 아들인 炳(병)日(일)이를 보니 공부도 곧잘 하는 것 같고 친구들도 많이 몰고 다니는 것이 별 걱정이 없어보였는데, 언제부터인지는 모르나 자신만이라는 외통수의 고집과 주장이 너무 강하여 친구들과 융화가 잘 안 되는 걸 알게 되었다. 그래도 '타고난 성격이니 어찌할 수가 있나' 하는 생각으로 지내면서도, 한편으로는 '저렇게 자기만을 내세우며 살아가는 것이 부모가 잘못 키운 탓이겠지. 그런데 나이가 들면 어떻게 하나?' 하는 생각이 들어서 삐뚤어진 생각과 행동을 고쳐보려고 백방으로 안 해본 짓거리가 없다시피 정성을 드리고 노력을 하면서 지내고 있다고 한다.

아들이 나이가 들자 결혼도 하고 아이도 낳았으면서도 정상적인 생활을 못하고 세상을 겉돌듯이 밤낮이 바뀌고 공상 속에서 살아가고 있는 것이 너무도 안타까워하고 있는데, 조카인 현주가 자신이 방황할 때에 스님을 만나 많은 위로를 받았다기에 이렇게 찾아뵙게 되었단다.

한 여사의 얘기를 듣고 신상을 정리해보니 부군은 癸(계)날 태어났으니 독기가 있는 늙은 수뱀이 늦가을의 서리를 맞아 제 몸 하나도 제대로 추스르기가 어려워지는 계절이라, 매사가 귀찮아지고 힘과 의욕이 없을 것이다. 여사님은 戊(무)생에 癸(계)일 주이니 이것도 늙은 수놈이 아닌가. 아들인 병일이는 辛(신)생, 戊(무)월이니 수놈 중에서도 대장격인 범이 여름의 계절을 만났으니 보이는 것이 없을 만큼 세상이 모두 제 것인 것처럼 모든 짓거리가 거침이 없을 것은 뻔한 일일 것이고 며느리를 보니 庚(경)생, 丁(정)월에 태어났으니 이 또한 수놈이 아닌가.

온 가족이 껍데기이야 암놈도 있으나, 계절이 온통 수놈들이며 각각의 태세를 살아가고 있음을 알게 되었으니 누가 그것을 바꿀 수가 있겠는가. 아들 炳(병)日(일)이를 보면 계절도 여름이요, 성명자에도 태양이 빛나는 시기이니 자신이 감당할 만하다면야 좋을 일이요, 무슨 걱정이 있겠는가. 허나 너무도 열기와 빛이 강하게 넘치고 있으니 감당을 못할 터. 매사가 생각은 있으나 머릿속에서 공상에 그치고 있으며, 당연히 견뎌내기가 힘이 들고, 결과 또한 없음을 안다면 이제라도 넘치면 모자람만 못함을 알아서 적당한 그늘이나 햇빛가리개인 차광막이라도 만들어 주어야 할 것이 아닌가.

세상사 할 수 있는 일은 무엇이며, 할 수 없는 일은 또한 무엇이던가.

한 여사와 현주가 시간가는 줄 모르고 얘기를 듣고 나누다가 다시 찾아뵙는다며 자리에서 일어서는데, 얼마나 알아듣고 가는 줄은 몰라도 밖에 배웅을 하고 돌아서려니 이른 저녁 하늘에 별이 보인다. (바쁘다던데….)

자연에서 생겨나는 모든 것들이 자연의 계절에 의지하여 살아가는 것은 당연한 일이며, 어느 것 하나라도 고립독존할 수가 없음도 알아야겠다.

누구에게서 씨를 받아 나왔는지 인연이 있을 것이요,

어디에서 무슨 짓을 하다가 왔는지 살펴봐야 할 것이요,

나이가 있으니 젊은이인지 늙은이인지를 알아야 할 것이요,

어떤 병과 어디에서 지내다 왔는지도 알아야겠으며, 움직이고 보이는 것들이 神(신)임을 안다면 어느 신과 어디에서 어떻게 놀았었는지도 알아야 할 것이다.

생이 같은 날에 태어났어도 각각의 하는 짓거리가 서로 다르고, 짊어지고 온 것이나 놀았던 마당, 때, 시간이 달랐다는 사실도 알아야 한다.

도회지에서 사는 사람이나, 들이 넓은 곳에 사는 사람이나, 산속에 사는 사람이나, 강가나, 섬이나, 물가에 사는 사람들이 살아가는 것은 제각각이 그 자연에 순응하며 살아가야 한다. 때때에 하는 일들은 사는 곳마다 다를 것이니 각각이 자연을 알아서 자연과 함께 더불어 살아왔고, 앞으로도 적응하면서 살아갈 것이리라.

도회지의 바쁘고 힘든 생활 속에서도 아들이 나이 들어가며 제 할 일을 못하는 것이 안타까웠던 한 여사. 시간을 내어 열심히 발품을 팔면서 절집을 찾아와 기도도 드리고 얘기를 나누다 가곤 하는데, 어디 하루 이틀에 바람이 이루어질 수가 있겠는가.

누구나 어려움에 처하면 여기저기의 용하다는 곳을 찾아다니고 그곳에서 처방이랍시고 무슨 말이라도 해주면 그 말을 믿고 기도도 하고 치성도 드리며, 여기저기에서 주워들은 대로 열심히 할 것

이다.

　자식을 위하여 무한의 마음을 내어 기도하는 것이 부모의 마음이 아닌가 싶기도 하고, 그것도 계절이 수놈이라면 암놈과는 달리 힘차고 용기를 내어 할 것이다.

　어느 날인가는 자신의 아들이라는 생각으로만 기도를 하며 매달렸었는데, 그날은 아들이 겪고 있는 모든 것들이 자신과 무관하지 않음을 알았다고 한다. 그리고는 꿈같고, 구름 같고, 바람 같은 것이 알듯 모를 듯하다며 꿈같은 얘기를 털어놓는 것이 아닌가.

　조금은 알아가고 있다는 얘기가 알았다고 해서 무엇이 크게 달라지는 건 아닐 것이다. 그러기에 열매로 보면, 자라는 것은 마쳐서 크기로는 과일과 손색이 없으나, 아직은 덜 익어서 먹을 수가 없는 때임을 알 수가 있다. 열매가 때의 양분으로 익어가서 제대로 익으면 누구나 맛이 들었다고 하며 찾을 것이니 열심히 기도하고 정진하라고 일러주고, 아들과 둘이 아님을 알았다면 둘이 하나임도 알아야 한다는 얘기를 일러주었다.

　글이 만들어지던 삼, 사, 오천년 이전의 상고시대에는 통신이나 교통의 수단으로 육로를 이용할 때에는 말을 길들여 이용하고, 점차 더 빠른 소통을 찾다가 하늘을 나는 새들을 이용함이 더 빠른 방법임을 알게 되어 독수리나 매, 비둘기 등을 훈련시켜서 서로 먼 곳까지 소통을 하고 연락을 주고받았다. 글을 안다면 길이 있음도 알 것이다.

알았다든가 안다는 것은 소통이 되었음을 얘기하는 것으로, 서로 통한다고 할 때에 쓰는 通(통할 통)자를 보면 쉬엄쉬엄 갈 辶(착)자와 새 甬(용)자가 합하여 만들어진 회의 문자임을 알 수가 있으리라.

🔥 유택은 기를 안고 있는데…

언젠가는 한 여사가 찾아와서 말씀을 드려도 될는지 모르겠다며 조심스레 운을 뗀다.

"그전에 이곳저곳 다니면서 들은 얘기들 중에 쉽게 잊혀지지가 않고 요즈음에도 가끔씩 생각이 맴돌아서 그런데, 시골에 있는 조상님의 산소자리가 잘못되면 자손이 고생을 하거나 미치거나 자손이 끊어지는 등 온갖 애로가 많다고 하던데요. 아들이 광폭하고 절제가 안 되고 엉뚱한 짓거리를 일삼는 것이 조상님들의 묏자리가 잘못되어서 그런 것이 아닌가 싶습니다. 그래서 스님께서 언제고 시간을 내어주시면 시골에 한번 함께 다녀왔으면 하는 생각입니다."

어느 부모, 어느 조상이 살아서나 죽어서나 자손에게 해를 입히겠는가?

결코 부모나 조상님들은 자손들에게 해를 입히지 않을 것임은 명백한 일이리라.

살아있는 자들이 깔고 앉아 살아가는 집터나, 죽어서 자리 잡은 유택이나 움직이며 사는 사람들이 볼 때에 氣(기)의 움직임으로 보면 산 자의 터나 죽은 자의 터나 모두 중요하다.

불행을 당하여 고통 받는 사람에게 일부러 조상의 묏자리가 잘못되었다고 조장함은 바람직하지가 않지만, 자신들이 어떤 일을 당하여 그렇게 생각을 하고 있다니 조상의 묏자리와 무관하다고 말하기도 또한 애매한 일이 아닌가. 그래서 날을 정하여 시골에 있는 선산에 다녀오자고 하였다.

일반적으로 묘가 잘못되었다 함은 묘가 死穴(사혈)되었음을 말하는 것이다. 그것은 첫째, 壙(광)이 움직였다는 것이요. 둘째, 묘와 부근의 동네가 바뀌었음이요. 셋째, 멸실되었음을 말한다.

세상의 모든 것이 항상함이 없듯이 세월이 흐르며 자연을 개발한다거나 활용한다 함은 땅이나 자연을 훼손하게 되는 일이다. 예전에는 사람의 그림자조차도 보기가 힘든 첩첩의 산중이던 곳이 인구가 늘어나면서 도시화를 위한 개발을 하게 되는데, 이곳저곳을 파헤치다 보면 지하에 얽혀있는 수맥을 건드리게 되고, 흐르던 물줄기는 다른 곳을 찾아 흐르게 된다. 그렇게 되면 때아니게 물과는 상관이 없던 자리가 겉에서 보기에는 멀쩡해도 지하 수맥의 작용으로 방향이 틀어지며 물이 흐르는 곳이 된다. 이러한 지각의 변동으로 유택에서 광이 본래의 자리를 벗어나는 경우가 생긴다.

자연에서 함께하는 동물들도 자신들만의 놀이터가 있는데, 산의 능선이나 골짜기나 고유의 영역이 있어 사슴이나 고라니가 놀던 곳이 그들이 떠나면 멧돼지들도 찾아와 놀게 되고, 산토끼들도 놀겠고, 뱀들도 찾아오고, 개구리도 찾아오고, 오소리도 찾아들어 그때마다 동네가 바뀐다. 묘의 유역에 해를 주지 않으면 좋으련만 그놈들 노는 짓거리가 땅 파고, 뒤집고, 구멍을 내고, 풀뿌리 파 뒤집는 것이 놀이요, 일상이기에 누가 와서 놀다가는 동네가 되었는지를 알면 좋은 곳인가, 나쁜 곳인가는 자명한 일이다. 그러나 어찌 그것을 사람이 막을 수가 있겠는가.

세월이 가면 변하는 것이 자연의 이치라 묘의 봉분도 고깔을 내리게 된다. 그럴 때면 자손들이 새로이 치장을 해주어야 할 텐데, 그렇게 하질 못하여 무구가 되어 잡풀이 돋고, 주위의 나무들이 뿌리를 내려 자라게 되니 이곳이 묘가 있던 곳인가? 아닌가? 할 정도가 되면 묘가 멸실되었다고 할 수 있다. 산 자나 죽은 자나 기의 덩어리이니 조상들이 모셔져 있는 산소를 잘 관리해야 하지 않겠는가.

한 여사의 식구들 일행과 그들이 살았던 곳을 찾고 뒷산에 있는 산소를 찾아서 가보니 한눈에 보아도 선대의 조상님들의 힘과 세를 느낄 만큼 산세가 좋고 흘러 흘러내린 산의 용이 자못 힘이 있어 보인다. 그러나 뜻하지 않은 환경의 변화와 돌발 변수들이 시야를 흐리고 있었다.

선영의 산들은 그래도 잘 관리되고 보존이 되고 있었으나, 주위의 산들은 산의 정상 부근까지 파헤쳐져 있었고, 농장을 한답시고 건물이 들어설 자리가 아닌 곳에 축사의 건축물들이 들어서 있었으니 새로 비유하자면 한쪽의 날개가 잘려있는 상태이고, 그나마도 날아가려고 힘을 쓰는 자리에 건축물을 지었으니 어찌 새가 비상을 할 수가 있겠는가. (봉황이 날아오르는 명당 터인데.)

세월이 지나며 제대로 관리를 하지 않아서 이곳저곳의 나무들이 키가 너무 웃자라서 묘역에 길게 그림자를 드리우는 것도 매우 흉스러웠다.

써서 가지고 간 글로 일을 보고, 할 일들을 일러주었다. 산을 내려오면서 이날의 발걸음이 헛되지 않음도 알 수가 있었다.

예전보다는 병일이가 생활하는 것이 나아졌는지 밝아보였다. 辛(신)생, 庚(경)월이니 모양을 내거나 작은 것을 만지는 것보다는 덩치가 큰 것을 만지고 살 놈인데, 계절의 때가 익으면 스스로 찾아가리라.

한 여사의 바쁜 마음도 아들의 호전되어가는 것과 함께 쉬어 가는지 열심히 기도를 다니다가 어느 때부터인지는 얼굴보기가 힘들어지더니 한이 없는 세월만 제 일을 하며 지나갔다.

서너 해가 지난 어느 날인가, 밖에서 일을 보는데 전화통이 혼자서 울어대기에 달려와 받아보았다. 한 여사가 아닌가. 반가움에 잘 지냈냐고 물었더니, 스님에게 미안하고 죄송한 마음에 전화를 드렸단다. 한 여사는 "살면서 누구에게도 뒤통수 부끄러운 일은 하지 않아야 하는 것인데, 그동안 못 찾아 뵌 것이 스님에게는 미안한 짓거리를 한 것 같아서 전화를 하였습니다" 한다.

부끄러운 것도, 미안한 것도 마음의 움직임이라는 걸 안다면 부끄러움도, 미안함도 본래 없음을 알아야 할 거라 일러주며 아들인 병일이는 어떻게 지내냐고 물으니, 대학에서 자동차 관련 학과 삼학년에 다니고 있고, 내년에 졸업을 한단다.

가까운 날에 찾아뵙겠다며 통화를 끊고 생각을 해보니 삼십도 넘은 나이에 학교를 나닌다는 것도 예사의 용기가 아니며, 더구나 제정신도 모르고 살았던 때를 생각해보면 정말이지 대견한 일이 아닌가. 그놈 제대로 제 길 찾아서 가고 있음이 보인다.

부모가 자식을 걱정하는 것이야 누구라도 당연한 일. 나이든 수놈의 범이 늦게라도 터져서 제 길을 잘 가고 있음을 알 수가 있었다.

며칠이 지났나 싶은데 한 여사와 현주 그리고 아들인 병일이가 오랜만에 산사에 들이닥친다.

지난 세월만큼이나 인사가 길게 이어지며 축원과 회향을 마치고 나서 지내기는 어떠하냐고 물으니, 정신이 없을 때야 정신만 돌아오면 살 것 같았는데, 학교를 마치면 취업이나 제대로 할런지 걱정이란다.

병일이를 보니 그전에 보였던 병색은 찾아볼 수가 없었고, 광기 어리던 눈도 순한 양의 눈을 하고 있다. 부모 된 자는 팔십을 먹어도 육십 된 자식 걱정을 하게 되어 있으니 어찌할 수 없음이 아닌가.

걱정을 해도, 안 해도 제대로 잘하고 있고, 잘 지내고 있는 것 같으니 걱정의 씨나 이곳에 두고 가라며 한 여사와 일행들을 보냈다.

가도 가도 가는 길만 찾아 헤매고들 있으니 언제쯤에나 오려나?

나만 잘살고 편하자고 하니 이 불행 언제나 끝을 볼 수나 있을까?

중생의 삶이 苦(고)의 길임을 누군들 모르랴만, 苦(고)와 幸(행)이 같이 있음을 살피고 알아차려서 저편 언덕으로 넘어가야 하질 않겠는가.

가세, 가세, 어서가세. 이 고통의 바다에서 저 건너 피안의 언덕으로 우리 모두 함께 가세.

언제?

至今(지금)

20. 스물세 건의 송사

　간밤에 어인 일로 잠을 설쳐서인지 아침에 눈을 떠서도 잠자리를 털지 못하고 옆으로 뒤로 뒹굴며 조금 더 잠을 자보려고 자리에서 이리 구르고 저리 구르며 잠을 청해 보나, 이미 하루를 시작한 새들이 지저귀며 그냥 놔두질 않는다. 이놈들의 지저귀는 소리에 일어나 방을 정리하며 문득 소싯적에 들은 옛 어른의 말씀이 머리를 스친다.

　하루를 도모함은 아침에 있고, 일 년을 도모함은 봄에 있으며, 일생을 도모함은 부지런함에 있다는 말씀과 소년은 쉬 늙으나 배움은 이루기가 어려움이니 어찌 순간의 짧은 시간인들 헛되이 보낼 수 있겠는가. 아무것도 없는 땅에 풀들이 꿈처럼 돋아나더니 어느새 섬

돌 아래는 오동잎이 뒹구는구나.

먼 소싯적에 익힌 글이나 반백의 세월도 훌쩍 넘은 나이에도 설지 않는 글로 다가와 이 아침에도 스스로 알아차리게 꾸짖으니 새삼 글이 살아있음을 알게 한다.

밖으로 나와 뒤뜰로 오르며 주위를 둘러보니 운무에 가려 보일 듯 말 듯한 산들의 자태가 눈에 잡히고 옛날 같으면 나루에 뱃사공의 도움으로 강을 건너던 나루 위에 놓인 다리 위에는 하루를 시작하는 발길과 차량들이 분주히 오간다. 발밑에서 뭔가 움직인다 싶어 깜짝 놀라는데 잠자던 까투리란 놈도 놀랐는지 뛰어 달아나고, 장끼도 덜 깬 잠으로 그 뒤를 따라 날갯짓으로 멀리 날아간다. "허허, 이놈들아!" 하며 뒷산에서 내려오는데, 이것이 산에 묻혀 살아가는 사람만이 느끼는 여유가 아닌가 싶다.

🪶 가축을 키우다 빚만 잔뜩 지고

아침공양을 마치고 자리를 일어서는데 마당으로 차 한 대가 들어와 멈추더니 ○ 여사님과 친구인 듯한 여인이 차에서 내리신다, 손에는 사가지고 온 듯한 초와 향이 들려져있는데, 합장을 하시고는 법당으로 발길을 돌리신다. ○ 여사님이라기보다는 형수님이라고 해야 더 어울리겠지만 그간 ○ 여사님으로 부르게 되었는데, 그것도 세월이 가니 익숙해지는 듯하다.

세월도 변하고 사람의 살아가는 행태도 변하니 변한 세월이 짓거리를 함이 아니겠는가. '언제쯤인가?' 하는 생각을 하며 부딪쳤던 인연을 되돌아보면 종태 형과 ○ 여사가 가축을 키워서 살아보려고 산속에 움막 같은 집을 짓고 가축들과 고생을 하며 몇 해인가를 지냈었는데, 치솟는 사료 값과 그 지역의 물이 키우는 동물들과 안 맞아서인지 병이 자주 돌아서 재미는 고사하고 남에게 빌려서 쓴 돈만 고스라니 빚으로 떠안고, 가축을 키우는 일도 정리를 하게 되었다.

'무슨 일을 해야 할까' 하며 궁리를 하던 차에 그래도 그 지역에서 터 잡고 오랜 세월을 대대로 살아왔기에 한창 경기가 좋게 돌아가던 '부동산 소개업을 하면 어떨까' 하는 생각을 하며 준비를 하였단다. 그러나 어느 일이나 사업이나 움직이면 돈이 들어가게 되어 있으니 당시 갖고 있거나 마련할 수 있는 자금이 넉넉지가 않아서 어찌해야 하나 하는 걱정을 하던 참이었다. 그런데 이들 사정을 잘 아는 어느 친지 분이 "내가 갖고 있는 돈이 있는데, 나도 혼자서 부동산업을 하려고 했으나 선뜻 용기가 나지는 않는다. 그러니 함께 동업으로 하자"고 해서 부동산 소개업을 시작하게 되었다. 예상했던 것보다도 부동산 소개업은 잘되었다.

봄이 지나면서 부동산업을 시작했는데 여름이 지나가면서 우연한 일로 종태 형의 사무실을 찾게 되었다. 종태 형은 도사 동생이 오셨다고 반가워하며 이야기를 나누게 되었다. 가축을 키우는 일보다는 사람들을 상대로 하는 일이라 예측불허의 이런저런 일들은 많지만, 그런대로 재미가 있다고 하신다.

얘기를 나누다가 신상을 물어보니 종태 형의 천간은 辛(신), 癸(계), 乙(을)일이고, 여사님은 辛(신), 庚(경), 壬(임)일이었다.

수놈이 껍데기만 젊어지고 어린 암놈의 짓거리를 일삼고 있으며, 여자가 암놈의 시기를 살아가고는 있어도 늙은 암놈이라 힘이 없이 끌려 다닐 것이 아닌가.

종태 형은 건너편에 짓고 있는 건물을 가리키며 "저 건물이 완공되면 저곳으로 사무실을 단독으로 얻어서 옮겨가려고 하는데, 방향이나 사업의 운세가 궁금하다"고 하며 "사무실을 얻으려면 살고 있는 집을 세를 주고 태재 너머에 있는 옛집으로 이사를 가야 할 것 같다"고 하신다. 그래서 나는 "사무실을 새로 얻는 것도, 살고 있는 집을 세를 놓는 것도 다 좋은 일이나, 태재 너머의 집으로는 이사를 안 가는 것이 좋을 것 같다"고 얘기를 하며 "이사를 간다고 해도 그곳에서는 얼마 지낼 수가 없어서 다시 나오게 될 텐데 손발수고하고 머리 골치 안 아프시려면 시골집으로는 절대로 이사를 가지 말고, 사무실의 부근에서 살 집을 구하는 것이 나을 것"이라고 일러주었다. 하지만 종태 형은 가지고 있는 자금보다 무리를 하여 큰 사무실을 단독으로 얻어야 하기 때문에 자금에 여유가 없어 어찌할 수가 없다고 하신다.

그나저나 사업장을 옮겨가는 것이니 옮기더라도 사업이 잘 되어야 하기에 방향을 보고 난 후, 터를 다루는 글을 써서 일러주고 집으로 돌아왔다.

　자연의 위대한 힘에 비하면 사람들은 언제고 보잘것없는 나약한 존재이기에 어디엔가 기대고 의지하는 곳을 사람들 스스로가 찾아왔으며, 神(신)들도 사람의 힘없고 나약함에 의지하기 위한 방편으로 만들어지고 모셔지고 찾게 되었다.

　우리네들이 터 잡고 사는 이 땅의 어느 곳인들 신들이 존재하지 않는 곳이 없으니 대문을 들어설라치면 기둥 신을 만나고, 마루에 올라서려면 토방신을 만나고, 대청마루엔 마루신이 있고, 방에 들어서면 방구들 신이 있고, 부엌에는 부뚜막의 조왕신이 있고, 마당엔 터 신이 자리하고, 정한수 떠놓고 기도하는 장독대엔 독대신이 있다. 그리고 측간 창고 옆 뜰 앞밭에도 신이 있고, 산에는 산신이, 나무에는 나무의 신이, 하늘에는 하늘의 신인 별들의 칠성신과 삼태육성의 신이 있으며, 바람의 신과 구름의 신, 쇠의 신, 흙의 신, 물의 신, 空(공)의 신, 色(색)의 신 등, 인간들이 살아가는 어디라도 함께 자리하며 자리를 지키고 있다.

　이처럼 많은 신들은 누가 가져다 준 것도 아니고, 이 땅에 사는 우리네들이 만들어서 모시고 기도하는 것으로, 우리네들의 의지처가 아닌가 싶다. 어느 것 하나 버릴 수도 없고, 어느 것 하나 소홀히 대할 수도 없으며, 어느 것 하나라도 항상 사람들과 함께하기에 생각에서조차도 떨어질 수가 없는 것은, 그 속에서 나고 자라며 생활을 함께하기 때문이리라.

신들을 모시고, 신을 의지하고, 신에게 기도하며 무엇을 청함에 있어서도 시대의 변천에 따라서 다소 모양이나 형태는 조금씩 다르더라도 어느 형식이나 틀을 만들어 모시게 되어 있다. 그리고 제단이 준비가 되어 있으며, 시대에 따라 변하면서 때때에 바치는 제물도 정하여 올릴 수 있는 것과 올려서 안 되는 것이 정하여지니 그 정성을 소홀히 할 수가 없으리라.

신에게 기도를 하거나 조상의 상에 올리는 제물을 보면 지역에 따라서도 다소 다르고, 가문에 따라서도 달라진다. 올리는 제물들 또한 여러 가지로 다른 것을 볼 수가 있는데, 이 땅의 누구라도 달라지지가 않고 공통적으로 올리는 제수용품이 있으니 과일 중에서의 棗(조), 栗(율), 柿(시), 梨(이)이다. 왜 이 땅의 조상님네들이나 선대의 어른들은 대추, 밤, 감, 배를 제물로 빼지 않고 꼭 올렸을까? 올려놓고 대체 무슨 기도를 하셨던가? 한번쯤은 되짚어 생각을 해봐야 하질 않겠는가.

글을 써서 송사 문제를 해결하다

무슨 일이 있어야 만나게 되고 서로 연락이 없으면 잘 지내고 있으려니 하며 지내는 것이 우리네들이 아닌가. 언젠가 종태 형이 시간이 있으면 한번 다녀가라는 연락이 왔다. 작년에 개업 인사차 다녀왔으니 거의 일 년이 다 되어 가는데, 조금 미안한 생각이 들어 시간을 내어 찾아가보았다.

사무실을 찾아서 들어가보니 여사님만 계신데, 형님의 연락을 받고 만사를 제쳐두고 한달음에 왔다고 했더니 형은 손님과 한께 일을 보러나가셨는데 조금 있으면 들어오실 거라 한다. 그러면서 여사님은 그나저나 어쩌면 그리 신통하게 얘기를 해줄 수가 있느냐며 입을 여신다.

"작년에 사무실을 얻을 때에는 가지고 있는 돈이 적어서 살던 집까지 세를 놓아서 겨우 사무실은 얻었어요. 살집은 돈이 없어서 돈을 아낄 요량으로 예전에 살던 시골집으로 이사를 갔지요. 처음에 개업했던 사무실은 아시는 분과 둘이서 동업으로 하였으나, 지금의 사무실은 단독으로 사무실을 얻어서 일을 하기 때문인지 자유스럽고 주위의 아시는 분들이 찾아오셔서 도움도 주셔서 이럭저럭 잘 지냅니다. 그런데 이곳으로 이사를 하고 석 달이 지나면서부터는 묘하게 고소고발 사건이 생기더니 그 후로 올해 오월까지 고소고발, 약속불이행 등의 민·형사 사건이 스물세 건이나 겹치게 되어 오죽하면 담당 형사들이 이곳으로 출근해서 이곳에서 퇴근을 할 정도입니다. 그래서 형사들이 여기다 파출소 하나를 만들자고까지 하십니다. 대체 무슨 조화인지 모르겠어요. 하도 이상하고 해서 작년에 스님이 일러준 말도 있고, 흉한 일만 자꾸 생기고 하여 지난달에 무리해서 시골의 집에서 이 근처의 가까운 곳으로 이사를 하였죠. 그래서인지 그 뒤로는 사건이 늘어나지는 않았고, 고소고발 건 중 일

곱 건에 대해서는 무혐의로 종결되었어요. 현재는 열여섯 건이 진행 중이고요."

고소고발 사건이란 누군가가 상대와 어떤 일을 함에 있어 그 당시에 약속으로 정하여 기간이 지나면 약속을 이행하겠다는 것인데, 시간이 지나도 약속이 지켜지지 않아서 생기는 일이다. 약속이행을 한다면 서로에게 아무 일이 없을 터. 그러나 먼저 번에 함께 동업을 하던 동업자와 동업의 관계가 해소되어 그 사무실을 단독으로 사용하게 됐다면, 그동안 사무실에서 이루어졌던 일들까지도 승계하여 처리를 하면 될 것이다. 하지만 당시 동업자는 자금으로 한몫을 댄 입장이고, 모든 계약의 실행자는 종태 형이기에 동업자가 등을 돌리고 종태 형에게 가서 해결하라고 하여 송사문제로까지 번진 것 같았다. 동업을 하다가 서로 단독으로 사무실을 내면서 생긴 일이니 무슨 혐의가 있는 일들은 아니기에 번거롭고 고통스럽더라도 조용히 일을 처리하는 것 같았다.

그때에 종태 형이 손님과 어디를 다녀오셨는지 얘기를 하며 사무실로 들어서시다가 나를 보고는 "아이구, 도사 아우님께서 어려운 걸음을 해주셨다"며 반가워하시며 손님을 보내고 함께 이야기를 나누었다.

그동안 지내온 생활의 얘기야 천천히 듣자며 "궁금한 것이 있는데, 지금 겪고 있는 일련의 일들을 어떻게 알고 작년에 미리 얘기를 해주었느냐?"는 것이다.

사람의 움직임은 氣(기)의 움직임이며, 기는 우리네가 섭취하여 먹는 음식물에서 나오고, 우리네 몸의 모든 기관은 머리, 즉 뇌를 보호하는 일을 하고 있으니 머리에서 모든 사람의 행정이 이루어지기 때문이다.

氣(기)는 천기, 지기, 인기가 있다. 천기는 하늘에서 정해진 기운이며, 지기는 땅에서 품고 있는 고유의 기운을 말하며, 인기는 사람마다 자신이 짊어지고 나온 기운을 말하는 것이다.

사람의 운세를 가늠하는 것은 여러 가지의 것들이 있을 수가 있는데, 그 중에 머리를 어느 곳에 두느냐, 즉 잠을 자는 곳의 방향이 중요하며, 생활하고 있는 집의 향과 잠자리 방위를 말하는 것이다.

당시에 살던 곳에서 새로 얻은 사무실과 태재 너머의 시골집과의 방향을 보면 서북 간방에 속한다. 두 분이 앉아있는 자리가 형은 辛(신), 癸(계), 丁(정)이고, 여사님은 辛(신), 庚(경) 壬(임)이니 계절의 나이로 보면 일주가 일을 하는 때이다. 그러니 일주 천간으로 보면 丁(정)과 壬(임)이니 정은 불이요, 火(화)이고, 임은 물이요, 水(수)이다. 그러나 둘이 합을 이뤄 전혀 관계가 없을 듯한 나무요, 木(목)을 만들고 있으나, 그래도 두 분의 기운이나 어떤 운세라도 木(목)을 중심으로 봐야 한다. 서북간으로 이사를 간다 함은 나무가 서쪽의 金(금)의 밑으로 기어들어가고, 그곳에서도 점점 추워지는 북쪽의 凍土(동토)로 들어가는 꼴이 되니 어찌 나무가 무사하길 바랄 것인가. 특히 서북 간방은 귀신들이 드나드는 귀신 방이라 하질 않던

가. 얘기를 해달라고 하여 얘기는 해주었으나, 어찌 알아듣기나 하였겠는가. 나 혼자 중얼거림만 못한 짓거리를 하였다 싶다.

종태 형이 그래도 이곳 사무실은 그때 글을 써주어서인지 잘 풀려 나가고 있으나, 엉클어진 송사문제가 걱정이라고 한다. 그래서 "누구에게 일부러 손해를 입히려는 짓거리를 하지 않은 것이라면 무슨 걱정이 있겠어요" 하니, 추호도 그런 일은 없다고 하신다. 지금의 복잡하고 헝클어진 모든 일들은 회도원 청의 글이면 잘 마무리할 거라 말해주고 글을 써서 주니 고마워하신다.

가까운 시일 내에 할 얘기가 있을 것이니 연락을 하면 내려와 달라고 하시기에, '무슨 일일까' 하는 생각을 하며 약속을 하고 집으로 올라왔다.

제사상에 棗(조), 栗(율), 柿(시), 梨(이)를 올리는 이유

오늘날이나 먼 과거의 날이나 부모가 자식을 사랑함은 변함이 없을 것이다. 내 자식이 공부를 잘하여 좋은 자리 꿰차면 본인도 영달을 누리지만 가문에도 영광을 안기는, 그런 자식 하나라도 만들어달라고 이 땅의 부모들은 얼마나 기도하고 간청을 하였는가.

하늘이나 알고, 땅이나 알고, 조상님들이나 알고 있지 자식 놈들이 어찌 알기나 하겠는가.

어떤 이름이라도 걸어놓고 기도라도 할라치면 부모들은 엄동설한의 쌓인 눈길도, 혹한의 추위도, 험한 산길도 자신의 고생은 염두에도 없이 촛불이라도 켜놓고 간절한 마음으로 기도를 하였다. 여의치가 않으면 집안에서도 부뚜막이나 장독대, 집안이 여의치가 않으면 밖의 어디라도 淨(정)한 곳을 잡아서 머리를 숙여 기도하였으니 누구를 위한 기도였는가 말이다. 그것이 자신들을 위한 기도였는가? 물론 궁극에는 자신을 위해서 하는 기도이겠으나, 그 속의 애절하고 간절한 마음은 자손들을 위함이니 부모 된 자들의 마음을 자식 된 놈들이 헤아리기나 하겠는가.

기도하며 제단에 올리는 제수용품도 기도의 제목이나 때마다 다르게 차리니 어느 제목의 기도이든 이 땅의 부모들이 빼지 않고 올리는 제수용 과일이 있으니 그것이 棗(조), 栗(율), 柿(시), 梨(이)가 아닌가.

지역이나 계절에 따라서 특정한 과일도 그때그때에 올리겠지만, 조, 율, 시, 이를 올리는 데에는 부모들의 속 깊은 바람이 숨어 있으니 현재에 하고 있는 짓거리를 보면 미래에 할 짓거리를 알 수가 있겠고, 과거에 하던 짓거리를 지금까지 이어옴을 안다면 과거, 현재, 미래의 삼세가 함께함을 알 수가 있으리라.

지난 세기에 이 땅을 지배하던 왕조의 관료체제를 보면 왕을 정점으로 삼정승, 육판서가 왕을 보좌하고 땅을 팔도로 나누었으니 팔도에 수장으로 도지사를 두고 통치했음을 알 수가 있다.

조, 율, 시, 이를 상에 올리고 기도하고 염원을 드리는 것은 이왕조의 관료체제와 연관이 있다. 부모들은 왕의 씨가 따로 없음이니 대추씨처럼 단단한 자식 놈 얻기를 바라고 일인지하 만인지상인 정승자리를 바라며 밤 세 톨을 놓고 빌었으며, 감의 배를 갈라보면 씨가 여섯이니 육조를 뜻함으로 여겨 감을 올리고 기도하였다.

배도 씨가 여덟이니 팔도의 도지사를 뜻함으로 알고 상에 올려놓고 기도를 했으니 이 땅에서 나는 과일이요, 계절이 익힌 과일들이니 내 새끼들 어딜 간들 익은 짓거리하여 잘되기를 바라는 것이 아니었는가.

눈에 보이는 벼슬이니 현실의 꿈이 되겠지만, 일반적인 다수의 백성들이나 부모들에게는 신분 중심의 사회였기에 언감생심 기회조차도 없는 실정을 감안한다면 조, 율, 시, 이를 놓고 기도하는 속마음은 따로 있었음을 알 수가 있으니 그것도 내친김에 알아봐야 하질 않겠나.

🖋 어렵게 지냈던 엊그제의 일을 망각하고서

서로 알고 지낸다는 건 때때로 스스럼없이 부딪히며 만난다는 것이 아닐까. 종태 형과도 그렇게 이삼 년의 세월이 흐르니 복잡하여 이리 얽히고 저리 얽혀서 어디서부터 잘못된 건지도 모르겠다며 정신없어 하던 때가 지나고, 모든 것이 고의가 아닌 점이 인정되어 나머지 송사가 무혐의 처분을 받고 정리가 되었다. 그리고 그 고생으로 부동산 공부는 제대로 한 격이 되었으며, 그런 일들을 치르고 나면서부터는 왠지 일들이 밀려 들어와 눈코 뜰 새 없이 바빠지고, 바쁜 만큼 수입도 나아졌단다. 가축을 키워서 살아보겠다고 열심히 일을 하였으나, 사료 값이 오르고, 가축이 병이 들어 죽어나가고, 수입이 없어 망하여 어렵게 지내던 때가 엊그제의 일이었는데 옛일이 되었다. 부동산업으로 전환한 종태 형은 돈도 많이 벌고, 소득도 나아지니 생활의 씀씀이도 커지는 것을 볼 수가 있었다.

가을도 익어 추워지는 겨울을 눈앞에 둔 어느 날인가, 여사님으로부터 전화가 걸려왔다. 집을 사서 수리를 하는데 한번 오셔서 자리를 잘 잡은 집인지를 봐달라는 것이었다.

내려가면서 들은 대로 추측을 해보면 단독주택이나 별장형의 집이라 생각했는데, 여사님을 만나 안내되어 간 곳은 고급아파트였으니 미리 짐작한 추측은 빗나갔다.

집에 들어서보니 내부를 수리하고 있었는데, 여기저기를 뜯어서 일을 하고 있어서인지, 아니면 집이 너무 커서 이 구석, 저 구석을 둘러보면서도 정신이 없었다.

밖으로 나와 여사님이 어떠냐고 묻는데, 묘한 것은 그 집의 마루에서나 안방에서 출입구의 문 쪽을 보면 서북간의 방향이 되는 구조였다. 그런 집에 살면 집안의 가족들끼리도 서로 믿지를 못하니 묘한 일들, 꼭 귀신의 장난 같은 일들이 일어나게 됨을 누누이 보아왔으나, 집을 사서 수리를 대대적으로 하고 있는 사람에게 무슨 말을 하겠는가.

간단한 글을 써서 주며 일이 년 정도는 살 수가 있겠으나, 그 이후에는 다른 곳으로 이사를 가시게 될 거라고 말을 해주고 헤어졌다.

人間(인간)이란 글의 뜻을 안다면…

그 후로 종태 형은 그동안 번 돈을 경상도 어디인가에 땅을 넓게 장만하여 그곳으로 이사를 갔는데, 그 이후에 여러 해 동안 소식이 없다가 ○ 여사님이 찾아온 것이다.

법당을 나와 객실의 방으로 들어서시는데 예전의 밝은 얼굴은 어딜 갔는지 보이질 않고, 뭔가 수심이 가득하다. 생활이 부유해지면 다들 얼굴의 빛깔이 좋은데 밝은 얼굴이 아닌 걸 보면 뭔가 고통을 안고 있음이리라.

자리에 앉으시며 같이 오신 분은 지금 조그만 매장을 갖고 사업을 하시는데, 직종을 바꾸어서 다른 일을 했으면 하는 생각에 고민을 하다가 ○ 여사님이 소개를 하시어 함께 찾아오게 된 거라며, 무슨 업종의 일을 했으면 좋을 것인가를 물어 오신다. 업종을 바꾸지 말고 지금하시는 일에 돈이 들어 있으니 큰 걸 생각하면 지금 하고 있는 일이 작아 보이겠지만, 자신의 밥그릇이니 버리면 안 된다고 일러주었다. 그러나 이미 쏟고 있음이니 이 일을 어찌할까. 각각의 계절에 담을 수 있는 것도 한정되어 있고, 무엇을 담느냐 하는 것도 자기의 정해진 밥그릇이 있다.

방앗간을 하여 곡식을 불로 익혀서 찌고 버무리던 사람이 이젠 먹고살 만하니 깨끗한 호프집이나 하라고 주위에서 말들을 하여 그 말을 듣고 가게까지 계약을 하고 와서 물어보겠다고 하니, 손해는 불 보듯 뻔한데 어찌하면 좋을까 걱정이 앞선다.

종태 형의 나이를 계절로 치면 가을이 익은 때이니 丁(정)화의 젊은 노루가 가을이 익어감에 지난여름의 계절에 비축한 힘으로 무리의 왕자가 되어 암놈들을 많이 차지하려고 수놈들끼리의 한판 싸움을 준비하는 때이며, 이곳저곳의 암놈들에게 힘자랑을 하며 다니는 때임을 알겠다.

○ 여사님은 나이의 계절로 보면 壬(임)수의 물이며, 방향은 북쪽이 아니던가. 나이 먹은 제비가 계절이 바뀌어 날씨가 점점 추워지고 있으니 먹고 살아나가는 것이 문제이다. 그래서 따뜻한 온기가 필요한데, 날은 점점 추워지고 있으니 추위를 이기는 것이 무엇인지 더불어 변하는 계절을 알고 계절의 짓거리도 알아봐야겠다.

기도하는 마음이나 비는 마음이나, 그 마음은 겸손하고 자신을 낮추며 자연을 받아들이는 순수한 마음이니 어디에서건 장소에도 구애받지 않고 부뚜막의 조왕이든, 성주든, 성황당이든, 사찰이든, 기도처이든, 빌고 빌며 기도했으니 나와 내 자식들 위하고 나를 있게 해주신 조상님들에게도 함께 비는 마음이다. 그러니 어디든 못 갈 곳이 없고, 통하지 않는 것이 없으며, 어느 일이건 못 이룰 일이 없음이니 빌고 빌며 기도하는 마음은 하늘이나 땅에서나 감응함을 알아야 할 것이다.

어린아이가 태어나 성장하면서 또래의 아이들과 어울리면서부터 집안에서의 생활과는 거의 상관없이 바깥에서의 사회생활을 익히고 점점 더 크면서, 크면 크는 대로의 사회생활을 하게 되며, 성인이 되어서도 사회생활을 꾸준히 익히고 배울 것이다. 그러나 사회생활을 함에 있어 근간이 있다면 인간적인 사회생활이어야 한다는 점이다.

인간적인 사회생활이나 인간적인 관계를 얘기하려면 어느 누구라도 '이것이다'라고 말할 수가 없음이니 인간관계나 사회생활의 복잡함과 각각의 다양함이 아닌가 싶다.

人間(인간)이란 글을 풀어보면 人(인)자는 사람을 뜻하며, 두 사람이 등을 맞대고 있는 형상의 글이니 사람들은 서로 등을 맞대듯 의지하고 살아가게 되어 있다는 뜻이다. 뒤쪽은 등을 맞대고 사는 이웃이나 주위의 사람들이 살펴주고 버티어주니 앞을 보며 열심히 살라고 하여 만들어진 字(자)인데, 개인주의와 이기주의가 팽배한 요즘에 이르러서는 부끄럽고 대하기가 껄끄러울 때를 접하게 될 때가 많으니 보이지 않는 곳에서 남의 험을 본다든가, 욕을 하는 건 애교가 되어버렸다. 그리고 약속을 하고서도 지킬 생각은 아니하고 오히려 엉뚱하게 남의 뒤통수를 치는 행위를 한다든가, 잘못을 하고서도 적반하장 격으로 들이댄다든가 하는 덜 익은 짓거리들을 많이 보게 되는데, 人(인)字(자)는 태어나서 하는 일이란 항상함이 없이 등을 맞댄 사람을 나타내고 뜻함을 알아야 하겠다.

間(간)자를 풀어보면 門(문)틈 사이로 日(일), 즉 해가 들어와 비침을 나타내고 있으니 어두울 때에는 어느 쪽인지 모르다가 해가 떠올라 비치니 동서남북과 그 사이의 간방인 동남, 동북, 서남, 서북의 방향을 명확히 구별지을 수가 있음을 뜻하는 字(자)이다. 間(간)자의 뜻이 담고 있는 사이를 들여다보면 인간들의 무궁한 변화나 무궁한 다양성을 맛볼 수가 있을 것이다.

무엇과 무엇이 자체로 존재할 때에는 그 어떤 일도 일어나거나 벌어지지가 않을 것이다. 그러나 무엇과 무엇이 무엇을 도모한다면 그사이에 間(간)이 존재하고, 間(간)이 일을 한다면, 즉 나와 너의 사이에 그냥 보고만 있다면 보는 것이나 생각에만 머물게 되지만, 몸을 움직여 함께 교제를 하거나 사업을 하거나 함께 무엇이든 하게 되면 사람이기에 인간적인 관계가 형성이 되며, 그것으로 인하여 일어나는 어떤 일들도 인간적인 관계를 우선으로 하여야 함도 알아야 하겠다.

자연이 익힌 이 땅의 과일들인 밤, 대추, 감, 배를 제단에 올려놓고 부모 된 자들이 기도하는 것은 내 새끼들 어디 가나 평안하고 잘살기를 바라는 것이며, 동서남북의 정방향이나 동남, 동북, 서남, 서북의 間(간)방에 가서 터 잡고 살더라도 아무 탈 없이 잘살게 해주시라고 부탁을 하면서 밤, 대추, 감, 배를 상에 올려놓고 기도하는 것이다.

어느 일이건 항상 사이에서 문제가 생기고 사이에서 틈이 생겨 좋던 사이도 미워하게 되고 반목을 한다. 그리하여 때로는 서로 돌아서게 되는 것을 알아서 항상 사람 만나는 인간적인 관계의 사이를 유지하고 서로 등을 맡겨주었기에 서로 의지하며, 서로 익은 짓거리를 하여 서로가 맛대가리 있는 인간이 되어야 할 것이다.

"스님, 난 맛대가리가 없는 사람이라는 소리를 듣더라도 돈이나 많이 벌었으면 좋겠어요?"

어? 넌 누구야? 그래 담아봐!

21. 앞집 강아지, 뒷집 강아지

입추가 지났는데도 三伏(삼복)의 더위가 기승을 부리며 요 며칠 날씨가 무덥다. 오늘은 그동안의 더위를 몰고 갈 양인지, 하늘이 빗장을 풀어놓았는지 서쪽하늘에서 먹장구름이 일더니 금세 어두워지며 마른하늘에 천둥과 번개가 일어 내리친다. 녀석들, 뭔가 급한 일이 있는가. 여기서 번쩍 저기서 번쩍, 여기서도 돌을 구르고 저기서도 돌을 구르고, 한참을 구르고 끌고 다니다가 어딘가에다 쏟아놓는다. 우르르 쾅 콰콰쾅! 어디엔가 급하게 할 일이 있나보다. 조금씩 가늘게 내리던 빗발이 굵어지며 양도 제법 많아지는데도 천둥, 번개 이놈들은 짓거리를 멈추질 않는다. 방학을 맞아 제 할 일인 공부도 잊고 신나게 놀던 아이가 방학이 끝날 즈음에 숙제를 제대로 해가질 않으면 선생님께 꾸중들을 것이 무서워서 한꺼번에 몰아쳐서 숙제를 하는 아이들처럼, 오늘은 밀린 것까지 몰아서 일을 하려는지 제법 큰 소리로 오랜 시간을 쿵쾅거리며 일을 많이 하고 있다.

자연이 하는 일은 때때에 일을 하며, 일을 한다는 것은 모든 것을 익게 함이니 이슬도, 비도, 천둥도, 번개도, 눈도, 바람도 때때의 계절들을 익히려는 몸짓임을 알아야겠다.

한두어 식경을 때리고, 굴리고, 퍼붓더니 할 일을 다 했는지 잠잠해지며 비도 그친다.

비가 온 덕분에 대지의 열기가 식어 시원하고 상쾌해지니 발이 몸뚱이를 끌고 문밖으로 끌어내어 밖으로 나섰는데, 언제 보았는지 아랫마을에 살면서 식당을 운영하는 공씨가 다가온다.

"스님, 오늘 장사는 비가 와서 망쳤어요. 그래도 천둥, 번개가 근래에 볼 수 없이 오랫동안 정신없이 쳐대기에 신바람이 날 만큼이나 기분이 좋았네요. 아마 오늘 천둥, 번개 칠 때 인두겁 쓰고 살면서 못된 짓거리하며 사는 놈들은 오금이 저리고 뒤통수가 땡기지나 않았나 모르겠네요. 더러 그런 놈들도 있겠지요?"

공씨는 혼잣말처럼 하고는 윗논에 물꼬를 보러간다며 올라간다. (더러가 아니라 많지요.)

지금 하던 일을 바꿔보겠다는 친구 종필이

밖을 나서보니 언제 날씨가 궂었냐 싶게 맑은 하늘을 보며 잠깐 생각을 놓았었나보다. 집안에서 사람의 발길을 부르는 전화가 소리가 들려 한달음에 뛰어 들어와 전화를 받아보니 오래전에 귀에 익었던 목소리가 들려온다. "나 종필인데 아는지 모르겠다"며 조심스레 묻는다. "무슨 소리야, 알지. 벗이 벗을 몰라볼 수가 있나. 그런데 어떻게 알고 전화를 하냐?"고 물으니, 친구인 기영이가 알려주어서 연락을 하는 거란다. 그래서 "기영이는 잘 지내냐?"고 하니, 같이 일을 하고 있단다. "어머니는 건강이 어떠하시냐?"고 묻는데, 종필이가 대답에 앞서 가슴이 뭉클해지나 보다. 다시 "자당어른은 잘 계시냐?"고 하니, 나이는 드셨어도 건강하게 잘 지내신단다.

이것저것 안부를 주고받고 언제고 근간에 시간을 내서 찾아오겠다면서 통화를 맺고 '언젠가?' 하고 생각을 뒤집어보니 십년도 한참이나 넘어가버린 세월이 흘러갔음을 알 수가 있었다.

사람들 북적대는 도회지 한편의 구석에서 언젠지도 모르고 어깨를 맞대며 살아온 날들이 손가락을 몇 바퀴나 돌려야 할지도 모를 날들을 함께 어울려 지내다가 돌이켜보니 언젠지는 모르겠지만, 각자의 씨가 있고 계절의 농사가 있어 제각각의 농사를 짓다보니 무심함인가, 바빠서인가, 세월의 무상함인가.

우리의 어머니들은 자식 키우는 어미로서 내 새끼나 남의 새끼나 구별하지도 않으시고 어려운 생활 속에서도 애잔한 사랑으로 거두셨는데, 자당어른이 살아계신다고 하니 찾아가서 뵈어야 할 것 같다.

엊그제 같은 기억을 더듬어 내려가 보니 삼십 중반이 넘어갈 때, 자연의 계절로 말한다면 여름이 지나가고 가을이 오는 환절기쯤의 어느 날인가 보다. 종필이가 운영하고 있는 상가의 점포에 들러 다른 날들처럼 이런저런 얘기를 하던 중에 요즈음 국가에서 발표하는 발전계획 같은 걸 들어보면 서해안 쪽이 낙후되어 있어 국토를 균형 발전시키기 위해 그쪽이 좋아질 거라며 꺼낸 말이다. 서울에서 목포까지 서해안고속도로도 만들고, 향후 중국과의 교역문제를 보더라도 수출입의 물동량이 늘어날 것이며, 그것을 대비하여 서해안을 중심으로 그 주변의 도시들을 발전시키겠는 발표들을 꾸준히 내놓는 걸 보면 서해안 쪽의 발전이 아무래도 **빠를** 거라는 말이다. 특히 인천을 중심으로 부평, 부천, 김포, 안산, 발안, 평택 쪽이 정부에서 발전시키겠다는 도시들인데, 그 중 특정지역을 지정하여 제한적인 규제를 풀고 특혜를 주거나 인적, 물적 세제 지원을 한다는 것이다. 그러면서 종필이는 그쪽의 어디라도 이사를 가서 건설 분야의 일을 하고 싶다고 말을 하고는, 내 의중을 묻는다.

"야! 종필아, 송충이는 솔잎을 먹어야 살 수 있듯이 지금껏 몸으로 하는 힘든 일은 해보지도 않고 귀금속 등의 보석 세공을 하며 지내던 사람이 가능하겠냐? 말이 건설이요, 건축이지 노가다가 아니냐? 오죽했으면 노가다라고 하겠냐. 가다 틀 모형 형식이 없다는 얘긴데, 노가다의 일이 힘들고 남들 보기에 천해 보여서가 아니라, 몸이 튼튼하다든지 막일이라도 해본 경험이 있는 사람이나 할 수 있지 아무나 할 수 있는 일은 아닌 것 같다. 그러니 그런 생각은 아예 하지도 말고, 지금 하고 있는 일에 더 신경을 쓰는 것이 좋겠다."

종필이 자신은 먹고 사는 문제만이라면 지금 하고 있는 직업도 과히 나쁘지는 않으나, 먼 미래를 내다보고 돈을 벌려면 국가에서 정책을 입안하고 시행하는 시기에 큰일이든 작은 일이든 동승을 해야 유리한 점이 많단다. 건축일이라는 것도 생각의 차이라고 보는데, 누구나 일을 한다는 것은 돈을 벌기 위한 것이니 일하는 인부들에게나 업자들에게 남들보다는 다소라도 후하게 주고 일을 시킨다면 일을 시키는 입장에서는 크게 문제가 없을 거라며, 다만 사업을 하려면 크든 적든 돈이 문제라는 얘기다.

그날은 그런저런 얘기를 하다가 헤어졌다.

자연의 짓거리는 하늘에서 정한 때가 되어야 그 일을 행한다

열매가 맺혀 익어간다고 해도 다 같이 익을 수는 없을 것이다. 수확을 한다고 해도 한결같지도 않을 것이며 크고 보기도 좋은 놈, 튼튼한 놈, 매끄러운 놈, 볼품없는 놈, 볼품도 없고 찌그러진 놈 등 지난 계절인 여름을 어떻게 지냈는가는 가을에 익은 열매를 보면 알 수가 있을 것이다. 실하고 튼튼한 열매를 바란다면 여름의 계절을 알고, 짓거리에 유의해야 한다.

해가 일을 하고 달이 일을 하여 온천지의 생물들이 자라고 커간다. 자연은 무한하고 무궁하기에 사람들의 한계적 두뇌로나 생각으로는 가늠하기조차 힘이 드는 어떤 것들이 많이 있을 것이다. 자연과 함께 동승하여 지내고, 살고 있으면서도 있는 듯, 없는 듯 생각 밖의 것들이 존재함을 알아야 하겠다.

동굴 속의 깊은 곳에서 우리네들의 생각이나 판단으로는 도저히 생물이라고는 살 수 없고, 존재조차도 알 수가 없는 극한의 곳에도 생물이 존재한다. 그 이상 더 극한의 곳에서도 생물이 生死(생사)를 잊고 살아가니 스스로 살아있다, 스스로 존재한다는 것조차도 알 수가 없고, 망각의 세월이기에 나이 또한 없음이라. 존재 자체도 알 수가 없으니 세상에 생겨나 존재하면서 누구나 갖는 그 흔한 이름조차도 없으나, 엄연히 자연과 함께 존재하고 있음을 알아야 한다.

여러 곳을 알아볼 수도 있겠지만 한곳을 더듬어 보면 땅 껍데기보다 두세 배의 자리를 깔고 있는 바다에도 어느 곳 어느 처에는 해의 양기나 달의 음기가 전혀 미치지가 않아 스스로 살았는지 죽었는지도 모르고 어찌 보면 세상 자체의 존재조차도 알 필요가 없이 지내는 생명체들이 있다. 이름이 없는 그들도 존재는 모르나, 자연의 어느 특정한 지역에 특정한 조건 하에서라도 자연과 함께 존재하며 살아가고 있는 것이다.

그들이 자연과 함께 살아가기는 하지만, 지하의 동굴이나 높은 산속의 동굴, 심해저의 골짜기이기에 어떻게 하려고 해도 해의 기운이나 달의 기운이 미치지를 못한다. 그렇다고 자연이 그들을 포기하겠는가. 자연은 그들에게도 살아있음을 알리고, 어느 생물에게나 똑같이 생겨나 자라고 꽃피워 열매 맺게 하듯 때를 알려주고 때에 따라 익어감도 알려주고 있는데, 해와 달을 대신하여 그 일을 맡아서 하고 있는 것이 바로 천둥과 벼락이라는 놈들이다.

번개란 놈은 자신이 일을 해야 하는 곳이나 해야 할 짓을 알고 있어서 심해이든, 동굴이든 빛의 각도와 굴절률, 반사되는 각도를 알아 어느 곳의 생물들에게도 빛을 전해주어 살아있음을 알려주는 일을 하고 있으며, 천둥은 구름수레에 돌이나 바위를 잔뜩 싣고 다니다가 자신이 일을 해야 할 곳에 이르러 짐을 부려놓는다. 우르르 쾅쾅, 쾨콰쾅 하며 어둠 속 생물들이 번개 빛에 놀라 스스로의 자각을 일으켜 살아있음을 인지하고 움직임을 일으킬 즈음에, 느닷없는 내리치는 뇌성소리를 듣고 서로 뭉치게 만든다. 해와 달의 양기나 음기가 없어도 어둠 속 깊은 곳에서도 그곳 생물들을 살아가게 하며, 번식을 하도록 자연의 조건을 만들어주고 있으니 천둥이나 번개도 맡은 제 일을 하고 있음이다.

벼락은 물 덩어리가 뭉쳐서 구름을 만들어 떠다니다가 서로 때가 되어 부딪쳐 물 덩어리에서 강한 전기를 만들어 동굴이나 지하생물들의 문을 만들어주고, 새로운 길을 만들거나 오래된 곳을 폐쇄시키는 일을 하고 있다.

자연의 짓거리는 모두 하늘에서 정해져서 때가 되어야 그 일을 행함이니 자연의 땅 껍데기에 줄긋고 사는 사람들도 하늘에 매어 있음을 알아야 하겠다.

성공하여 어려운 친구도 돕고…

세월을 살아가면서 친구요, 벗이 별다른 사이인가. 앞집 강아지, 뒷집 강아지, 옆집 강아지, 동네 강아지가 그냥 정한 바 없고 하는 바 없이 동네 어귀도 좋고, 골목도 좋고, 진흙바닥도, 때론 시궁창도 마다않고 그냥 좋아서 끼리끼리 동무하여 노는 사이이다. 때때로 부딪히고 부비며 놀고, 뒹굴며 지내는 사이가 아닌가 말이다.

가끔씩은 만나고 부딪히며 이런저런 얘기로 서로 목소리도 높여보고, 때론 엉뚱하고 철없는 얘기도 하고, 덜 익고 덜 떨어진 짓거리인 줄 알면서도 서로 우겨보고 자랑할 거리도 아니건만 속 뒤집히는 걸 보려고 억지소리로 한때를 보내기도 하는 것들이다. 그러면서도 시간이 지나면 언제 그랬냐며 속없이 만나는 맹물 같은 사이가 벗이며, 우리의 이웃이며, 친구이리라.

사람과 사람의 관계에서 가장 이상적이고 가장 좋은 사이가 어떤 관계인가 싶어 念頭(염두)를 굴려보니 만나면 할 말이 없는 사이가 아닌가 싶다. 말이 필요가 없음은 그냥 서로 존재 자체로도 대화가 가능하다는 것이리라.

벗이나 친구들은 자신과의 관계에서 보면 암놈이든, 수놈이든 서로 같은 계절을 살아가며 농사를 짓고, 열매를 거두어들이는 일까지도 서로 알고 도울 수가 있으니 어제오늘이 아닌 오랜 벗들은 서로에게 값을 매길 수가 없을 만큼의 값을 지닌 것임을 알아야겠다.

어느 날인가 종필이에게서 연락이 와서 찾아가보니 이사를 가게 되었단다. 그동안 자신이 작년에 얘기했던 서해안시대의 비전과 국가의 정책들의 실행을 지켜보니 믿을 만하게 진행되고, 인천을 중심으로 서해안 어디라도 지금 가서 투자를 하고 일을 시작한다 해도 손해는 없을 것이라 확신을 한다며 작년엔가 나와 얘기를 나누던 그때에 토지개발공사에서 택지를 개발하여 분양을 하는 땅 70평 정도를 할부로 샀다고 한다. 6개월 정도만 납입을 하면 그 후로는 그곳에다 집을 지을 수가 있게 되기에 그 부근으로 이사를 가야겠다고 하면서 못 믿어하는 내 눈치를 알았음인지 서랍을 열고 두꺼운 노트 한 권과 스크랩 파일의 뭉치를 내보인다.

그것은 6~7년 근간에 신문에서 수도권의 정비계획과 부동산, 국토개발계획, 정책을 입안하는 자들이나 학자들, 토지와 관련된 고위 공무원들이 기사화된 내용을 모아서 정리하고 나름대로 필기를 해놓은 것이었다. '아아! 이렇게 시간을 내어 준비를 하다니! 대단 하구나' 하는 생각 외엔 다른 말이 필요가 없었다. 그리고 작년엔가 그냥 지나가는 말이려니 하며 나누던 말들조차도 이미 준비하고 있었던 사람에게는 부질없는 얘기였다는 걸 알게 되었다.

그 후로 종필이는 인천의 부근으로 집을 옮겨가서 집을 짓고 파는 업자가 되었다. 가까이 붙어서 살던 사이도 떨어져서 살게 되니 언제부터인지 서로의 소식도 뜸해지고, 나마저 산속에 묻힌 생활을 하게 되면서 서로가 잊고 지나게 되었다. 그리고 무심한 세월은 강산이 변한다는 시간도 훨씬 흘러갔음을 알게 되었다.

어느 날인가, 전화 통화를 하고 오래지 않아서 종필이에게서 전화가 왔다. 도무지 어느 골짜기인지 모르겠다며 찾아가는 길을 알려 달라는 전화였다. 유원지를 지나 장승이 있는 골짜기를 찾아 들어서면 된다고 일러주었더니 얼마가 지나지 않아서 주차장 마당으로 덩치 큰 외제 리무진 차 한 대가 들어선다.

차에서 친구가 내리는데 반가운 마음이야 누구라고 덜하랴만, '야! 이 새끼야, 반갑다. 그래 어떻게 지냈어?' 하며 두 손바닥을 치며 어우러질 친구이건만, 두 손 합장하고 "오시느라 고생하셨네" 하니 얼떨결인지 그도 합장을 한다. 안마당으로 들어서고 방으로 들어서면서도 달라진 모습이나 뭔가의 짓거리가 달라졌음을 알아차렸는지 내내 조용하다.

찻물을 끓이고 차를 마시며 지난 세월의 틈새를 메우려고 이런저런 얘기가 오갔다. 계획을 세우고 준비한다는 것은 쉬운 일 같으나 어려운 일. 어느 누구라도 쉬운 일은 아닌데, 이사 가기 전에 내게 보여준 스크랩 파일에 신문을 오려서 붙이고 그것도 모자라 노트에다 꼼꼼히 정리를 한 걸 보고 친구의 성공을 확신할 수가 있었다. 그리고 노력하고 준비하는 자에겐 기회가 오게 되어 있고, 준비한

자는 기회가 오면 남들보다 준비한 만큼 많은 것을 담게 되어 있어서 "많이 담았냐?"고 물으니, 수긍을 하는 건지 웃음으로 답을 한다.

건축이라는 생소한 분야에 뛰어들어서 어려움도 많았지만 스스로 열심히 일을 하였고, 주변의 사람들이 따라주었기에 점점 일을 늘릴 수가 있었다고 한다. IMF 때에는 모두에게 주어진 똑같은 위기였지만 그동안 일반 주거 중심인 연립주택을 위주로 집을 짓고 분양을 하며 사업을 키웠으나, 연립주택보다는 큰 건축물인 상가를 지어보려고 자금을 쥐고 있던 터에 IMF가 터져서 좋은 상가 터들이 급매물로 나와 값을 매우 저렴하게 살 수 있었단다. 그때 이곳저곳의 상가 터를 사두었는데, 요즈음엔 그곳에다 상가건물을 짓고 있다고 한다.

종필이는 그러면서 상가건물은 덩치가 크기 때문에 수고를 많이 들이는데도 수고나 고생한 만큼의 재미가 없다고 말한다. 허긴 요즈음의 경기가 우리네들 살아가는 걸로 보면 다들 어렵다고들 하는데 건설경기인들 제 혼자 좋을 수는 없는 것이 아니겠는가. 그래도 준비하고 노력하여 제 계절에 씨를 알아 열매를 익히고, 익은 것만큼은 채워서 지니고 있으니 스스로도 살아가기에 당당할 것이며, 많은 사람에게도 귀감이 되지 않겠는가.

건물을 지으려면 어느 곳이나 허가를 받아야 하고 허가가 떨어져야 땅에 장비가 들어가서 터파기를 할 수가 있는데, 어느 곳에 건물을 짓든지 땅을 훼손하기 전에 일하는 동안에 일어날 수 있는 각종의 재해를 예방하고 직원들의 결속도 다질 겸해서 고사를 지내왔다고 한다. 그동안에는 현장소장이 담당하여 그 일을 해결하여 왔으나, 친구가 공부를 하신 스님이시니 언제고 시간을 내주었으면 좋겠다고 청을 하는 것이 아닌가.

안 해준다는 것도, 못 한다는 것도, 길이 다르다는 것도 얘기할 필요가 어디 있겠는가. "그래, 가지. 가서 터신에게 무사하게 아무 탈 없이 건물을 짓게 해주고, 건물 지어 재미도 보게 해달라고 기도해주지" 하며 약속을 하고, 친구와 부인의 신상을 물어 기록을 하며 보니 친구의 천간은 甲(갑)생, 丁(정)월, 辛(신)일생이었고, 부인은 丁(정)생, 壬(임)월, 丁(정)일생이었다.

어린 수놈이 세월을 보내면서 丁(정)과 辛(신)으로 나이가 세월만큼 점점 들어, 어려서 풋내 나는 과실이 익어 제철인 가을에는 매울만큼 열매가 익었으니 어찌 맛이 없겠는가. 천간의 字(자)는 누구나 한 계절에 한자를 짊어지고 나온다. 익어서 나오든, 설익어서 나오든, 새싹으로 나오든 조상이 정하고 부모가 만들어서 땅을 지고 나오는 것인데, 땅에서 받지 아니하고 조상이 정하지 않았다면 그 생명이 어찌 땅을 밟아나 보겠는가.

밖으로 나와서 집 주위를 둘러보니 자연의 경치 말고는 보이는 모든 것이 자신의 어린 시절같이 어려워 보인다는 종필이는 그동안 사업하면서 현실의 일이나 마음이 어려움에 처했을 때에는 가끔 조용한 절을 찾아 가서 스님들의 말씀으로 위안을 삼아 지낸 적도 있다면서, 그동안 자신이 만나본 스님들의 생활은 이렇게까지 어려워 보이지는 않았다고 말을 꺼낸다.

오랜 친구가 스님이 되었다니까 자신이 그동안 접하고 본 대로 밑그림을 그려놓았는데, 자신이 그려놓은 밑그림과는 차이가 난다는 얘기이리라.

"내가 듣기에는 고마운 말을 해주는 것 같아 친구가 고마웠다. 수행생활을 잘하고 있다고 말을 해주는 것 같아 이보다 더 이상의 고마운 말이 어디 있을까. 처음 와봐서 그렇게 보이는 것이며, 이곳의 생활이 얼마나 넉넉하고 풍요롭고 얼마나 편한 지는 처음 와서는 맛을 알 수가 없기 때문에 여러 번 다니다보면 자연히 알게 될 것이다. 그러니 있다, 없다는 생각에만 치우쳐서는 안 된다.

말을 해주어도 종필이는 고개를 가로 젓는다. 스님들의 수행생활이라는 것은 너무 넉넉해도 잘 할 수가 없고, 너무 어려워도 잘 할 수가 없는 것. 이곳의 생활은 그럭저럭 지낼 만하기에 수행자로서는 만족한 생활을 하고 있다고 해도 자신이 그려서 간직하고 있는 스님의 밑그림에 얽매여 있는 것 같았다.

자신이 그동안 많은 재물을 모아서 잘 지내고 있는 만큼, 수행생활을 하는 벗도 비슷하리라 생각했을 터. 그런데 정작 찾아와 보니 옛적의 기백이나 모습은 찾아 볼 수가 없고, 가난과 함께하고 있는 것이 눈에 보이니 '어찌해야 하나' 하는 안타까움이 앞서는 것이리라.

분명 계절은 같은 계절이라도 각각의 종자가 다르기에 봄에 싹을 틔워 키우나, 여름에 피는 꽃이 다르고 맺힌 열매 또한 다를 것이다. 그러니 가을에 농사 짓는 방법도, 다루는 농기구도 다를 것이고, 수확도 각각이 다른 것은 자명한 일이 아니겠는가.

얘기를 나누다가 기영이는 어떻게나 지내냐고 물어보았다. 기영이는 IMF가 터지면서 하던 일이 잘못되어 어렵다고 찾아왔기에, 서로가 어려운 때이니 어디서라도 일을 해야 한다면 나를 도와 달라고 했더니, 그때부터 현장과 사무실을 관리하는 직책을 주어 지금까지 함께 지내고 있단다.

글은 살아서 일을 하고 있고, 성명의 이름자도 각 계절의 때에 따라 일을 하고 있으니 종필이란 이름자의 弼(필)자는 도울 필, 거듭 필자가 아니던가.

기영이의 여식이 대학교를 다니는데 지급하는 급료와 상관없이 등록금도 지원해주고 있단다. 얼마나 은혜하고 아름다운 일인가. 만나면 봇물이 터지듯 많은 얘기들을 나눌 것 같아 밤도 모자랄 것 같았는데, 얼마만큼의 시간이 지나는 동안 얘기를 나누다보니 서로 정리가 되고 돌아간다고 하기에 밖으로 나섰다.

"차가 꽤나 무거워 보이는데 꼭 필요하냐?"

"내 생각에 차는 소비재요, 소모품이라고 생각을 하여 작년까지 국산 사륜차를 끌고 다녔는데, 업자들이나 직원들, 주위에서들 불편하다는 얘기가 터져 나오더라고. 은행에서나 사업상 어떤 일을 함에 있어서 만나는 사람들이 그 사람의 속내를 알 수가 없어서인지 무슨 차를 타고 다니는가를 우선적으로 보고 대하는 것을 알고 난 다음부터, 할 수없이 작년에 차를 바꿨지. 비싼 만큼 차는 좋은데 유지 관리에 어려움이 많아."

후일을 기약하며 친구를 보내고 돌아서면서도 훈훈한 사람 냄새를 주고가기에 고맙기 그지없다. 스스로 이뤄서 당당하게 갖고 있으면서도 겸손하며 거짓이 없음을 보았기 때문이리라.

계절의 행위는 거짓이 없다

기영이는 사람이 좋아서 악의가 없으니 움직이는 곳이면 항상 주위에 사람들이 많았고, 아버님이 위로 딸을 여럿을 낳고 늦게 본 자식이라 자라면서도 부모님의 각별한 사랑을 받았다.

아버님이 돌아가실 때 사대문 안의 한옥 기와집 두 채와 많은 부동산도 물려받은 걸로 아는데, 사람이 좋으면 뭘 하나. 덜 익은 짓거리와 덜 익은 놈들과 어울리다보면 자신도 모르게 덜 익은 짓거리를 하게 되지 않겠는가. 봄이나 여름에야 옷 하나 더 걸치든, 덜 걸치든 남들이 보기에도 흉물스럽지가 않지만, 계절이 바뀌어서 가을에서 겨울로 가는 쌀쌀한 날씨라면 여름옷으로는 추위를 막을 수가 없을 것이고, 옷을 하나 더 걸치고 안 걸친 것을 자신도 알고 주위에서도 알 것이니 계절의 행위는 거짓이 없음을 잘들 알아야 하

겠다,

며칠이 지났나 싶은데, 건축허가가 나서 터파기를 하기 전에 고사를 지냈으면 한다는 친구의 전화를 받고 써 놓았던 글을 가지고 정한 날 산속을 떠나 오랜만에 밖에 나섰다.

소싯적에 봄과 가을에 도시락을 싸들고 소풍가는 기분이 이랬나 싶게 기분이 좋았다.

외곽고속도로가 시원하게 뚫려서 거리로는 꽤나 먼 거리인데도 시간은 그리 오래 걸리지가 않았으며, 번화가의 상가 터이기에 쉽게 찾을 수가 있었다.

당도하여 보니 어어! 웬 사람들이 이리도 많이 계신가. 정한 시간이 아직도 여유가 있었는데도 누가 시킨 건지, 아니면 자의에 의해선지 사무실에 앉아있는데 일부의 사람들은 들어와서 자기가 누구라면서 인사를 하고 나가고, 옆에서 종필이와 기영이가 함께 일하는 업자들이라고 소개를 한다. '친구의 사업에 대한 나의 밑그림이 너무 작았나?' 그날 일을 하는 내내 밑그림 키우기에 바빴다.

일을 마치고 오랜만에 서로 머리를 맞대고 이런저런 얘기를 나누다가 기영이의 신상의 태세를 알아보니 甲(갑)생, 壬(임)월, 己(기)일생임을 알게 되었다.

태어난 몸뚱이는 수놈이나 살아 가면서의 계절의 짓거리는 암놈이고, 계절의 짓거리로 보면 나이를 먹었으니 그래도 어린놈은 아니기에 자기의 농사는 잘 짓고 있음을 알 수가 있었다.

나무는 큰 나무 덕을 못 봐도 사람은 큰사람 덕을 본다고들 하지만, 어디 다 같을 수가 있나. 念頭(염두)가 다 제각각이니 그릇마다 모양이나, 용량이나, 색깔이 다 다르고 용처 또한 다르기에 제각각일 것이다.

계절이 가고 계절을 맞이하는 건 누구나 같으리라 생각하지만, 벌써 여름은 가고 얼마 전에 씨를 뿌린 무가 자라 새싹의 나풀거림이 보기가 좋은데 얼마나 자라 줄는지? 겨울에 먹는 시원한 동치미가 생각이 난다.

지난봄이나 여름에 농사를 덜 익은 짓거리를 하다 망쳤으니 이 가을에라도 농사를 제대로 지어봐야 하지 않겠는가? 농사를 제대로 지으려면 해와 달의 양기와 음기를 제때에 먹어야 농사가 제대로 될 텐데….

가을바람이 제법 선선한데 늦었는지는 모르겠으나, 내일은 얼갈이 무나 배추라도 조금 더 갈아봐야겠다.

누가 먹더라도!

22. 봉황이 여의주를 물었으니

이른 새벽에 밖을 나서보니 밤새 내린 눈이 온천지를 雪國(설국)으로 바꿔놓고 그나마도 바람은 밤새 일을 덜 했는지 세차게 불어대는데, 바람이 불 때마다 눈가루가 흩날리고 앞산 골짜기의 숲은 바람이 지날 때마다 솨! 솨! 소리를 내며 울부짖는다.

눈이 많이 오면 농사는 풍년이 든다는데, 풍년 농사의 기대도 좋지만 산에 살고 있는 들짐승, 날짐승들의 삶이 어려울 텐데 하는 생각이 드니 백색의 세상에서도 마음은 어두워진다.

밤새 방이 식었으니 군불을 지펴야겠기에 장작을 한아름 안아 부엌에 날라다 놓고 불쏘시개를 아궁이에 넣고 불을 붙이니 마른나무여서인지 다닥다닥! 소리를 내며 잘도 타들어가니 이내 부엌에는 훈

기가 돌고 한결 운신하기도 편해진다. 아궁이에 불씨가 좋으니 이럴 때는 고구마나 감자를 구워먹는 것이 제격이라 싶어 광에서 꺼내와 씻고 있는데, 앞마당의 대롱이가 갑자기 시끄럽다. "누가 왔나?" 하며 밖으로 나가보니 웬 사내가 들어오려다 멈추는데, 힘이 없어 보이고 지쳐있음이 보인다.

이런 시간의 방문은 드문 일이나 추운 날씨라 손님을 우선 안으로 드시라 하니 사내가 입을 연다.

"죄송합니다. 답답한 마음에 무작정 길을 나서서 걸었는데 얼마나 걸어서 이곳에까지 오게 된 지도 모르겠습니다. 그리고 이곳이 어딘지도 모르겠습니다. 걷다가 문득 보니 굴뚝에서 연기가 나는 것이 보여서 순간 훈훈한 시골의 옛집이 생각나 발길을 옮겨 들어오게 되었습니다."

무슨 일을 함에 있어서 어떤 계기로 무엇을 하든 나름대로의 구상이나 계획을 세워서 일들을 하지만, 어찌 세상일들이 정한 대로 다 될 수가 있나. 어떤 필연에 의한 것도 우연이란 너울을 쓰고 우리에게 온다는 것을 알아야 할 텐데. 때로는 보기 좋은 모습으로, 때론 싫고 추한 모습으로, 때로는 놀라게 하거나 기분을 나쁘게 하거나 천 가지 만 가지의 너울을 쓰고 우리에게 다가오는데, 어느 한 색만을 고집하거나 한 색에 미친다면 주위를 돌아볼 수가 없어서 이내 지치고 쓰러지고 얻어맞아서 때로는 뿌리가 뽑히는 고통을 안고 살아가야 한다는 것을 알아야 할 것이다. 그런데 '이 손님은 그동안 어떤 색깔의 너울을 쓰고 있었나?' 하는 생각을 하며 마당을 지나면서 "마침 방을 데우려고 아궁이에 불을 때고 있으니 방에 들어가 계시라"고 하니, 손님도 방보다는 불 때는 아궁이 앞이 더 좋을 것 같다며 부엌으로 따라 들어와 아궁이 앞에 자리를 잡고 앉는다.

밖에서는 바람이 세차게 부는데 불앞에 앉아있으니 추위는 멀리 도망을 간 듯하다.

물에 씻은 고구마와 감자를 은박지에다 싸는데 손님이 왜 은박지에다 고구마를 싸냐고 묻는다. 고구마를 은박지에다 싸서 구우면 골고루 잘 익고 먹기도 편하다고 하니, 그러냐며 고개를 끄덕인다.

장작불의 따뜻한 온기가 손님의 긴장을 풀게 했는지 손님이 입을 열어 얘기를 하여 많은 얘기를 듣게 되었는데 대충 정리하면 이렇다.

새로 알게 된 여인과 수놈들끼리의 투쟁적인 합

나이는 오십대 초반, 생일은 시월 이일이라고 하니 달은 돼지 달이고, 일주는 戊辰(무진)이며, 부인과 두 딸을 두고 있으며, 개인사업을 하고 있단다.

사람들은 세상을 살면서 누구나 희망이 있고, 꿈이 있고, 바람이 있고, 뭔가 애틋하게 그리워하고, 그 무엇을 갖고 싶어 하고, 이루고 싶고, 간직하고 싶은 나만의 그 무엇이 있기에 살면서 조금씩 이

루어가며, 하나하나 주워 모으면서 세상살이의 재미를 느끼며 살아
갈 것이다.

일상의 흔한 일들이야 대수롭지 않으니 기억의 저편으로 넘어가
지워지지만 자신이 갈구하고 또는 충격적인 것들은 기억 속에 남게
마련인 것. 세월이 가도 꿈이 되고, 희망이 되어 항상 함께 살아간
다고 하겠는데 손님의 경우에도 오십의 나이까지 앞만 보며 열심히
살았기에 남들 보기에는 작아도 규모 있고 실속 있는 사업을 하기
에 살아가는 데에는 별 어려움이 없단다.

그런데 누구나 익었었는지, 덜 익었었는지 모를 풋풋한 첫사랑의
추억을 간직하며 살아가듯이 군에 입대를 하는 바람에 물거품 되어
버렸던 첫사랑의 추억이 나이가 들면 들수록 묘한 감정으로 남아
감정이 식지를 않고 한번쯤은 그런 순수하고 멋있는 연애를 해봤으
면 하는 동경 속에 살아왔었다고.

잘 타던 장작불이 이제는 벌건 밑불이 되었다. 은박지에 싼 고구
마를 불에 던져 넣고 숯불로 감싸고 밖을 내다보니 바람은 그때까
지도 세차게 불고 있다.

지금쯤은 방도 데워져 뜨뜻해졌을 테니 방으로 자리를 옮길까 생
각을 하는데, 손님의 얘기는 계속 이어진다

삼 년 전에 사업상 자주 만나는 친구의 사무실을 들렀는데, 우연
히 그곳에서 한 여인을 만나게 되어 얘기를 나누게 되었고, 헤어지
면서 서로 명함을 주고받았다고 한다. 그런데 그 만남이 계기가 되

어 그 후로는 누가 먼저랄 것도 없이 둘만이 만나게 되었고, 남녀가 가까이 지내다보니 떨어질 수 없는 가까운 사이가 되었단다.

언젠가 그녀가 자신이 알고 있는 유명한 도인이 산속에 살고 계셔서 그분을 찾아가 보자고 하여 같이 찾아가서 상담을 받았는데, 대뜸 "이놈아, 너는 운이 없어! 먹고는 살겠지만 눈곱이나 코딱지 파먹으며 살고 있는 상이야! 그러니 앞으로 무슨 일을 하든, 이 아이와 상의하여 일을 하면 큰돈을 벌 수 있으니 그리하도록 해! 사람이 돈을 벌고 못 벌고는 운세가 하는 일인데, 이 아이는 운이 좋아 봉황이 여의주를 물고 있거든. 그리고 앞으로도 둘이 만나 쓰는 돈도 만만치 않을 것이야. 이 아이가 일할 수 있도록 도와주고 다소의 돈이 들더라도 원하는 것이 있으면 할 수가 있도록 만들어 줘 봐!"라고 하시는 것이 아닌가.

그렇지 않아도 그녀를 위해서 무언가 해주어야겠다고 생각은 하고 있었는데, 그녀의 운이 좋다는 말을 들으니 내심 싫지만은 않았고, 그날 산속에 있는 도인의 집을 나오면서 하고 싶은 일이 있냐고 물어보니, 여인은 개를 좋아하니 소일거리삼아 개나 몇 마리 키워봤으면 좋겠다고 하여서 대수롭지 않게 생각을 하고 승낙을 하였단다. 그 당시에는 애견이 붐이 일어서 너도나도 애견을 키우는 사람들이 많은 때였기에 소일거리로라도 잘만 키운다면 수입을 기대해도 괜찮으리라는 생각도 내심 들었다고 한다.

물론 봉황의 여의주가 한몫을 거들었지만, 그 후로 2년여의 시간이 어찌나 생각밖의 일들로 고생을 하여서인지 생각도, 얘기도 하기가 싫단다. 애견으로 키우는 개들은 주로 외국산 개들인데, 집이며, 먹이 값, 환경 등 모든 것들이 우리네들이 일반적으로 생각하고 있는 토종개와는 많은 차이가 있었다.

수입산에 옷이나 모양, 색깔이 특이하거나 흔치가 않은 견공은 값이 몇 백만 원에서 천만 원이 넘는 것도 흔하게 볼 수가 있는데, 비싼 만큼 잘 키우면 이익도 있을 거라 싶어 귀하고 비싼 개도 키워보았다. 그러나 토종개가 아니어서인지 개가 날씨에 너무 민감하고 예민하며 환경에 적응을 못하여 스트레스를 받거나 감기에 걸리기가 일쑤였다고 한다. 게다가 키우던 개가 탈이 나면 출퇴근을 동물병원으로 해야 했고, 겨울에 사람은 춥게 지내도 견공들의 집은 따뜻하게 난방이나 보온에 신경을 써야 했다. 종자로 쓰려고 비싸게 주고 사왔는데 사료만 축을 내서 진찰을 해봤더니 불임이라서 새끼를 가질 수가 없는 경우도 있었단다. '아니, 재수대가리 없게 개가 불임이라니!'

수입 애완견들은 기후나 풍토가 달라서인지 병에 잘 걸리는데, 병에 걸리면 치료를 하여 그나마 살리면 다행이고 비싸게 사온 개가 잘못하여 죽는다던가 또는 개의 족보를 믿고 사온 경우에도 속아서 잘못 사왔을 때에는 어디에 내놓고 하소연도 못하는 꼴이 되기도 하였으니 소일거리로 생각하고 키워서 이익을 볼 거라는 생각은 애초부터 잘못되고 어리석은 꿈임을 알았단다.

여인과의 꿈같은 연애에 대한 욕망에서 시작된 일이라 서로를 위하고 도와주자는 생각에서 시작하고 벌린 일이지만, 생각하고 있었던 것 이상의 한계점에 도달하게 되면서 경제적으로 어려운 일들이 일어나며 서서히 고통이 되어 밀려오던 어느 날, '왜 이러지?' 하는 생각을 갖게 되었다고 한다. 그러면서 여인과 애견에서 벗어나야겠다는 생각이 들더란다.

아궁이 앞에 앉아있어도 아궁이 불이 다 타서인지 뜨거운 온기가 사그라져서 아궁이 속에 넣었던 고구마와 감자를 꺼내어 재를 털고는 그릇에 담고 물과 김치를 내어 쟁반에 차려 방으로 들어와 벽에 걸린 시계를 보니 아궁이 앞에서 군불을 때면서 손님과 꽤나 많은 시간을 보낸 걸 알 수 있었다.

자리를 잡고 앉아 은박지를 벗기니 군고구마의 맛이 코를 심히 자극하는데 껍질을 벗겨보니 고구마가 골고루 잘 익어 있다. 고구마를 먹으며 만세력을 찾아 손님과 여인의 계절인 일주의 간지를 보니 손님은 戊辰(무진)이요, 여인은 癸巳(계사)이다. 밥그릇을 보니 각각 金(금)과 火(화)이니 서로가 좋은 시기로 서로 조율을 잘 한다면 좋으련만 戊(무)와 癸(계)란 놈이 준동을 하여 투쟁을 벌인 것임을 알 수가 있었다.

하늘이나 땅에서나 서로 좋아하는 것들끼리는 무리도 짓고 합도 이루어 함께 살게 되는데, 戊(무)와 癸(계)도 합을 이룬 것으로 보아 함께한다고는 하나, 이놈들은 합을 이루었어도 정이 없는 無情(무정)의 합이라. 합이란 정으로 이루어져 하나가 되어 함께함을 말한 것이라면 애초부터 정이 없었다는 말이 되고, 껍데기만 합으로 위장을 해놓고 서로 계산적이고, 이기적이고, 투쟁적이고, 폭력적이니 어찌 합을 이루었다고 할 수가 있겠는가. 어떻게 하던지 울타리를 치고 나면 그 안에 있는 상대를 제압하고자 하는 戰士(전사)로 돌변하여 투쟁을 벌이니 합이란 위장이며, 너울임을 알아야 할 것이다. 戊(무)도 수놈이요, 癸(계)도 수놈이니 이놈들의 합은 애초부터 정이 있어 무엇을 생산해 내고자 하는 합이 아니라, 처음부터 어떤 목적을 가진 수놈들끼리의 투쟁적인 합이었으리라.

모든 일은 자신의 욕심이나, 헛된 성취감이나, 어리석음에서 기인한 것이니 앞으로는 나아가지도 말고, 물러서지도 말고, 하늘을 이고 땅을 딛고 살면서도 하늘도, 땅도 모르고 살아왔으니 이제부터라도 제자리를 찾아가는 마음으로 살아가라고 일러주었다. 그리고 三才(삼재)의 자리를 되돌리는 글을 써주며 앞으로는 덜 익은 짓거리를 하지 말라고 하니, "이제까지 누구에게도 털어놓지 못했던 이야기들을 하고 나니 답답하던 마음이 조금은 편해졌습니다. 언제고 다시 찾아뵙겠습니다"라는 말을 남기고 길을 물어 산을 내려갔다.

🪶 '봉황의 여의주'라는 헛된 욕망에서 벗어나

봄이 지나고 계절이 여름의 문턱에 들어서니 주위의 온천지가 꽃

밭을 이루어 화사한 어느 날엔가, 마당으로 차 한 대가 들어서더니 한 남자가 차에서 내린다. 누군가 하며 보니 흰 눈이 천지를 뒤덮었을 때에 다녀가셨던 손님이 아니신가. 반가운 마음으로 방으로 맞아들이며 "그간 어떻게 지내셨냐?"고 하며 이야기를 건네니, 손님도 웃으며 잘 지냈다고 하시며 무척이나 기분이 좋은 듯 보였다.

그간의 얘기를 나누게 되었는데, 사람이 좋을 때의 행동과 싫을 때의 행동이 다른 것을 보았다며 입을 연다.

일전에 나아가지도 물러서지도 말라는 스님의 말씀을 듣고 그동안에 있었던 여인과의 일을 정리하려는 생각으로 여인을 만나 수입을 다소라도 낼 수가 있다고 하여 시작을 하였으나, 소득이 없이 일을 하다 보니 이제는 경제적으로 더 이상은 버티기가 어렵다는 얘기를 하였더니, 여인이 그동안 키우던 개는 자신이 다 갖겠다고 하더란다.

키우던 개를 다 주면 여인과 마찰을 빚지는 않았을 테지만 손님의 입장도 주위의 사람들에게 애견사업을 하고 있는 것으로 알고들 있는데, 갑자기 농장을 처분하고 개에서 손을 떼면 곤란한 일들이 많을 것이기에 개 몇 마리 정도는 키워야 할 처지라 다 줄 수는 없고 절반씩 나누어 갖자고 하니, 여인이 안 된다고 하며 심술을 부리며 사람을 괴롭히고 생트집을 잡았다고 한다. 무척 견디기가 어려웠으나 어차피 정리를 늦출 수도 없는 일이라 농장의 모든 시설물과 개의 대부분을 여인이 원하는 대로 주고, 자신은 주위의 이목이 있어서 몇 마리의 개만 가지고 나와 그동안 사료를 대주던 사람이 운영하는 농장에다 맡겨두기로 하였단다.

여인과의 만남도 정리를 하고보니 그동안 혼자서 얼마나 헛된 생각과 꿈속에서 지냈는가를 알게 되었고, 스님이 얘기하신 각각의 계절이 암수의 때가 있어 그 계절이 암수의 짓거리를 하고 사는 것도 어렴풋이나마 알게 되었으며, 앞으로는 시간이 허락하는 대로 찾아와서 이것저것 인생 공부(암수운세법)를 배워보겠다고 하며 내려가신다.

戊(무)와 癸(계)는 합을 이루어 火(화)를 만들어 내는데, 합을 이루면서 서로에게 情(정)이 없다 함은 애초부터 수놈끼리의 합이거나, 아니면 암놈끼리의 합이다. 서로에게 어떤 이익을 주는 것이 아니라, 상대에게 이익을 바라거나 서로 투쟁적인 짓거리를 하게 되어 있다는 말이다.

火(화)란 불을 가리키는데 뜨거운 것이며, 더운 것이며, 은은한 것과 반짝이고 번쩍이는 것도 포함하고 있으니 허풍이나 자랑, 헛소리, 스트레스, 걱정거리도 화의 작용에 속하며, 머리가 열을 받아 뜨거운 것도 화임을 알아야겠다.

꽃이 피어 떨어지면 열매가 맺히고, 열매가 맺혔다고 결실이 되어 사람들의 목구멍으로 넘어가지는 못할 것이다. 그러니 어찌 익지 않은 것을 먹으면서 익었다고 한들, 그것이 맛이 없다면 한결같을 수가 있겠는가.

사람도 제 계절을 알고 제대로 익어야 맛을 내며, 나이를 알아야 익은 짓거리를 할 것이니 무슨 맛을 내며 살아가고 있는가를 각각이 살펴봐야 하지 않겠는가.

　그나저나 봉황이 물고 있다는 여의주를 놓쳤으니 아까운 일이 아닌가?

　봉황의 여의준데!

23. 내 맛도,
네 맛도 아닌 세월

　세상을 살면서 잘살고 잘 지내기를 바라고, 편안함을 바라고, 고통이나 병 없이 살기를 바라는 건 누구나 가져보는 평범한 꿈이다. 하지만 결코 그것이 꿈에 지나지 않음도 알아야겠다. 내가 있음에 타인들인 네가 있고, 내가 있음에 우리라는 공동체의 덩어리가 있음인데 어찌 나 혼자만이 잘살기를 바랄 것인가. 암놈과 수놈의 사이도 그러하니 항상 좋을 수만은 없어 서로 我(나)라는 아상의 몽둥이를 내세우면 주위의 얼마나 많은 상대에게 고통과 괴로움과 피해를 주고 있는가를 항상 새겨보며 뒤돌아볼 줄도 알고, 살필 줄도 알아야 하겠다.

🐦 답답해서 뭔가를 새로 시작해보려는 수정이

번다하고 잡되고 속된 것을 놓고 인연의 끈도 풀어 놓고 사는 자연인인 山僧(산승)이 되어 살아가지만 가끔 씩은 산을 벗어나 손님을 맞기도 하고 知人(지인)들을 만나 담소도 나누게 되는데, 그럴 때마다 이곳저곳 기웃대는 것도 모양새가 안 좋아 보여 어느 지역이든 처음 들어가서 그 집이 웬만하다 싶으면 그 집을 이후에도 계속 이용을 하게 된다.

근교에 있는 몰디브 레스토랑도 처음 발길이 닿은 이후로 여러 면에서 편리하고 실내의 넓고 은은한 분위기도 편해서 가끔씩은 손님들과 들르는 곳이 되었는데, 그곳에서 J 여사(장수정)를 만났다. 그날도 지방에서 오시는 손님과 시외터미널이 가까운 곳이기에 약속을 정하고, 그곳에 갔는데 J 여사가 차를 가지고 와서 따라주며 얘기를 꺼낸다.

"스님이 여러 번 오셔서 뵙고 뭔가 어려운 마음이 들어 얘기를 나눠보고 싶었어도 그렇게 하질 못했는데, 오늘은 용기를 내서 자리에 앉아 보았습니다."

그래서 이곳의 주인이냐고 물으니, 주인이 아니고 친구가 주인이고 자신은 시간이 나거나 친구가 바쁜 일이 있다면 가끔씩 나와 도와주고 있으니 주인 보조의 일을 하고 있는 셈이란다.

나는 얘기를 듣는 순간 속에서 웃음이 저절로 터져 나온다. 이곳에 올 때마다 보여서 주인이려니 하는 생각했었는데, 친구인 주인을 도와주려 이따금 나온단다. 그동안 이곳을 너덧 번 들른 것 같은데 '참 묘한 일이구나' 생각하며 "그래, 무슨 얘기가 하고 싶었는지 궁금한 것이 있다면 말을 해보라"고 하니, 자신도 일을 갖고 싶고, 돈도 벌고 싶단다. 가끔씩이라도 이곳에 나오는 건 집에만 있으면 답답한데 이곳에 나와 이런저런 일들을 접하면 시간도 잘 가고 조금씩 세상을 배워가는 것 같은 게 좋고, 친구들도 이따금 불러내서 수다도 떨 수 있다는 것이 재미도 있다는 것이다. 그러면서 이런 일이든, 아니면 무슨 일이든 직접 한다면 돈도 벌 것 같은데 자신이 무슨 일을 하면 돈을 벌 수 있는지 말해 달란다. 그래서 신상에 대해 물어보니 아직 사십이 안 된 나이임을 알았고, 계절이 여름에서 가을로 바뀌는 환절기임을 알게 되었다.

남편은 天干(천간)이 辛(신)년, 己(기)월, 乙(을)일생이고, 장 여사는 癸(계)년, 癸(계)월, 戊(무)일생이었다.

가을의 시기가 되면 암수의 자리가 바뀌고 하늘에서 정해진 계절의 나이도 바뀌게 되니 이제까지의 생활이 아니고 부부생활의 모양새가 바뀔 것임을 알 수 있었다.

안타까우나 무슨 말이 소용있겠나.

"앞으로는 직업도 갖고 일도 할 수가 있겠고, 돈도 남들 못지않게 벌 수도 있고, 하고자 하는 일들은 순탄하겠으나, 다만 남편 분과는 내 맛도, 네 맛도 아닌 세월을 보낼 것이요"라고 하니, 무슨 말인지 모르겠다며 한참을 생각한다. 그러더니 뜻을 알아냈는지 "스님, 부부가 맛이 없다면 어떻게 살아요. 맛이 없는데, 혹여 다른 어떤 방법은 없는지요?" 하고 묻는다.

남편과는 학창시절에 연애로 만나 친정의 반대가 심하여 태어난 세상인 친정과 인연을 끊다시피까지 하며 결혼을 하였단다. 그래서 "간다고 가는 것도, 온다고 오는 것도 아니며, 정해진 계절의 짓거리를 누가 어찌하겠는가. 직업은 목구멍에 넘어가는 것이면 무난할 것이고 일터, 즉 가게의 방향이 중요한데, 방향은 동쪽 중심으로 하니 동북간에서 동남간의 향이면 무난할 것입니다"라고 일러주니, 자신은 아무것도 모르니 때가 되면 부탁을 드릴 테니 오셔서 수고 좀 해달란다.

마침 그때 약속을 하신 손님이 오셔서 더 이상의 얘기는 나눌 수가 없어 "땅에서 이루어지는 모든 일들은 하늘에서 정해져서 때가 되어야 일을 하게 될 것이며, 환절기를 지내고 계절이 바뀌면 자신의 농사를 잘 지을 수가 있을 겁니다"라고 일러주고 말을 맺었다.

이만하면 좋은 걸 하며 만족해 한다면 항상함이 없이 좋으련만, 모든 것은 변하고 항상함이 없음을 우리네 모두들 알면서도 조금만 더, 조금만 더 하며 아닌 것 같은 욕심들을 내고 있다. 하지만 누구에게나 계절은 공평하고 계절이 바뀌면 그 계절의 짓거리를 하게 되어 있으니 누가 무슨 말이 필요하고, 누가 그 짓거리를 막을 수 있겠는가.

그 해는 가고 이듬해 여름이 지나가는데 수정이에게서 뵙자고 연락이 와서 마침 시간도 한가하여 오랜만에 바깥나들이를 겸해서 찾아가서 만나보았다.

　그동안 친구의 레스토랑에서 장사하는 것을 도와주며 보고 들으며 배운 것도 많고 해서 자신도 장사를 한다면 할 수가 있을 것 같았다고. 그래서 남편에게 장사를 해보겠다고 말을 하니 아무나 장사를 하는 것이 아니라며 처음에는 반대를 하였으나, 얼마 지나지 않아서 남편도 자신이 있고 젊었을 때에 한번 해보자고 하며 집안의 어른들을 설득하여 자금을 만들어 주었단다.

　그래서 장사의 경험이 없으니 잘못되면 안 될 일이니 어떻게 해야 하는지 가르쳐달란다.

　어느 정도의 규모인지는 가지고 있는 자금에 맞춰야 하겠지만 터를 잡고 삼재를 다스리는 글을 쓰면 될 일이니 우선 터를 잡는 일이 중요하다. 그래서 어디 봐둔 곳이 있느냐고 물으니, 여기저기에 있다고 하여 그날 오후 내내 여러 곳을 다녀보았다. 하지만 장사 터로 쓸 만한 곳들이 아니어서 아무 날이나 마음에 드는 터가 있으면 다시 연락을 하라고 하고 집으로 돌아왔다.

　그날 이후로 무수히 많은 가게 터를 보고 다녔어도 터를 잡지 못하고 해를 넘기고 겨울의 추위가 넘어갈 즈음에야 겨우 가게 터를 잡을 수가 있었다.

　누구나 집을 지을 때에는 외관상으로 모양을 낸다고 지었을 테지만, 집을 오행의 구조로 보면 잘못된 부분들이 있기에 그런 부분들은 수리를 하였다. 그리고 내부의 인테리어나 외부의 조경도 오행의 원리를 적용하여 수리하고서야 장사를 시작하게 하였다.

🌙 암놈인 남편이 시작한 무리한 사업, 이혼으로까지 이어지고

계절의 오고감을 막을 수 없어 앞마당의 꽃나무가 제자리 꽃을 세 번인가 곱게 피운 어느 날엔가 수정이가 찾아왔다. 그동안 장사를 잘하고 있다는 소식은 가끔 들었는데, 산속의 암자까지 오기는 처음 일이 아닌가.

자리를 잡고 일어서며 절을 올린다. 절은 올리는 자도 공덕이요, 받는 자도 공덕일진데, "절을 올린 이 공덕을 삼보에 회향합니다"라고 축원을 하고 그동안 잘 지냈냐고 물으니, 스님이 말씀하신 네 맛도, 내 맛도 아닌 맛대가리 없는 세월을 미리 말씀을 해주셔서 무슨 일이 있을 때마다 도움이 되었으며, 어찌 보면 생각지도 못했던 그동안의 일들을 풀어 가는데 담담하게 마무리를 할 수가 있었단다.

장사를 시작하고 얼마가 지나지 않은 때에 남편의 후배가 찾아와서 돈을 벌 수 있는 일이 있는데, 형이 돈을 조금만 대주면 함께 장사를 하자고 한다기에 얘기를 들어보니 주류 도매업이었고, 남편도 장사를 하고 싶어 하는 것 같기에 여기저기서 돈을 빌려서 장사를 하게 해주었단다.

이후 후배와 함께 장사에만 매달리며 열심히 하는 것 같았는데,

어느 날인가 남편이 돈이 필요하다며 돈이 있으면 훨씬 더 많은 수입을 낼 수가 있다고 하여 남편의 얘기를 들어보니 술을 대주던 업소가 주인의 사정으로 인해 매물로 나온 업소가 있다는 것. 세도 싸고 주위의 상권도 좋은 곳이기에 업소를 얻어서 장사를 하였으면 하는 것인데, 술파는 장사가 아무나 할 일은 아닐 것임을 알았어도 주위에서 도와주겠다는 후배들도 있으니 업소만 얻으면 장사는 잘 할 수 있을 거라고 하여 잘 알아보고 하라고 하였다. 그런데 남편은 어떻게 자금을 구했는지 가게를 인수하여 장사를 시작한다고 해서 그동안 그렇게만 알고 지냈단다.

남편이 술장사를 하며 일 년이 채 안되었을 즈음에 가끔 보는 남편의 표정이나 태도가 뭔가 어려움이 많은 것 같이 보이고 느껴졌으나, 감당할 만하니 장사도 시작했을 거란 생각에 자신의 가게 일에만 몰두하며 일 년 여를 보냈다.

그러던 지난 어느 날인가 남편이 장사를 집어치우게 되었다고 하며 밖에는 나가지도 않고 집에만 들어앉아 있으며, 얘기도 별로 안하고 무얼 그리도 고민하고 연구를 하는지 알 수가 없는 사람이 되더란다,

가끔씩 내뱉는 말은 잃어버린 돈을 한 방이면 찾을 수 있다는 말이나 하고, 예전에 남편의 모습은 점점 없어지고 사업하다 망한 것을 후회하는지 어쩌는지는 모르나 용기가 없어지고 사람이 달라져 갔다는 것이다.

그러면서 더욱 심각한 것은 날이 가면서 의처증의 증세가 노골적으로 심해지고 방랑벽도 생기니 어떨 때에는 두문불출하다가도 집을 나가면 두세 달씩이나 연락이 없다가 들어오고, 정상적인 사람의 상식을 뛰어넘는 일들을 겪으며 정신적으로나 육체적으로 너무너무 힘이 들어서 얼마 전에는 합의 하에 아이들은 자신이 맡아서 키우기로 하고 남편과도 정리를 하였단다.

그때 일러주신 대로 중앙 방위의 먹을거리를 주된 메뉴로 장사를 하는데, 다녀가신 손님들이 입소문을 내어서인지 그런대로 장사는 잘되고 하루가 짧게 느껴질 만큼 열심히 바쁘게 살고 있어 시간 내어 찾아뵈어야지 하는 마음은 항상 갖고 있었어도 그리 못해서 죄송하다고 말한다.

누구에게나 계절은 변하며 계절은 또 찾아오지만 가을에는 애써 가꾼 농작물들을 수확하는 바쁜 계절이 아닌가. 항상함이 없듯이 오고갈 테지만 가을이 가면 겨울이 옴을 알아야 할 것인데, 乙卯(을묘)의 어린 토끼가 주위에서 도와준다는 말만 믿고 감당할 수 없는 짓거리를 하였으니 제대로 될 일이 있나. 나이는 어리지만 암놈이 아니라 수놈의 토끼였다면 다소는 감당할 수 있었겠으나, 계절이 암놈이라 누굴 탓할 수도 없음이 아닌가. 계절이 바뀌어 암놈이 수놈의 계절을 만나거나 수놈이 암놈의 계절을 만나면 그 계절의 짓거리를 할 것이고, 이미 천수가 정해져 있으니 누가 어찌하랴.

그나저나 짓거리가 조금 더 익으면 맛이 조금 더 날 텐데.

말은 많이 오고가나 입은 움직인 바 없고, 가지의 잎은 움직이나 바람이 분 적도 없고, 해와 달을 엮어 달아매어 자랑하려 하나 고운 꽃잎도 바람이 쫓아와 꽃잎이 날리니 살피고 살펴야 할 것이 아닌가.

그나저나 날린 붓잎들은 어디로 가려나.

'계절의 암수가 운명을 다스린다'

– 혜공스님의 '암수운세법' 대 공개 –

세상만물 모든 것이 음양의 합(조화)에 달려있으니 조화를 잘 이룬다면 실한 열매를 맺을 수가 있을 것이고, 그렇지 못하면 열매 맺기가 힘들 것이다. 겉모습으로 수놈 또는 암놈으로 태어났다고 해서 태어난 대로 살아가는 것은 아니다. 오히려 계절과 태세에 따라 그 역할은 달라진다. 계절에도 암수가 있으니 암놈과 수놈이 계절을 잘 만나면 풍성한 열매를 맺고, 큰 수확을 얻을 것이다.

역학 사상 최초로 천부경의 삼재인 천지인을 근간으로 암놈과 수놈, 계절에 따른 변화를 사주팔자가 아닌 삼주육자로 파악한 혜공스님은 오랜세월 많은 사람들과의 상담을 통하여 그들의 고민을 풀어 주면서 누구나 알기 쉬운 운세법에 대하여 연구에 연구를 거듭하시다 암수운세법을 개발하였다. 암수법은 가장 평범하고 보편적인 자연의 이치로 인생의 운세를 파악하므로, 누구나 쉽게 이해할 수 있는 내용으로 꾸며져 있다. '계절의 암수가 운명을 다스린다' 는 혜공스님의 '암수운세법' 을 본격적으로 세상에 공개한다.

– 편집자 도움말

天干(천간)과 地支(지지)의 생성

天干(천간)과 12地神(지신)의 이해

천간을 정하여 사용을 했다는 것은 천체(우주)의 행성들의 움직임이나, 태양계나, 은하의 움직임까지도 알았으며, 하늘에 떠 있는 모든 별들의 항상성과 불변성도 알았으며, 태양계의 목성, 화성, 토성, 금성, 수성이 지구와는 떼려야 뗄 수 없는 관계임을 알았기에 오행을 정하여 사용을 했을 것이다.

唐四柱(당사주)나 太昊伏羲(태호복희)의 八封曆法(팔괘역법)보다도 훨씬 이전으로 거슬러 올라가야 하는지라 쉽지 않은 글이 되겠고, 쉽지 않음을 알고 글을 쓴다는 것은 제대로 알기 원하는 독자들이 있기 때문이리라.

사람이 태어나 자라서 성장을 하면 누구라도 배우자를 만나 결합을 하여 후사를 이어가는데, 각각의 이성은 태어나고 자라며, 서로 다른 환경에서 서로 다른 인연의 부모 밑에서 자라기에 서로의 문화가 다르고 상황에 대처하는 행동이 다르며, 지역 간에 이어져 내려오는 풍습도 다를 것이며, 그들의 후사를 잇는 자손은 부와 모의 유전자를 반씩 이어가는 것을 알고 있으리라.

天干(천간)과 地支(지지)의 근원을 알아보려면 우리 배달민족의 개국역사까지 거슬러 올라가야 한다.

배달국의 시작은 하늘의 桓因(환인)이 지상의 太白(태백)을 내려다보며 "가히 弘益人間(홍익인간)할 곳이로다" 하니, 신하들이 "桓雄(환웅)이 용맹함과 지혜를 갖추었기에 홍익인간의 이념으로써 세상을 바꿀 뜻이 있사오니 그를 보내시어 세상을 다스리게 함이 좋겠다"고 하였다. 그리하여 환인은 환웅을 불러 천부인 세 가지를 내려주시고 "수고를 아끼지 말고 무리 3,000을 이끌고 땅으로 내려가서 하늘의 뜻을 열고 가르침을 세워 세상을 잘 다스려 만세의 자손에게 큰 모범이 될지어다"라고 하셨다.

이에 환웅은 무리 3,000과 함께 태백으로 내려와서 神市(신시)에 도읍을 열고 배달국이라 하였다.

천부의 징표(삼부인)를 지니시고, 오사를 주관하시고, 세상에 계시면서 두루 교화를 베푸시니 세상과 인간을 크게 유익하게 하셨다.

배달국의 시초에 환웅과 함께 하늘에서 지내던 3,000의 무리가 환웅을 따라서 지상의 태백으로 내려온 것을 알 수가 있는데 人(인)의 형상으로 내려왔을까? 아니면 하늘에 살았던 천신이기에 신의 모습으로 내려왔을까?

형상은 사람이었으나 神(신)이었을 것이고, 신이면서 사람이었을 것이다 (人非人, 非人人 ; 인비인, 비인인).

어디에서나 산다는 것은 움직이며, 활동을 하고, 말을 하고, 타인과 접촉을 하며, 서로의 의사가 소통이 되어 통한다는 것이다. 소통이 되려면 말이나 행동을 배우고 익혀야 할 것인데, 하루아침에 말이나 행동을 배우고 익힌다고 소통이 되는 것은 아니지 않는가? (사람인데.)

헌데 환웅과 3,000의 무리는 완전한 인간으로 세상에 내려왔을 것이며, 모든 생활은 자신들이 살았던 천계에서의 생활을 유지했을 것이다. 지상으로 내려왔다고 하여 지상에서 새롭게 무엇을 배울 필요가 없이 적용을 하며 자신들이 해오던 대로의 행동이나 말, 모든 풍습이 지상에 터를 잡으면서도 변함이 없었을 것이다.

땅으로 내려와서 사회를 이루며 살아가면서도 그들 하나하나는 神(신)이였기에 세상이 空(공)함을 알았을 것이고, 행성과 별들의 운행을 알았을 것이고, 지구가 떠있는 별임도 알았을 것이기에 태양계의 별들을 정리하여 10天干(천간)을 정하고, 地支(지지)의 12지신을 정하여 오행에 배속하여 일상의 생활에 이용하였을 것이다.

干支(간지)를 이용하여 계절과 曆(역)을 정하고 천문을 알아서 별자리의 움직임까지도 훤히 알고 있었다. 천간이나 지지 역시도 누가 만들어서 사용한 것이 아니라 환웅과 함께 온 천인들은 그들이 천계에서 쓰고 익힌 모든 것들을 그대로 가지고 와서 지상에서의 생활에 적응하고 응용하면서 사용을 했을 것이다.

천간인 甲(갑), 乙(을,) 丙(병), 丁(정), 戊(무), 己(기), 庚(경), 辛(신), 壬(임), 癸(계)와 지지인 子(자), 丑(축), 寅(인), 卯(묘), 辰(진), 巳(사), 午(오), 未(미), 申(신), 酉(유), 戌(술), 亥(해)는 옛 환웅의 시대에 천계에서 사용하던 것을 지상에 와서도 사용을 하는 것이며, 오행(목화토금수)이나 60갑자의 사용도 그러하다.

태호복희 씨의 河圖(하도)(용마의 등에 그려진 점을 그림)나 하나라 우왕 시절에 낙수에서 나온 거북의 등에 드리워진 점을 그린 洛書(낙서)로 쾌를 만든 것은 後代(후대)의 일이다.

제2장 암수법의 작성과 응용

　년, 월, 일의 기둥을 세우기 위하여 만세력을 참조하여 년이나, 달이나, 날의 그때그때의 태세를 세우면 된다.

　암수법에서는 절기가 입절이 되었든, 아니 되었든 절기에 상관없이 태어난 그 해의 년주를 봄이기에 첫 자리에 놓고, 태어난 달인 월주는 계절이 여름이니 두 번째 자리에 놓고, 태어난 날의 일주는 계절로서는 가을이기에 셋째 자리에 세운다.

　모든 계절의 행위는 입절이 중요한 것이 아니고, 해가 하는 일이나, 월이 하는 일이나, 날이 하는 자연의 행위가 더 앞서며 중요하기 때문이다.

　예를 들어보면,
　2004년 甲申(갑신) 1월 10일생(양력 2004년 1월 31일)
　그 해의 입춘절이 2월 4일 20시 51분에 입절하였기에 절기의 입절을 중심으로 한다면 계미년으로 년주를 삼고 월도 을축월이 되겠으나, 모든 것은 해의 행위와 달의 행위가 먼저 앞서는 것이니 甲申(갑신)년, 丙寅(병인)월, 己酉(기유)일생으로 정리하면 된다.

　2004년 甲申(갑신) 윤 2월 20일생(양력 2004년 4월 9일)

절기를 중심으로 보면 청명절이 지났으니 3월로 월주를 세우겠으나, 달의 행위는 이월이므로 甲申(갑신)년, 丁卯(정묘)월, 戊午(무오)일로 기둥을 세우면 될 것이다.

1988년 2월 15일(양력)

음력은 丁卯(정묘), **12월 (계축)월**, 28일(경자)일로 보면 될 것이니 입절을 고려하지도 말고 그 해의 행위와 그 달의 행위, 그날의 행위가 중요함을 알아야 하겠다.

계절의 암수와 기둥 세우기

년주는 태세가 결정이 되어 있으니 태세를 년주에 세운다.

월주는 만세력을 참고로 할 것이나 계절이 여름인 사람, 즉 41세 미만의 내방객이라면 년 천간과 합을 이루는 오행을 생하는 오행이 1월의 천간이 되므로 알아둔다면 편리할 것이다.

갑자생 5월이면 갑기합화토가 되는데, 토를 생하는 오행인 화가 1월의 천간에 오게 되므로 병인월로 시작을 하여 정묘, 무진, 기사, 경오가 되니 갑자생 5월의 월주(여름)는 경오가 되겠다.

무술생 4월이면 무계합화가 되니 화를 생하는 오행인 목이 1월의 천간에 오므로 갑인, 을묘, 병진, 신사의 순서이기에 월주는 신사월이 되겠다.

을미생 2월이면 을경합 화금이 되므로 금을 생하는 오행인 토가 1월의 천간에 오게 되니 무인, 기묘의 순이라 을미생 2월이면 월주는 기묘가 된다.

천간이 병신일 때 합화수가 되어 1월은 경인월로 시작하며 천간이 정임일 때는 합화목이 되므로 1월은 임인월로 시작이 된다.

천간이 정임일 때에는 합화목이 되며, 목을 생하는 오행인 임계로 1월과 2월이 시작하므로 정월은 임인월이며, 2월은 계묘월이 되겠으며, 3월은 갑진, 4월은 을사의 순이 되겠다.

〈예문 1〉

1991년 2월 5일 수요일생

	생일	생월	생년
	己(기)	辛(신)	辛(신)
	丑(축)	卯(묘)	未(미)
계 절	가 을	여 름	봄
암 수	암	수	수
오 행	火(화)	木(목)	土(토)

※ 앞의 자는 당년에 20세가 안 되었으니 我身(아신)은 태어난 해의 간지인 신미를 중심으로 보면 되겠고, 辛未(신미)는 장년의 나이로 힘이 센 수컷이다.

〈예문 2〉

1981년 3월 5일 목요일생

	생일	생월	생년
	丁(정)	壬(임)	辛(신)
	巳(사)	辰(진)	酉(유)
계 절	가 을	여 름	봄
암 수	수	암	수
오 행	土(토)	水(수)	木(목)

※ 앞의 자는 2007년도 나이가 26세이니 我身(아신)이 월주 壬(임)수이고 임수 중심으로 보면 된다. 壬辰(임진)은 나이를 먹은 용이며, 늙어서 생식능력이 없는 암놈의 용이다.

1971년 4월 5일 목요일생

	생일	생월	생년
	甲(갑)	癸(계)	辛(신)
	申(신)	巳(사)	亥(해)
계 절	가을	여름	봄
암 수	수	수	수
오 행	水(수)	水(수)	金(금)

※ 앞의 자는 2007년도 나이가 36세이니 아신이 월지 사화가 되며, 사화 중심으로 감정을 하면 된다. 癸巳(계사)의 뱀은 독을 가지고 있는 뱀이며, 나이는 먹었으나 투쟁적이고 지략이 있다.

〈예문 4〉

1961년 5월 5일생

	생일	생월	생년
	辛(신)	甲(갑)	辛(신)
	巳(사)	午(오)	丑(축)
계 절	가을	여름	봄
암 수	수	수	수
오 행	火(화)	金(금)	土(토)

※ 앞의 자는 2007년도 현재 나이가 46세이니 아신이 일주천간 辛(신)금이 되며, 신금을 중심으로 감정을 해야 된다. 辛巳(신사)의 뱀은 뱀 중에서는 가장 강한 독을 지닌 수뱀이며, 힘이 넘치는 뱀이다.

〈예문 5〉

1951년 6월 5일 일요일생

	생일	생월	생년
	己(기)	乙(을)	辛(신)
	酉(유)	未(미)	卯(묘)

	酉(유)	未(미)	卯(묘)
계 절	가을	여름	봄
암 수	암	암	수
오 행	土(토)	金(금)	木(목)

※ 앞의 자는 2007년도 나이가 56세이고 월지 酉(유) 금이 아신이니 유금 중심으로 감정하면 된다. 己酉(기유)의 닭은 닭 중에서는 가장 어른격인 씨암탉이다.

앞의 예에서와 같이 계절과 나이에 따라 아신의 자리가 달리하고, 계절에 따라 암수가 달리함이니 잘보고 감정을 해야 할 것이다.

운세의 엮임은 계절의 씨줄과 날줄의 암수를 알고, 그 계절의 나이에 해당하는 짓거리와 음양, 태세, 암수오행의 짓거리를 보면 알 수가 있다. 운세를 감정함에 있어 시간을 넣지 않는 것은 계절을 중심으로 보면 겨울에 해당하는 시기로, 자연 상태에서는 농사를 지을 수가 없는 계절이기 때문이다.

암수의 결정

암수는 합에 의해서 결정이 되며 누구이든 어느 계절이든 고유의 짓거리를 변경할 수가 없다. 남자로 태어났어도 계절이 암놈이면 암놈의 짓거리를 할 것이고, 여자라도 계절이 수놈이면 수놈의 짓거리를 할 것이다.

19 년 월 일생				남자이든 여자이든 봄의 계절은 수놈의 계절이
	생일	생월	생년	라 수놈의 짓거리를 하겠고, 여름에는 암놈의
	乙(을)	丙(병)	辛(신)	짓거리를 할 것이고, 가을에는 암놈의 짓거리로
				지낼 것이다.
	丑(축)	申(신)	酉(유)	
계 절	가을	여름	봄	

암 수	암	암	수
오 행			

19 년 월 일생			
	생일	생월	생년
	戊(무)	丙(병)	丙(병)
	子(자)	申(신)	辰(진)
계 절	가을	여름	봄
암 수	수	암	암
오 행			

남녀의 성별에 관계없이 봄에나 여름에는 암놈의 짓거리로 움직이고, 가을이 되면 수놈의 짓거리로 움직이며 일을 하겠다.

19 년 월 일생			
	생일	생월	생년
	庚(경)	戊(무)	辛(신)
	寅(인)	戌(술)	丑(축)
계 절	가을	여름	봄
암 수	수	수	수
오 행			

태어난 성별에 관계없이 봄이나 여름이나 가을도 수놈의 짓거리를 할 것이다.

19 년 월 일생			
	생일	생월	생년
	乙(을)	壬(임)	甲(갑)
	未(미)	辰(진)	午(오)
계 절	가을	여름	봄
암 수	암	암	수
오 행			

봄의 계절은 어린 수놈의 말이라 수놈의 행위를 하는 시기이며, 여름이나 가을은 암놈의 계절이기에 암놈의 짓거리를 할 것이다.

우리네들의 주변에서 흔히 겪는 일들이나 누구나 관심을 갖는 재물의 운세는 어떻게 알 수 있으며, 이성간의 혼인이나 만남의 관계도 자연과 함께하기에 일정한 틀이 있으며, 건강과 이사문제, 직업, 직장의 문제, 선택 등도 자연과 함께함을 알아야 하겠다.

자연과 함께한다 함은 그 계절이 하는 고유의 짓거리에 자신의 오행과 태세가 엮어내고 지니고 있는 고유의 힘이 어떻게 작용을 하며, 운과 기의 흐름이 어떻게 흐르는 것인가에 대해서도 살펴보는 것을 말함이다.

봄은 대지에 뿌리를 내리고 자라는 만물을 키우며, 그 시기는 누구라도 자연에서 시키는 일인 뿌리를 키우고 자라는 일을 하는 시기이다. 여름은 자연을 살찌우고 자란 모든 것들을 꽃을 맺게 하여 열매를 맺게 하는 일을 함을 알아야 하리라. 가을은 맺힌 꽃의 열매를 살찌워 가꾸어서 열매를 수확하는 계절이며, 이때쯤이면 사람들은 자신이 스스로 일을 하고 스스로 일을 찾아 가꾸며, 열매를 맺게 하고 수확에도 결과를 보려고 열심을 피우는 것을 보게 되는 때이다.

이는 태어난 해와 달과 날의 오행을 말하며, 년주, 월주, 일주의 납음 오행을 근간으로 한다.

년, 월, 일이 각기 일을 하는 시기와 기간이 정해져 있어 각각의 태세도 정해진 대로 일을 하고 있으니 운세의 흐름도 태세가 만들어 감을 알아야 하겠다.

	1990년 12월 12일생			
	생일	생월	생년	
	丁(정)	己(기)	庚(경)	
	酉(유)	丑(축)	午(오)	
계 절				
암 수				
오 행	火(화)	火(화)	土(토)	

금년의 나이가 20세가 안 되었으니 계절은 봄이다. 년주가 일을 하는 시기라 아신의 자리는 子(자)가 되고 결과의 오행은 토임을 알겠으나, 조상궁의 자리라 자신이 어찌하지 못하는 시기임을 알아야겠다. 그런 고로 봄은 씨의 자리임을 말한다.

	1980년 11월 11일생			
	생일	생월	생년	
	甲(갑)	戊(무)	庚(경)	
	子(자)	子(자)	申(신)	
계 절				
암 수				
오 행	金(금)	火(화)	木(목)	

당년의 나이가 30세이니 무자의 쥐가 일을 하는 시기이다. 올해가 무자년이니 오행은 같은 화가 되겠다. 아신은 戊(무)이다.
무자의 결실이 벽력화이니 화가 하는 일이나 화를 만들어서 태세와 무엇을 할 것인가를 알아야 하겠다.

	1970년 10월 10일생			
	생일	생월	생년	
	壬(임)	丁(정)	庚(경)	
	辰(진)	亥(해)	戌(술)	
계 절				
암 수				
오 행	水(수)	土(토)	金(금)	

금년의 나이가 40세이니 정해의 돼지가 일을 하는 시기이다. 무자년의 쥐가 火(화)를 만들어내니 화생토가 되어 운세의 흐름은 무난하리라. 아신은 亥(해)이다.

	1960년 9월 9일생		
	생일	생월	생년
	己(기)	丙(병)	庚(경)
	丑(축)	戌(술)	子(자)
계 절			
암 수			
오 행	火(화)	土(토)	土(토)

금년의 나이를 보면 50세이니 기축의 火(화)가 일을 하는 시기임을 알 수가 있고, 얼어 있는 흙과 무자의 火(화)가 만나는 시기라 움직임이 많은 해가 될 것이다. 아신은 己(기)이다.

	1973년 9월 25일생		
	생일	생월	생년
	己(기)	壬(임)	癸(계)
	丑(축)	戌(술)	丑(축)
계 절			
암 수			
오 행	火(화)	水(수)	木(목)

태세의 나이가 36세이니 아신의 자리는 술토이다. 오행은 水(수)이며, 운세의 흐름은 태세의 흐름을 살펴보면 알 수가 있으리라.

	1985년 2월 23일생		
	생일	생월	생년
	辛(신)	己(기)	乙(을)
	巳(사)	卯(묘)	丑(축)
계 절			
암 수			
오 행	金(금)	土(토)	金(금)

당년의 나이로 기토가 아신의 자리이다. 움직이며 활동하는 오행은 土(토)가 된다.

	생일	생월	생년
1955년 5월 5일생			
	丙(병)	壬(임)	乙(을)
	辰(진)	午(오)	未(미)
계 절			
암 수			
오 행	土(토)	木(목)	金(금)

태세의 나이로 진토가 아신이 되며, 오행은 토가 되겠다.
운세의 흐름이나 모든 일들은 토와 자신의 자리인 진토를 들여다보면 알 수가 있으리라.

	생일	생월	생년
1950년 7월 7일생			
	丁(정)	甲(갑)	庚(경)
	亥(해)	申(신)	寅(인)
계 절			
암 수			
오 행	土(토)	水(수)	木(목)

계절이 가을이며, 아신의 자리는 亥(해)수가 된다. 오행의 흐름이 토에 머물고 있음을 알아 모든 일상의 일들을 알려면 토의 흐름과 태세의 흐름과 오행을 알아봐야 하겠다.

납음 오행은 자신의 오행과는 별로 상관이 없을 것 같은데, 갑자 을축 해중금하면 甲(갑)의 오행은 목이요, 子(자)는 수이며, 乙(을)은 목이요, 축은 土(토)가 되니 축의 암장에 辛(신)금의 씨가 조금 들어 있는 것 말고는 어디에서도 金(금)의 씨가 없고 갑술 을해 산두화하면 甲(갑)은 목이요, 戊(술)은 토이고, 乙(을)은 목이며, 亥(해)는 수인데, 술토의 암장에 들어 있는 조금의 화기 말고는 불기가 없다. 산꼭대기의 불이라 하니 많은 생각을 하게 만드는데, 자연이 익으며 하는 일들이니 잘 살펴야 하겠다.

경신 신유는 석류목이라 하니 어디에라도 나무의 씨가 있는가? 온통 돌멩이와 쇳조각뿐인데. 허나 석류의 특성을 살펴보면 뭔가를 알 수가 있을 것이기에 석류목이라 하였을 것이니 깊이 헤아려 봐야 할 것이다.

납음 오행은 자연이 때에 이르러 만들어지고 익어서, 자신의 행위가 오행을 담고 있음을 알 수가 있다.

아신(我身)의 움직임

아신이란 때와 계절에 자신이 있는 곳을 말한다. 나이 들어가며 계절이 바뀌면서 자신이 앉아있는 곳이 변하게 되는데, 때에 따라 바뀌어서 앉아있는 그 자리를 일컫는다.

자연은 無常(무상)하여 항상함이 없이 변하는 것이니 한 생명이 태어나 수십 년의 생을 이어나가는 속에 어찌 항상함을 바랄 수가 있겠는가?

한 생명이 태어나 어미의 탯줄을 끊고 성장하며, 소년이 청년이 되고, 어른이 되고, 아저씨가 되고, 나이 들면 할아버지가 되어 감은 자연이다. 그렇듯이 60갑자 오행도 자신이 짊어지고 나온 대로 계절이 가고 나이가 들면 자신의 자리가 변하는 것은 당연한 일이리라.

아신의 자리가 변하면 오행이 변하고, 암수가 변하고, 계절의 나이도 변해가는 것을 알아 때의 운세를 잘 추론하여야 하겠다.

19 년 월 일생			
	생일	생월	생년
	계	신	경
	미	사	진
계 절	가을	여름	봄
암 수			
오 행			

봄인 경진이 계절에 맞게 일을 한다. 여름인 신사도 신은 21세에서 30세까지 일을 하고, 사도 여름이며, 31세에서 41세까지 일을 한다. 가을이 되면 계미가 일을 할 때이며, 계는 42세에서 52세까지며, 미는 63세까지 일을 한다.

아신이 계절과 나이에 따라 자리를 옮기며 일을 하고 있으나, 모든 일들을 아신의 자리에서 해결할 수는 없는 것이다. 계절의 익어감이나 계절과 태세가 만나서 하는 일이 중요하기에 때에 따라서는 아신을 고려하지 않고 계절을 중심으로 추론을 하고, 태세를 중심으로 운세를 추론할 때가 있음도 알아야 하겠다.

〈천간동물의 이용〉

천간의 동물은 갑은 여우, 을은 오소리, 병은 사슴, 정은 노루, 무는 독수리, 기는 가재, 경은 까치, 신은 꿩, 임은 제비, 계는 박쥐이다.

계절의 이동

태어난 해와 달과 날의 간지가 봄, 여름, 가을을 이루는데, 각각의 계절은 자연의 계절을 말한다. 자연의 짓거리를 한다는 것이니 봄은 만물을 키우고, 여름은 만물을 무성하게 하며, 가을은 곡식을 익혀서 수확을 하는 것이다.

봄은 태세의 나이로는 20세까지를 말하며, 태어난 해인 년주가 일을 하는 때이다. 년주의 오행이 어떻게 일을 하는지를 알면 봄의 운세를 알 수가 있을 것이다. 자연의 씨앗이 발아되어 싹이 나서 성장하듯 세상을 알아가고 배워가는 시기이며, 장차 이르는 계절에 살아가기 위하여 충분한 자양분을 필요로 하는 시기이다. 봄은 꽃이 만들어지면 제 일을 마치게 되며, 三才(삼재)의 수에서는 천재의 수가 일을 하는 시기이다.

여름은 태양이 열기를 머금고 대지의 식물들이나 모든 생물들이 개화를 하여 꽃을 피우는 시기부터 시작을 한다. 태어난 달인 월주가 일을 하는 시기이고, 봄의 씨와 월주의 오행이 모든 열매를 꽃피우며 맺게 하는 일을 하는 때임을 알아야 할 것이다.

만물이 화사하고 번성을 누리며 무성히 자라는 시기이며, 꽃을 피우고 자양분을 꽃에 모으며 성장하고 결실을 준비하는 시기이다. 이는 태세의 21세에서 41세까지의 시기를 말한다.

이 시기에는 열매가 완숙하게 익을 수 없는 시기임을 안다면 세상에 이름을 내어 출세를 하였다고 하더라도, 결코 저장할 수가 없음이니 좋아할 일도 아닌 것을 알아야 하겠다.

三才(삼재)의 수를 응용한다면 지재의 수가 일을 하는 시기이다.

가을은 열기를 머금었던 태양이 고도를 낮추면서 곡식을 익게 만드는 때를 말한다. 태어난 일주가 일을 하는 때이고, 봄과 여름의 씨를 갈무리하는 시기이니 잘 가꾸어야 하는 때이기도 하다. 온갖 만물들이 익어서 농부의 수확을 기다리는데, 지난 계절의 수고와 노고를 알 수가 있을 것이다. 그러므로 익으면 익은 대로, 덜 익었다면 덜 익은 대로 수확을 해야 할 것이다. 태세로는 42세에서 63세까지의 시기이니 三才(삼재) 중에서는 인재가 일을 하는 시기이다.

1960년 9월 9일생			
	생일	생월	생년
	己(기)	丙(병)	庚(경)
	丑(축)	戌(술)	子(자)
계 절	가을	여름	봄
암 수			
오 행	火(화)	土(토)	土(토)

경자년, 병술월, 기축일생이니 경자의 태어난 해가 봄이고 병술월생이니 태어난 달이 여름이며, 기축일생이니 태어난 날이 가을이다.

1970년 10월 10일생			
	생일	생월	생년
	壬(임)	丁(정)	庚(경)
	辰(진)	亥(해)	戌(술)
계 절	가을	여름	봄
암 수			
오 행	수	토	금

경술년 정해월 임진일생이니 태어난 해가 봄이므로 년주인 경술이 봄의 일을 할 것이고, 태어난 달이 여름이니 정해가 여름의 일을 할 것이다. 그리고 태어난 날이 계절의 가을이니 임진이 가을의 일을 한다고 보겠다.

1980년 5월 5일생			
	생일	생월	생년
	辛(신)	壬(임)	庚(경)
	酉(유)	午(오)	申(신)
계 절	가을	여름	봄
암 수			
오 행	목	목	목

경신년 임오월 신유일생이니 태어난 해가 봄이므로 년주인 경신이 봄의 일을 할 것이고, 태어난 달이 여름이니 임오가 여름의 일을 할 것이다. 그리고 태어난 날이 계절의 가을이니 신유가 가을의 일을 한다고 보겠다.
계절이 바뀌며 오행을 달리하기에 변하는 것을 알아야 하리라.

천간의 이해

누누이 역설을 하여도 모자람이 남는 것은 하늘과 땅의 관계를 밝히는 것인데, 하늘이 하는 일은 결정을 짓고 행하는 것이며, 땅에서는 보살피고 가꾸는 일이다.

천간의 갑, 을, 병, 정, 무, 기, 경, 신, 임, 계는 정하여져서 지니고 태어난 것만큼 일을 하고, 나이가 주는 것만큼 일을 한다는 것임을 알아야겠다.

때의 변함은 천간이 바뀌고 태세가 바뀌며 서로가 나이나 암수가 하는 짓이 다르다. 그렇기 때문에 항상 변하는 것을 안다면 무엇이 좋고 나쁨이 없음이니 제 계절과 때의 하는 짓거리를 세심히 살펴봐야 하겠다.

천간의 나이는 태어나면서 짊어지고 나오는 것이니 갑 1살, 을 2살, 병 3살, 정 4살, 무 5살, 기 6살, 경 7살, 신 8살, 임 9살, 계 10살이 되며, 천간은 나이의 순이다.

지지의 동물들은 천간의 순서에 의해서 나이가 정해진다. 나이가 많으면 나이를 많이 먹은 대로, 나이가 어리면 어린 대로의 짓거리를 할 것이다.

子(자) : 쥐를 보면 60갑자에는 갑자, 병자, 무자, 경자, 임자의 다섯 종류의 쥐가 있는데, 이들은 쥐들의 세상을 이루고 있음을 알아야 하겠다. 갑자는 어린 수놈의 쥐이며, 병자는 임신이 가능한 처녀의 쥐이며, 무자는 힘자랑을 하는 성년의 쥐이며, 경자는 잘생긴 아저씨와 같은 쥐이며, 임자는 나이를 먹은 암놈의 쥐를 말한다. 이들이 쥐들의 세상을 이루고 있음을 알아야겠다.

丑(축) : 소를 보면 소도 을축, 정축, 기축, 신축, 계축의 다섯 마리가 60갑자 속에서는 소의 세상을 이루고 있음을 알 수가 있다. 을축은 어린 처녀의 소이고, 정축은 청년의 힘이 있는 수소이며, 기축의 자녀를 낳아 키울 수 있는 암소이고, 신축은 힘도 있고 멋도 있는 장년의 수소이고, 계축은 수놈이나 생식능력이 없는 늙은 소이다.

寅(인) : 호랑이를 보면 갑인, 병인, 무인, 경인, 임인의 다섯 마리가 범의 세계를 이룬다. 나머지 지지의 동물들도 나이를 보려면 쥐와 소의 예를 살펴보면 알 수가 있으리라.

서로의 관계는 천간의 나이가 우선이 되고, 각 계절의 나이를 보면 상호간의 하는 일을 알 수가 있다. 나이가 더 먹은 사람이 일을 더 많이 하게 되어 있고, 나이가 적고 어린 사람은 일을 하여도 힘이 드는 일은 못

19 년 월 일생				
나이	생일	생월	생년	
	辛(신)	庚(경)	戊(무)	천간이 무, 경, 신생이다. 무는 5살, 경은 7살, 신은 8살이 되니 봄, 여름, 가을에 자신의 나이 만큼 일을 할 것이다.
20살	8살	7살	5살	
계절	가을	여름	봄	
암수				
오행				

19 년 월 일생				
나이	생일	생월	생년	
	丁(정)	戊(무)	乙(을)	을생이 무월 정날에 태어났으니 2살, 5살, 4살, 합이 11살이다. 자연의 계절을 맞아 자신이 짊어지고 나온 11살만큼 일을 할 것이다.
11살	4살	5살	2살	
계절	가을	여름	봄	
암수				
오행				

19 년 월 일생				
나이	생일	생월	생년	
	癸(계)	戊(무)	甲(갑)	태어난 해인 갑은 한 살이요, 태어난 달의 무는 5살이고, 태어난 날의 계는 열 살이 되니 계절을 지내며 16살만큼 일을 할 것이다.
16살	10살	5살	1살	
계절	가을	여름	봄	
암수				
오행				

할 것이다. 더구나 나이가 더 먹은 사람이나 어른의 보호를 받으며 하고자 하는 일을 어리기 때문에 못 하는 때가 많을 것이니 부부의 경우에 서로의 나이관계를 세밀히 살펴봐야 하겠다.

천간의 상호관계

삶을 이어가며 암수가 짝이 되어 살아가면서 팔만 사천 가지의 일들을 만들어내며, 일희일비하며 지내게 되는 것도 결정된 일을 그 계절에 하는 것이다. 그러므로 서로가 짊어지고 나온 천간의 나이가 일하고 있음을 알아야 하겠다.

누구라도 천간이 지니고 나온 만큼 일을 하게 되며, 천간의 나이가 때의 관계를 결정지음도 알아야겠다.

19 년월일생 남자					19 년월일생 여자			
나이	생일	생월	생년		나이	생일	생월	생년
	丁(정)	己(기)	辛(신)			庚(경)	丁(정)	丙(병)
18살	4살	6살	8살		14살	7살	4살	3살
계절	가을	여름	봄		계절	가을	여름	봄
암수					암수			
오행					오행			

※ 앞의 부부를 예로 보자면 천수가 많은 남자의 역할이 가정에서 주도적이겠으나, 부인이 가을의 나이에 들면 남자의 역할은 쇠해지며 부인의 역할이나 행동이 활발해지리라.

19년 월일생 남자					19년 월일생 여자			
나이	생일	생월	생년		나이	생일	생월	생년
	庚(경)	己(기)	甲(갑)			乙(을)	丁(정)	丙(병)

14살	7살	6살	1살		9살	2살	4살	3살
계절	가을	여름	봄		계절	가을	여름	봄

※ 앞의 부부는 천간의 나이와 계절이 남자가 나이를 더 먹은 만큼, 항상 가정에서 주도적인 역할을 할 것이다.

19 년월일생　남자					19 년월일생　여자			
나이	생일	생월	생년		나이	생일	생월	생년
	丁(정)	乙(을)	辛(신)			庚(경)	戊(무)	癸(계)
14살	4살	2살	8살		23살	7살	5살	10살
계절	가을	여름	봄		계절	가을	여름	봄

※ 앞의 예는 부부가 만나면서부터 부인의 역할이나 행동의 모든 것이 부인이 나이가 많은 만큼 일을 하고 있으며, 모든 생활의 결정은 부인이 할 것이다.

19 년월일생　남자					19 년월일생　여자			
나이	생일	생월	생년		나이	생일	생월	생년
	癸(계)	己(기)	丙(병)			己(기)	丁(정)	壬(임)
19살	10살	6살	3살		19살	6살	4살	9살
계절	가을	여름	봄		계절	가을	여름	봄

※ 앞의 부부가 천수의 나이는 같으나 봄의 나이보다는 실제에 일을 함에 있어서는 여름이나 가을의 나이가 비중이 높다. 따라서 일을 하는 시기로 보면 남자가 때의 계절의 나이가 더 먹었기에 나이는 같으나, 역할이나 가정에서의 결정권에 힘이 실려 있다고 보겠다.

19 년월일생　남자					19 년월일생　여자			
나이	생일	생월	생년		나이	생일	생월	생년
	辛(신)	己(기)	戊(무)			癸(계)	壬(임)	戊(무)
19살	8살	6살	5살		24살	10살	9살	5살

계 절	가을	여름	봄		계 절	가을	여름	봄
암 수					암 수			
오 행					오 행			

※ 앞의 부부의 나이로만 보면 여자가 더 먹은 나이만큼 일을 더 할 것이나, 남자의 나이도 5살, 6살, 8살의 순으로 점차 익었음을 알 수가 있다. 여자도 5살, 9살, 10살로 계절이 옮겨간다 해도 점차 익었음을 볼 수가 있다. 이럴 때에는 나이가 많고 적음이 아니라 각기 익어감이 있기에 서로가 활발히 생활을 하고 있음을 알아야겠다.

나이와 오행의 상생

세상을 살아감은 내가 있기에 상대가 존재하며, 상대가 존재하기에 내가 존재함을 알아 부부도 천수의 지니고 나온 것만큼의 일을 하고 있음은 당연한 것이다. 그러나 때의 오행이 하는 짓거리에 따라서 부부의 관계가 정해지는 것을 알아야 하기에 나이만큼이나 오행의 짓거리가 중요하다고 하겠다.

누가 누구를 만나서 사느냐에 따라서 행태가 달라지고, 남에게 보여지는 것이 달라짐을 안다면 자신이 감당할 만해야 무엇이든 지니거나 거느리게 되어 있음을 알아야 한다.

19 년월일생 남자 토				19 년월일생 여자 월			
나이	생일	생월	생년	나이	생일	생월	생년
	丁(정)	丁(정)	己(기)		庚(경)	己(기)	戊(무)
14살	4살	4살	6살	18살	7살	6살	5살
	酉(유)	卯(묘)	亥(해)		戌(술)	未(미)	戌(술)
계 절	가을	여름	봄	계 절	가을	여름	봄
암 수				암 수			
오 행	화	화	목	오 행	금	화	목

※ 앞의 부부 중 남자의 나이가 14살이고, 여자의 나이가 18살이기에 여자의 역할이 더 활발함을 알 수가 있겠다. 그리고 계절이 여름이나 가을이나 오행이 함께하기에 생활을 함에 있어서 둘의 관계가 원만하리라.

19 년월일생 남자토

나이	생일	생월	생년		나이	생일	생월	생년
	癸(계)	丁(정)	乙(을)			壬(임)	辛(신)	戊(무)
16살	10살	4살	2살		22살	9살	8살	5살
	酉(유)	亥(해)	巳(사)			午(오)	酉(유)	申(신)
계 절	가을	여름	봄		계 절	가을	여름	봄
암 수					암 수			
오 행	금	토	화		오 행	목	목	토

※ 앞의 부부 중 여자가 지니고 나온 천수의 나이가 월등히 많으나, 오행의 배합이 서로 어긋나 있어서 여자의 활동이 많고 내조를 잘 하고는 있다. 그러나 남자가 이해를 하지 못하여 많은 갈등이 있으리라.

19 년월일생 남자토

나이	생일	생월	생년		나이	생일	생월	생년
	辛(신)	丁(정)	己(기)			壬(임)	辛(신)	庚(경)
18살	8살	4살	6살		24살	9살	8살	7살
	丑(축)	卯(묘)	酉(유)			辰(진)	巳(사)	戌(술)
계 절	가을	여름	봄		계 절	가을	여름	봄
암 수					암 수			
오 행	토	화	토		오 행	수	금	금

※ 앞의 부부는 나이가 많은 편이라 할 일이 많이 뒤따르겠다. 여인이 활동을 많이 하며 내조에 힘은 쓰고 있겠으나, 누가 알아주기나 하겠나? 오행이 서로 어울리기를 싫어하는 상이라 여인은 일을 많이 하고 가정에 충실하겠으나, 남자가 자신을 내세우니 안타깝다고 하겠다.

19 년월일생 남자토

나이	생일	생월	생년		나이	생일	생월	생년
	己(기)	丁(정)	己(기)			庚(경)	丁(정)	戊(무)
16살	6살	4살	6살		16살	7살	4살	5살
	亥(해)	卯(묘)	亥(해)			戌(술)	巳(사)	戌(술)
계 절	가을	여름	봄		계 절	가을	여름	봄
암 수					암 수			

오행	목	화	목		오행	금	토	목

※ 앞의 부부는 천수의 나이로 보면 같은 나이이나, 나이와 함께 일을 하는 계절을 들여다보면 가을에 부인과 한 살의 차이이다. 따라서 오행이 다르기에 서로가 고생을 하는 때임을 알 수가 있다.

19년월일생 남자로					19년월일생 여자월			
나이	생일	생월	생년		나이	생일	생월	생년
	乙(을)	庚(경)	丙(병)			戊(무)	乙(을)	丁(정)
12살	2살	7살	3		11살	5살	2살	4살
	卯(묘)	子(자)	午(오)			子(자)	巳(사)	未(미)
계절 암수	가을	여름	봄		계절 암수	가을	여름	봄
오행	수	토	수		오행	화	화	수

※ 앞의 부부도 여름의 계절은 서로가 큰 충돌이 없다. 그러나 가을에 들어서면 서로 나이 차이가 나며, 오행의 짓거리도 차이가 나기 때문에 서로 힘이 들겠다.

계절과 나이의 오르내림

태어나는 것을 어찌 정할 수가 있겠는가? 그러기에 짊어지고 나오는 천수의 나이를 어찌하지 못함을 안다면 좋은 것도, 나쁜 것도 아님을 알아야 하겠고, 천수의 오르고 내림도 자연의 짓임을 알아야 하겠다. 오르고 내림에 일정한 틀이 없기에 누구나 다를 것이지만, 천수의 나이에 의해서 세상을 살아가는 움직임이 다름을 알아야겠다.

계절이 바뀌면서 나이도 바뀐다. 적은 나이에서 많은 나이로도 가고, 많은 나이에서 적은 나이로도 갈 것이다. 그러나 때의 일이기에 무엇이 '좋다, 나쁘다' 라고 단정하는 것은 부적절한 일이라 하겠다.

자연의 계절은 봄이 익어 여름을 만들고, 여름이 익어 가을을 만들며, 가을이 익어가서 겨울을 만들어 만물을 수장하듯이 계절이 익어간다. 따라서 천수가 익어감을 알기에 갑, 을, 병, 정이 1살, 2살, 3살, 4살로 익

어가서 경, 신, 임, 계의 7살, 8살, 9살, 10살로 익어가는 것을 아는 것이
중요하다고 하겠다.

나이	생일	생월	생년		나이	생일	생월	생년
	辛(신)	己(기)	戊(무)			癸(계)	壬(임)	戊(무)
19살	8살	6살	5살		24살	10살	9살	5살
계절	가을	여름	봄		계절	가을	여름	봄

※ 앞의 예는 봄, 여름, 가을의 계절에 나이가 점점 많아지는 것을 볼 수가 있듯이 계절이 변하며
점점 익어가는 것이기에 주위의 사람들은 어떻게 볼는지는 모르나, 자신은 익어가며 나이가 점점
먹는 것이기에 생활을 하거나 사회활동적인 측면으로도 점점 나아지는 것이라 하겠다.

나이	생일	생월	생년		나이	생일	생월	생년
	壬(임)	丁(정)	甲(갑)			辛(신)	庚(경)	丙(병)
14살	9살	4살	1살		18살	8살	7살	3살
계절	가을	여름	봄		계절	가을	여름	봄

※ 앞의 예도 1살과 3살로 태어났으나 계절이 가면서 익어가며 나이가 많아짐을 볼 때, 모든 면
에서 주위의 어떤 장애가 없을 수는 없겠으나 살아가는 전반의 모든 것들이 점점 나아지리라고
본다.

나이	생일	생월	생년		나이	생일	생월	생년
	乙(을)	壬(임)	戊(무)			辛(신)	丁(정)	甲(갑)
16살	2살	9살	5살		13살	8살	4살	1살
계절	가을	여름	봄		계절	가을	여름	봄

※ 앞의 예를 부부로 보면 어느 쪽이 남자든 여자든, 나이가 많고 적든, 순행하는 쪽에서 주권이
확실하고 명확하다면 부부는 순탄할 것이다. 그러나 나이가 많은 쪽에서 주권을 행사하려 한다
면 잘 지은 밥을 죽밥으로 만들어 먹는 꼴이 될 것이다.
자연의 행위는 나이도 중요하겠으나, '때에 제대로 익혔는가?' 더 중요함을 알아야 한다.

나이	생일	생월	생년		나이	생일	생월	생년
	辛(신)	乙(을)	戊(무)			丙(병)	甲(갑)	辛(신)
19살	8살	6살	5살		12살	3살	1살	8살
계절	가을	여름	봄		계절	가을	여름	봄

※ 앞의 예는 봄보다는 여름에 나이가 적은 경우의 예이다. 나이가 적어진다는 것은 책무나 책임이 적어진다는 것으로도 보면, 자신이야 아무렇지 않아도 주위에서는 걱정을 하게 되고 걱정을 끼치는 때이리라.

나이	생일	생월	생년		나이	생일	생월	생년
	辛(신)	甲(갑)	戊(무)			庚(경)	丁(정)	辛(신)
14살	8살	1살	5살		19살	7살	4살	8살
계절	가을	여름	봄		계절	가을	여름	봄

※ 앞의 예는 나이의 기복이 여름의 계절에 천수의 나이가 적은 관계로 기복이 심함을 알 수가 있는데, 나이의 기복만큼이나 다사다난하리라.

나이	생일	생월	생년		나이	생일	생월	생년
	乙(을)	丁(정)	戊(무)			丁(정)	戊(무)	壬(임)
11살	2살	4살	5살		18살	4살	5살	9살
계절	가을	여름	봄		계절	가을	여름	봄

※ 앞의 예는 계절은 익어가도 나이가 적어지는 예이다. 계절의 행위나 나이가 하는 일은 정확하기 때문에 적어지는 나이만큼의 일을 할 것이며, 주위에서는 걱정이라도 그리 나쁘지만도 않음을 알아야 하겠다. 왜?

합의 작용

천간의 합이 되는 경우이다. 계절이 바뀌며 정상의 합을 이루는 경우와 반대의 합을 볼 수가 있는데, 정상의 합은 합이 지니고 있는 고유의 오행을 지키고 만들어내는 반면, 반대의 합인 경우에는 자신의 의지와는 상관없이 늦게 이루어지며, 끌려 갈 수가 있음을 말한다.

계절을 지내면서 정상의 합이란 갑기합, 을경합, 병신합, 정임합, 무계합을 말한다.

비정상의 합이란 기갑합, 경을합, 신병합, 임정합, 계무합을 말하며, 자신의 계절에 태세의 합도 성립이 되는 경우에도 잘 살펴야 하겠다.

19 년 월 일생			
	생일	생월	생년
	己(기)	戊(무)	甲(갑)
	酉(유)	辰(진)	午(오)
계 절	가을	여름	봄
암 수	암	암	수
오 행			

봄 계절의 갑과 가을 계절인 기가 합을 이루고 있으며, 여름이 막고 있는 형상이다. 하지만 합의 작용에는 지장이 없다.
갑기합화토의 작용을 하리라.

19 년 월 일생			
	생일	생월	생년
	庚(경)	辛(신)	丙(병)
	寅(인)	卯(묘)	申(신)
계 절	가을	여름	봄
암 수	수	수	암
오 행			

봄의 계절은 어린 암놈의 원숭이이라 암놈의 행위를 하는 시기이다. 여름은 수놈의 토끼이며, 합을 이루는데 병신합화토니 자신이 어느 아신의 자리에 있느냐에 따라서 합의 작용이 강약을 이룰 것이다.

봄과 여름은 오소리의 시기이며, 계절은 어린 물뱀과 병아리의 시기이다. 여름이 지나 가을은 수말의 계절이며, 여름의 을목과 합을 이루며, 오행은 금을 만든다. 아신이 어느 시기냐에 따라서 금을 적당히 활용해야 함을 알아야 한다.

19 년 월 일생			
	생일	생월	생년
	戊(무)	丁(정)	壬(임)
	午(오)	未(미)	寅(인)
계절	가을	여름	봄
암수	수	수	암
오행			

봄의 계절은 나이든 암호랑이의 때이고, 여름은 숫총각 염소의 때이다. 봄과 합을 이루어 木(목)의 오행을 만든다.
합이라도 자신이 원하는 합이 아니기에 다소 정신이 없을 것이다.
정임합은 순행이며, 임정합은 역행이다.

19 년 월 일생			
	생일	생월	생년
	戊(무)	戊(무)	癸(계)
	申(신)	午(오)	卯(묘)
계절	가을	여름	봄
암수	수	수	수
오행			

봄의 계절은 나이든 수놈의 토끼이며, 여름이나 가을은 수놈의 말과 원숭이의 계절이다. 봄의 계와 합을 이루어 火(화)의 오행을 만들어내는, 결과가 없는 합이며, 역행의 합이다.

앞의 설명들을 풀어보자면

나이를 알면 계절과 자신의 정해진 운세의 자리를 알 수가 있고, 계절을 알고 암수를 알아서 때의 행위로 운세를 알 수가 있다. 그러므로 암수를 體(체)로 하고, 계절을 相(상)으로 하고, 오행을 用(용)으로 하여 태세의 흐름을 살펴보면 운세를 알 수가 있으리라.

예를 들어보면 81년 辛酉(신유)생, 8월 丁酉(정유)월생이라면 나이의 계절로 보면 여름이나 30세를 안 넘겼으니 초여름이라 丁(정)화가 일하는 시기이다. 그리고 암수로 보면 수놈이라 태세가 丁亥(정해)의 수돼지의 해로 丁(정)화의 수놈끼리 만났으니 놀기도 바쁘겠고 힘겨루기도 있을 것이다.

신록이 우거진 제철을 만났으니 노루와 멧돼지가 신바람이 나 있음을 알 수가 있겠다.

72년 壬子(임자)생, 8월 己酉(기유)월생이라면 봄은 지나고 여름도 늦여름이니 기유의 암탉이 일을 하는 시기이다. 그리고 태세의 丁亥(정해)는 수놈의 젊은 멧돼지이니 나이 먹은 암탉이 태세의 합이 찾아오니 반가운 이성을 만나 재미있는 때를 보내고 있을 것이다.

63년 癸卯(계묘)생, 8월 辛卯(신묘)월, 15일 戊寅(무인)일생이면 계절이 여름을 지나 초가을의 계절이니 일주인 무인이 일을 하는 시기이다. 백수의 제왕인 호랑이 중에서도 힘이 있는 호랑이이니 丁亥(정해)의 수퇘지를 만나도 감당할 만한 시기임을 알 수가 있다. 그리고 계절이나 태세가 土(토)를 만들어가니 토건이나 흙을 다루는 일이나 건설 분야의 일을 한다면 제법 결실도 있는 해가 될 것이다.

54년 甲午(갑오)생, 8월 癸酉(계유)월, 15일 庚午(경오)일 태어났다면 계절은 여름을 지나고 초가을도 지나고 늦가을이니 경오의 일주가 일을 하는 시기이다. 이는 늦가을의 午(오)가 일을 하는 때임을 알 수가 있는데, 경오의 힘과 멋이 있는 수놈의 백말이 늦가을의 추워지고 쌀쌀해지는 계절의 초입에서 정해의 태세를 맞이하니 남들이 보기에나 보여지는 겉모양새는 좋아 보이나, 소득의 관점에서는 실속이 없는 때를 맞이하고 있음을 알아야 한다. 그러므로 새로운 일을 시작하거나 직업에 변동을 주면 불리하다.

암수로 보는 운세법이라 하여 흥미나 재미도 있을 것이다. 그러나 그러한 생각이나 방법으로 접근하여 암수 운세법을 들여다보면 안 될 것이며,

태초의 자연이 존재하면서 암수가 세상을 이룬 것을 안다면 '천, 지, 인'의 삼재가 태초에서부터 존재한 것이기에 인연의 때가 되면 제 계절에 꽃을 피우는 것임도 알아야 한다. 새로운 이름표를 달았기에 많은 이들이 쉽게 접근을 하여 익히고 있으니 어려워할 것은 없을 것이다.

자연의 오묘한 이치를 알아차린다면 누구나 쉽게 접할 수가 있을 것이다.

운세를 알아본다는 것이 어찌 쉽게 될 일이던가? 남을 이끄는 지도자가 되고 남을 가리키는 사도가 되는 것이니 깊은 연구와 노력이 뒤따른다면 지도자나 사도로서 당당히 설 수가 있을 것이나, 모양을 내기 위함이나 과일의 겉핥기처럼 적당한 공부에 머문다면 어찌 깊은 맛을 볼 수가 있겠는가!

시절의 인연임을 알아 절절히 파고 들어가 보면 묘함을 맛볼 수가 있을 것이다.

(제3권 부록으로 이어진다.)

암수운세법 강좌

암수운세법은 혜공스님이 자연의 오행을 기초로 하여 삼주육자법으로 새롭게 창안한 학술입니다. 암수운세법을 배우고 연구하고자 하는 이의 참여를 바랍니다.

- 일시 _ 매주 금요일 오후
- 장소 _ 경기도 하남시 교산동 49-10 <금구정사>
- 전화 _ 031-795-4536
       010-5306-9936

암수운세법 연구회